錦灰

盛可以

目次

第一章 新病 13
第二章 尋找 17
第三章 迷魂陣 26
第四章 哭泣的幽靈 31
第五章 開礦 39
第六章 新信仰 45
第七章 光榮榜 51
第八章 虛幻 60
第九章 馬戲團 66
第十章 寫詩與剪髮 71
第十一章 吃青的害蟲 78
第十二章 古樹精 84

第十三章　牛那麼大的豬　93
第十四章　腳豬的見證　104
第十五章　閻王　110
第十六章　燃燒的十字架　123
第十七章　治療新病　130
第十八章　胡大的囈語　137
第十九章　念起　141
第二十章　吃豬鞭　145
第二十一章　初吻　153
第二十二章　白綢高帽　159
第二十三章　爛教堂　167
第二十四章　理智與淫欲　172

第二十五章　海豚一樣的女人　180
第二十六章　思想犯　189
第二十七章　愛國者　195
第二十八章　觀音土　199
第二十九章　心靈白內障　204
第三十章　被策反者　212
第三十一章　詩歌朗誦會　219
第三十二章　摸牛奶的漢子　225
第三十三章　馴獸師的棍子　237
第三十四章　浪漫與瘋癲的界線　241
第三十五章　殺夢　248
第三十六章　去繁複　254

第三十七章　不許冬眠　258
第三十八章　捕夢者　262
第三十九章　記憶的乾屍　268
第 四 十 章　手指頭的關係　275
第四十一章　愛情試驗　281
第四十二章　人口　299
第四十三章　生機　310
第四十四章　子宮租賃　315
第四十五章　百年大計　322
第四十六章　錦灰　327
後記　331

錦灰

——謹以此書獻給我最愛的父親母親

也許光亮最終只是另一種獨裁，誰知道它將暴露什麼樣的新事物。

——卡瓦菲斯（C.P.Cavafy，1863—1933）

第一章　新病

那個墨黑的大腦，走進去，腳底像踩了死老鼠。熱的蛛絲浮游，有股腥味。慢慢地，一束光投射進來，他的記憶開始放映。茫霧中浮現一座寺廟，黃牆，綠瓦，紅廊柱。香燭煙火燒得正旺。畫面不時晃動，像搖擺不定的拍攝。鏡頭緩緩推近，看得建築細節，門窗鏤空，雕著花鳥魚蟲。一隻蝴蝶停在牡丹花心，翅膀微微顫抖。飛離時，它變成一隻蝙蝠。信號中斷。一聲嘆息從遙遠的地方傳來，帶著路途的疲憊和塵土，這聲音像一條堅硬的路徑，銜接遠方，誘惑人踏上去看個究竟，但又轉瞬即逝。金光再度驅散了黑暗。黃金菩薩坐在蓮花上，肥頭大耳，雙下巴。人們在腳下跪倒一片，嘴裡念個不停。菩薩垂眼微笑，黃金臉上堆起笑紋，金體往下消融，變成一個男人的肉身。

我嚇醒，滿頭大汗。起來泡茶壓驚。玫瑰花苞在水中變成數個滲血的膿瘡。我喝了幾口，有點反胃。法國作家普魯斯特從一杯椴茶花散開的恣態中看見故鄉，我從玫瑰花茶中看到的卻是膿瘡。玫瑰膿瘡，膿瘡玫瑰，沒有比這一對美醜更相近的事物了。我試圖再找出幾對這樣的例子，始終沒有靈感。比喻症一犯，便萬事皆休。不找出一對比喻，我無法行走，無法思考，無法繼續任何事情。我就僵在那裡，死死的想。一直想到天際發白，髒汙了的白雲被隨手丟棄，陰霾的清晨扭轉黑夜，膝蓋頂住它後背，不許翻身。我這一想，就想破了包裹記憶的繭，像捅破了麻袋，穀粒從窟窿裡漏出來。

比喻症——他們說這是一種新病。在戒喻中心，每天輸液，吃藥，腦子裡就是一潭濁水，詞語像魚一樣難以捕捉。倘若我說出一個尖銳的詞語，他們就加大藥量，直到我無法表達出連貫的句子。他們說戒比喻是一項長期治療，先把本體消滅，喻體自然就無處附存，從而達到將比喻從思想裡連根拔除的目的。強光和黑暗輪番統治我的眼睛。在三面實牆、室內空無一物的房間裡，唯一的空牆通向自由——遠處是青山雲霧，和變幻美麗的雲彩，腳下是懸崖——也許《權力的遊戲》中的監獄錯入記憶——風和雲無限誘惑，有幾次我差點飛出去。

我沒讀過童話，沒玩過布偶，我媽從小就告訴我什麼是嚴肅的生活。我不認字的時候，她給我說魯迅，會識字的時候，她讓我讀魯迅。「四周黑洞洞的」，魯迅說的是社會的黑暗與白色恐怖。與其說喜歡魯迅，不如說迷上比喻。因此我的比喻症是自小就得了的，如今已是頑疾。我媽給我講書本裡沒有的歷史，她腦子裡儲藏很多故事，講起來從不重複。只要說起我爸，她眼裡總是欽慕與柔情。她將我爸的那些不准印刷與傳播的詩歌抄寫裝訂，送給她認為懂得詩歌的人。她被警告。他們進屋銷毀了我爸所有的字跡。我媽早有準備，我爸的詩全部刻在她的腦海裡。她一首首教給了我。臨終前她抓著我的手，囑咐我不要忘了那些詩，「那是你爸存在的唯一痕跡」。我每寫一篇報導，就根據內容擇詩一首，放在篇首的詩句，就像來自古老而又權威的典籍。

我爸的名字被鎖在黑箱子裡。他詩裡的比喻無處不在，背景更迭，不瞭解他的年代，就無法瞭解他的比喻。但那些失去血色的詩句，放在篇頭，仍然恰到好處。

我媽常常對我講述一場風暴如何來臨，雲如何俯衝地面，如何使地面改變顏色。她就這麼一點點將她的思想基因植入我的血液。我與她的區別是，她啄開歷史的蛋殼朝外看，我在蛋殼的外面往裡看，相互接受的資訊不同，看到的東西各異。我媽總想讓我鑽進蛋殼，但那裡沒有我的空間。我媽走後，過去因她對我的苛刻而生的怨恨統統變成了愧疚，我陷入精神危機，但很快恢復——我當時照鏡子，如我媽所願，我有一張嚴肅的臉和深思的表情，對世俗瑣事毫無興趣，活在理想中，又具體說不出這理想是什麼，大約就是與現實「格格不入」。

記憶像一群動物爭相從門縫裡鑽出來，擠得腦袋脹疼。

第二章　尋找

我來，只想看他到底被什麼絆住了，死了一樣沒有音訊。過去的大部分時間，他總是面對畫布發呆，一副便祕的樣子。我想算了，隨他去，解除婚約，結束關係，在殷勤者中挑一個不比他差的。但我碰巧在病床躺了一陣，藥物改變了我的想法——一篇短文尚且有個莊重的句號，何況複雜的人類感情。

「……我在客棧住了一晚，大清早騎自行車在福音鎮周邊轉。水田裡到處都是頭戴草帽，褲管高捲的人，愉快的笑聲隨水紋蕩漾。白鷺落上田埂，收攏翅膀，踱著悠閒的步子。群鳥高飛，緩緩隱入青山。竹林沙沙作響，春筍正脫去褐色外衣，裸露筋骨。野薔薇東一叢西一簇，蜜蜂在花心震顫，彷彿深吻久別的戀人……」

周密用文字畫了這幅彩圖。他在外面起波瀾了，每一朵浪花都跳動著歡快。洪水一度淹沒我的世界，唯剩一塊石頭浮出水面，情感像一群逃生的小動物擁擠在石端，他信裡頭的神祕語氣，在遼闊的水面閃爍誘惑。

「……半個月前，這裡還是一望無際的油菜花。現在是遼闊的水田倒映藍天，竟有海天一色的恢宏。那些彎腰插秧的人，身子一起一伏，彷彿鳥群在海面啄食。太陽花、金盞菊、刺兒菜、馬蘭頭、蒲公英、紅水蓼……一個叫多福的傻子，教我認識了很多種花草。他說他姐姐什麼都知道。他炫耀他姐姐時，好像拿出一件寶物在你眼前一晃，又迅速納入懷中……他們住在半山坡上，門前有棵幾百年的苦楝樹，滿樹紫色碎花，清香醉人，風一吹如細雪紛飛……那條叫『多樂』的狗，總喜歡臥在落花中打盹——樹底下視野遼闊，看得見河流透明彎曲，匯入蒼茫，彷彿誰用毛筆在大地上隨興刷了一筆。我站在樹下，感覺靈感湧過來，不料有坨鳥屎落到我的額頭——民間常說被鳥糞砸中不吉利，不過是為一些厄運凶時尋找依據罷了……多福說竹山裡有很多漂亮羽毛的長尾鳥，還有不怕人的野兔子，『姐姐從來不許我傷害它們。』……」

「姐姐」的名字隨後在信裡出現，「多喜安靜得像塊石頭，好像一開口就會洩露天機。」

起先，我並不擔心他和她有什麼糾葛，一個小鎮姑娘，完全夠不著他的精神世界。我箱子裡塞著一捆他寄來的信，他什麼都談，就是不涉及我們之間的問題。什麼問題呢？我也說不清。他一封接一封地寫，也不問我是否收到上一封信，似乎也不需要我的回覆。我們在這件事上呈現出一種老夫老妻式的默契。我始終沒去福音鎮看他——得等他自己想清楚了回來，免得他形成出走的慣性——直到他忽然斷了音訊。我尋思他出了什麼事。被小鎮姑娘迷住的可能性很小——但想來想去，只有這種可能——除非他死了。

唔，我絲毫不懷疑，世界會向我展示它的豐富多彩，到時候，這捆玩意兒是砸他臉上，還是輕輕放在桌上，我照樣有過一番思量。

鵝卵石在車輪底下咔咔作響，車子一路咳嗽，像一個久病的老人。到處是塵土。田地也灰濛濛的。枯稻茬刺出土面，我想起布羅茨基關於稻茬與鬍鬚的比喻，琢磨著死人下巴上的鬍鬚和活人下巴上的鬍鬚的區別，並且具體到周密下巴上的鬍鬚。它們曾經像砂紙將我身體打磨得發紅發亮，皮膚紅了黑，黑了死，死了脫，我就是這麼死去活來的。開始我們是動物，在屋裡隨時隨地交配，後來進化成人，越來越文明，局限在床上，且過於人性，時需看三級片激發獸性，再後來更人性了，三級片藥性失效，眼看就要奔靈魂伴侶而去，卻發現靈魂的問題更糟，不知它藏在肉體的什麼角落。

路上無人，沒有鳥飛過。孤單的乘客和司機相依為命，像一對亡命鴛鴦。司機抽菸的側面不賴，符合女人對英雄的想像。腥紅的菸灰落上手腕，他並不理會，呈現一種硬漢的冷漠。這打動了我，但我立刻為之羞愧——除了他，我沒有別的男人。這種心動，是不是意味著我內心早就空虛？難道我和周密一樣，對彼此的關係產生了膩味，只不過他用藝術作藉口逃離現狀，而我卻受到來自各方面的暗示，要忠於這段感情。

司機似乎知道這一點，人隨車晃時，身體擺動顯得誇張。得意洋洋。

突然間，他扔了菸頭，丟下方向盤，從駕駛室那頭走來。車在前進。雄性荷爾蒙颶風逼近。空氣稀薄。我暈頭轉向。我張開了嘴。我聽見布帛被撕裂的聲響，失去裹束的身體鬆彈開。他推倒我——猶如推倒一面歪牆——我渾身綿軟，雙手使勁一推，撲空使身體失衡，差點倒地。

司機卻是坐在原處，嘴裡的菸即將燒到過濾海綿。

車身一抖一抖，繼續咳嗽。門窗發出哐噹聲。

此時天色將黑，景色越發模糊。或許是進了大山的緣故，空氣涼了不少。在夜晚到達陌生地方，這使我不安，一些可怕的社會新聞接二連三湧入我的腦海，割腎、姦殺、摘器官，販賣到窮山溝生孩子……車忽然停了。前面是一個廢棄的關卡，橫桿上寫著「禁止通行」。

我沒有下車的意思。

「開不進去了，前面就是福音鎮。」司機手指寸草不生的土丘，風掀起塵雲滾滾，什麼也看不清。

「……河流將鎮子劈為兩半。周圍是綿延起伏的森林。地上野花遍開，灰兔子出沒，彩虹和蘑菇在雨後膨脹……」我的手提箱裡窸窸窣窣，彷彿蟑螂在信紙裡爬行，帶刺的尖爪將文字踩出了聲音，「清風拂過，連屋頂上的野草都向我躬腰，像福音鎮的人一樣好客有禮。山上那片竹海，綠波翻滾向茫茫天際……群鳥入林，像雪花紛飛，落水即融。」

「我們這地方是差點富起來了的，真的，要是富了，你老遠就會看到金光閃閃，夜裡都不需要點燈的。」司機扭頭看我。他長著兔子和老鼠混合的嘴臉，左眼正經，飽滿的誠懇撐大了布滿血絲的眼睛，因不能送我更遠，有些愧疚；右眼卻是邪淫的，緩慢地掃描我的身體，「那會兒我開車進進出出，守衛見我就喊，『鳳兒，下來抽壺菸再走』，他們樂呵呵地開閘放行，很少在我身上摸來摸去。」

他看起來並不壞，像一個習慣了蒙受冤屈的人，對生活懷有一種水落石出的信念。

「當然嘍，要是富了，我開的就不會是這種破車，那是連車牌都要鑲金邊的。」

他咳了一聲，嘴裡啐出一隻灰蝶。

「你認識常多喜嗎？」我本想問他，是否知道我真正要找的那個人，卻忽然卑鄙地打探起一個女人來，弄得自己臉熱。

「你說的是那個誰都可以弄一下的姑娘？」司機左眼眯縫，右眼瞪大，激動得手肘撞到喇叭，車子發出一聲嘶鳴。「不過，我他媽的可沒趕上那種好事兒。」

從周密的描繪中，我對從未謀面的福音鎮逐步瞭解，小鎮的風景、建築、民俗，他們的模樣和生活刻在腦海裡，以至於我總覺得，我是從福音鎮出走的，現在不過是重回故里。此時也像突然記起了時隔多年的方言，明白了司機的口音，「鳳兒」，就是「馮二」。但是，周密說的那個馮二，被亂棍打死了。

「你是她什麼人？」眼前這個馮二，用失去中指和無名指的手掌摩挲著方向盤，鼠眼閃爍，好像準備這輩子就此話題打發無聊時光。

夜幕正緩緩垂下，一隻蝙蝠斜刺過來，擦臉而過，散發一股腥臭味。

我有點糊塗，不知是怎麼搭上這輛車的，像做夢一樣。荒路上，這臺破車彷彿廢棄多年，渾身鐵鏽塵土。司機伏在方向盤上打盹，可以看作破車上的某個零件，他一見我就發動汽車，似乎是專門等我。

夜已來臨。我壓下所有好奇心，「多少錢？」——用的是結束一切的語氣。

「唷呵，你滿有意思的，這一路上上下下的人，你看我要過哪個的錢？我告訴你，我樂意給人提供方便。」因為嘴裡無牙，他的笑容顯得虛幻。「這是我跟別人不同的地方。我跟所有人都不一樣。你不用怕我，你去福音鎮問問就知道，我是個實打實的好人，我連螞蟻都沒掐死過一隻，更別說拳腳傷人，刀槍奪命……不過，我老婆的看法相反，她說我是個軟蛋，她簡直像個緊箍咒扣在我頭上，念起經來頭痛死人。」

一路上並沒有別的乘客。我拎著箱子踩上鵝卵石馬路，盡快擺脫這個胡言亂語的人，他的聲音卻追上來。

「哩，你忘了拿太陽帽啦。」他飄下車，瘦得像疾風搓出來的條子，手那麼一揚，帽子準確地飛到我的手邊。「鄉下的月亮不一樣，曬黑了很難白回來哩。」

我接住帽子。為了引起我的注意，他攤開手掌，緩緩熨了熨胸前的口袋，上面似有血漬。那只口袋十分講究，針腳筆直，周圍一圈金線，看起來像一次日食。

「要一身恰如其分的衣服遮住臭皮囊，本來就是人類的麻煩事。以前人類不穿衣服，身上有長毛覆蓋，後來進化，毛就掉光了，現在看來是一大損失。我發現福音鎮人在穿衣做衣上更是講究，他們以口袋多少來表示地位高低與官銜級別。比如袁清水，官職八袋，人們尊稱袁八袋……普通人連隱形口袋也不許有，打補丁還規定，禁止使用標準圓形、正方形和長方形，如果裁縫把口袋做在外面，像私刻公章一樣違法，穿的和做的都要追究法律責任……打個也許不恰當的比方，口袋像真理一樣，被極少數人擁有——要是你現在我面前，你肯定會認為我的意思是權力等於真理，我們勢必又要為此爭論。我能想像那種不快。權力的確不是真理，但擁有權力的人可以製造真理，人民服從，久而久之真理和非真理之間的界線便消失了，說它真理，不是真理也是真理；說它不是真理，是真理也不是真理。權力是釋迦牟尼，左手指天，右手指地……我現在很喜歡寫信的這種形式，安寧，自在，我們之間沒有戰爭……」

「謝謝。」天就要黑了，遠近的事物都模糊起來。我壓下新的好奇心，轉身就要穿過關卡。

「現在城裡頭時興這種打扮哩？」他的聲音踮著腳尖。

我低頭看了看自己的裝束，當時避開醫生，匆匆溜出來，穿著這病號條紋衣，款式簡單，無領，只用兩根衣帶繫住。

「再想想，你非進去不可嗎？」見我轉過身，他臉上凝聚神祕，「很多事情不是你想得那麼容易。說不定還會碰到些解釋不清的東西。不是我迷信，咱這兒發生的怪事可不少呢。」

「我就是專程來碰怪事兒的。」我這麼說著，自己後背先起了涼意。

「開弓沒有回頭箭哩，你可真不是一般人，難怪……」

「難怪什麼？」我不得不轉身看著他。

「嘿，去吧，去找魏滿意，隨便你找到哪一個，他們熟悉常多喜身上的每一根汗毛。」

第三章　迷魂陣

塵灰很厚，彷彿雲上行走，她聽不到自己的腳步聲。寂靜緊崩著，有股不安，甚至危險，每個角落裡都藏著偷窺的目光。這與周密的描述大不相同，他說福音鎮靜夜如水，人浮在水中，像躺在搖籃裡，耳邊盡是花開的聲音，發芽的聲音，竹子衝破骨節的聲音。他信裡的修辭每一句都不符合現實，他胡編亂造。天已經完全黑了，還沒有哪盞燈率先亮起來，顯示出一點人氣，沒有哪個窗口浮現人影。倒是聽到描述的木格子門窗吱呀作響的聲音，彷彿某種嘆息。建築物變成一團團濃墨，精心雕刻的細節已經完全隱入夜色。屋角飛簷在淺墨的天空勾出線條輪廓，黑蝙蝠的眼裡射出綠光——牠一直在跟蹤她。當牠的牙縫裡吸吮出嗞嗞的尖叫聲，濃黑中濺灑出數不清的墨點，成群的蝙蝠冒出來，在頭頂盤旋，弄亂了她的頭髮，擋住了她的去路。牠們發出巨大的噪音，像廣場集會上的爭論，一片嘈雜。漸漸地，有兩個聲音清晰地抽離出來，在黑暗中盤旋：

「喪事辦得那麼喜慶，悲傷倒真是不合時宜哩。」

「耿十八你個豬卵子，死的又不是你爹，你根本拿不出悲傷來……使勁吃就對了。」

「半斤八兩，你鬆了兩次褲腰帶。」

「袁八袋是在部隊餵過豬的，懂得很多種公豬的科學配種法，立過三等功，驕傲得挺成了雞胸，可在上級領導面前，腰卻彎得能咬到自己的屌。真是袋子多壓死人哩。你想想那天在張老頭的葬禮上，他人模狗樣地走上臺，舉起右手，在空中蜻蜓點水，再緩緩落下，與左手交握，擱在卵蛋附近——突然一聲槍響——為袁八袋的講話鳴炮奏樂，棺材裡的張老頭也會張開耳朵聽他講話吧——。」

「『挖墳地挖出一座金礦——鄉親們，話雖難聽，可事實如此。菩薩保佑福音鎮人，咱們很快就要改天換地了。』聽著真他媽帶勁吶。」

「馮二，你高興個鳥，金礦是咱倆發現的，袁八袋連提都沒提一下。當無名英雄也就算了，總得來點實際的……」

「八袋說了，張老頭死得好，馮二和耿十八掘墳地有功勞，秋後提拔，表彰他們的無私主義。」

「秋後提拔，聽著瘆得慌……二鱉，我們本該保守祕密的，本來是我們兩個人的財產，現在卻變成了全福音鎮的……蠢得豬一樣哩。」

「耿十八你個豬卵子，你真是個豬卵子，將來有的是咱倆的甜頭……」

「甜頭？可別是先惹起了禍，現在都有人懷疑咱們私底下藏了黃金了……」

「是咱倆發現的，不是他們發現的，自然有人眼紅，說這說那。菩薩看著呢。等到給菩薩塑了金身，咱們的日子就放光彩了。」

「二鱉，要是我兒子活下來的話，我會信菩薩的。他病成那樣，我老婆天天燒香進供，頭都磕破了，有卵用？」

「八袋說了，建立新的信仰不但需要時間，更需要咱們心裡的虔誠。」

「菩薩是咱們用鑿子鑿出來的，咱們反過來要去跪拜他，說不過去。上帝不同，聽說人是上帝捏的……得了，先不管他什麼信不信仰，來點實際的，甜頭，對吧。我就信這玩意兒。」

雜訊湧覆過來。蝙蝠們變化陣形，彷彿巨大的黑旗揮舞，一會兒拂到這邊，一會兒撲到那邊，扇動出陰涼腥風。

她用手掌劈出一條道路，這耽擱了她不少時間。前面亮起一盞燈，於是她跑了起來，呼呼喘氣，黑影一團團後退。

夜雲洶湧。她跑得筋疲力竭，那點燈光仍在遠處搖曳——原來，她不過是在原地奔跑，像打滑的車，站在自己刨就的深坑中，牙縫裡都是土。

黑暗中有人停在坑邊，一個男人說，「來吧，坐吾的土橇。」

她伸出手，彷彿是個紙人，被他輕輕捏了上來。

拉土橇的大黑狗搖著尾巴。

「在福音鎮，沒有這種交通工具，你就會變成一隻打洞的耗子，一路走到地獄裡去……吾娘說來了稀客，吾就駕著土橇來了。」

「啊，我從沒見過這種塵土飛揚的地方，」她打了一個噴嚏，「一根草都沒有。」

「記者不該少見多怪。」男人安頓她坐上土橇。

「你怎麼知道我是記者？你不可能認識我。」她把疑問句說成了肯定句，此後也老是犯一些詞不達意的錯誤。

「鎮裡人早就知道你要來了。你肯定是坐馮二的車來的，進鎮的岔路太多，又沒有路標。從這方面來講，你算幸運的。」

「我不喜歡別人拿腔拿調。」

「吾一直這麼說話。信不信由你。」

「早知道這樣，我真沒必要來這一趟。」她拍拍衣服，啐了一口泥水。一股腥味。

「放心，福音鎮是從來不會讓客人失望的。」男人說道：「咻！——多樂——咻！咻！」

大黑狗像馬一樣立起來，往前一撲，土橇像摩托艇衝開水面，迅速滑進黑暗深處。

黑暗颼颼地響。沙粒打在臉上，有一種被鞭打般的痛。頭髮被風扯直了，腦袋往後拽。脖子像根彈簧被崩到極限。她想喊停下來，每一個音節都被風逼進喉嚨，彷彿老鼠被塞回地洞。黑狗的哈喇子[1]飛濺，銀光閃閃，變成細線，如道道閃電劈砍黑暗。風死死地抵住眼皮，她感到自己疾速墜入地獄。

---

1 哈喇子，即口水。

第四章　哭泣的幽靈

陰影隨燈光搖晃，像皮影戲。黃泥土牆光溜溜的，螞蟻被燈光放大後爬行的影子，像駱駝走在沙漠中。昏黃的光線，跟烈日一般催人昏睡。蟲子帶刺鉤的細腳發出摩擦聲。翅膀打開又合上。咀嚼空氣時發出咬橡膠的聲音。老婦人的影子投到牆上，像一座巨大的山峰聳立沙漠。她打了一個悠長的飽嗝，送出一股爛梨味氣流。緊接著又打了一個短疾的，聽得出她很享受釋放每一個飽嗝，就像打開籠子放出毛色不同的家禽，從容淡定。

「黑蠍子呀──」

「黃蜈蚣呀──」

「綠馬蜂呀──」

她低聲念叨，陶罐裡傳出窸窸窣窣的回應，緊接著是蟲豸廝殺鳴叫的聲音。她的耳朵隨著聲響抽動，心滿意足。片刻，老婦人腦袋耷下去，發出輕微的鼾聲，身體忽然一震，抬起頭來，說道：

「兒子啊，我說了，用不了多久，咱們連一粒米也看不到了，都會餓死的……所有的樹皮，野草，被吃光，一切活物，能吃的，不能吃的，都會填進肚子裡。你總說不怕，挖到金子，就什麼都有了……金子是什麼東西，能吃嗎？金子種到土裡能發芽嗎？能結果子嗎？……聽著，我這輩子沒見過金子長什麼樣，也不想見，他們挖空了半座山，挖出來的，除了白骨還有什麼？幽靈蚊子一樣滿鎮子飛。你看不見，我看得見，我還聽見他們哭。你想想那個情景吧，好好的人，走著走著，頭一歪就死了；樹丫上吊著人，舌頭垂下來，再也收不回去；有人的脊梁骨被鋤頭敲斷了，因為他不聽話；平時關係不錯的左鄰右舍，死死圍住一個老實人，把石子兒塞進他的屁眼，因為他不肯說出大米藏在哪裡……兒子啊，你得告訴他們，不能再挖了，等土地爺動怒，人就要遭大罪了。你忘了，二月二，土地爺生日那天，雷劈斷了鎮子裡的老槐樹？這就是徵兆，是天在說話。」

「媽，你又不清楚了。你躺到床上去吧。」

「我這把年紀了，不要什麼新的信仰，我信我手裡這對牛角卦。它不單養活了咱娘倆，也幫了不少人。」

「媽，新的信仰和你的牛角卦不衝突。袁八袋現在看得起你兒子，吾得拿出點本事來。」

「滿意，你還想著弄些金子給多喜打鐲子？啊，你說說，鎮子裡的人，還有幾個男人沒睡過她？還有誰沒進過那個廢棄的教堂，爬上她那張稻草鋪？頭髮事小，失節事大，頭髮剪了會長，失了的貞操是怎麼也找不回來的。她就是任性，任性，她會毀在自己的性子裡，不，她已經毀在自己的性子裡了。」

「媽，她有多不乾淨，吾就有多愛她。」

「比你爹說得還要動聽。你連自己都不知道你的感情靠不住。」

「吾會證明給你看的。」

老婦人擤了一把鼻涕，「你聽——」

「我什麼也沒聽到，媽。」

「一個幽靈在哭，是個女的，她是來找你的。好奇心都快撐爆她的血管了。」

「你剛才在做夢，你還哭了，是不是有點害怕。」男人將油燈放在窗臺，剔了剔燈芯，屋裡光線像油畫刷亮了一層。他身上有股憂傷，憂傷像光環般環繞著他，以至於我只能看到這光環，他本人反倒模糊了。

「我不記得了。如果我醒來覺得特別累，就是做夢了，人像散了架，好一會才能拼接起來。我總記不住夢。小時候住在鄉下，沒有哪一個晚上夢魘不來的。有幾次我還摸到它毛茸茸的身體，像一隻貓。我一直覺得它是友善的，甚至帶著幾分調皮。每次我掙扎得滿頭大汗時，它就放開我。」

「做夢特別耗費空氣，大約是平時的十倍。」他的身體擋住了牆上的相框，「吾們這兒停電很久了，到晚上空氣就很稀薄，出門呼吸透氣的人太多，到處擁擠。夜晚穿過一條街道要多花不少時間。有的人在夢中會窒息而死。吾鎮有句老話，死在自己的床上，就不會成為流打鬼[1]。吾不是咒你。」

「怪不得我感覺肺部好像被凍住了，我的血液都停止了流動。」

「很快就會適應的。等你身體裡裡外外全被新鮮空氣清洗一遍。」

「無所謂，事兒辦完我就回去。」我的皮膚漸漸變冷，藥物的味道從毛孔裡散發出來。

「你不會捨得那麼快走的，好奇心都快撐破你的血管了，再說，你還沒找到周密，你期待證實你內心的預感。女人總是這樣，證實某些預感之後，為第六感的準確而得意的程度遠勝於事實帶來的傷心——『我感覺就是這麼回事，果真如此，我可不蠢』——對吧，你們自己根本意識不到自己的荒唐。有些事情沒有必要問個水落石出。就拿你來說，假設男人有了別人，如果你死活不想跟他分開，弄清楚真相對大家有什麼好處？如果你不能容忍，分手前又何必這樣辛苦求證。」他笑了笑，接著說話，「馮二叫你來找吾，吾懂得他打什麼算盤，他每時每刻都在打算盤，盤算來盤算去，有句老話叫什麼來著，『機關算盡，反誤了卿卿性命』，說的就是他。吾得提醒你，現在環境也不太安全，夜裡經常出現迷魂陣，尤其是單獨走夜路的女人，最容易碰到……你可能不知道，剛才那種情況太危險了，若不是吾來得及時，你很快會被活埋在你自己挖的坑裡。當然，迷魂陣這類小把戲，實際上也沒什麼可怕的，你只需要脫下褲子，大聲罵娘，或就地小便，那些邪東西就會被跑開——這麼做對文明的城裡姑娘來說可能難一點，但這是唯一的辦法。」

「噢，我知道了，你叫魏滿意，你媽是通靈師，你是個私生子。」馮二確實在路上給我嘮叨了不少，也不管我有沒有興趣聽。

「『魏滿意的娘魏一鳳懂《易經》，她這輩子就賴這一本書指引人生，活得特別明白，尤其是發生大事的時候。使她懷孕的男人突然丟下她跑了，她一滴眼淚沒掉，扛下來了。年輕時整個福音鎮都能聽到她的大笑聲，老了以後，她那此生無憾、渾厚悠揚的飽嗝再次證明她的豁達與堅韌。她的頭髮還是黑的。她餵養毒蟲，指揮牠們廝殺，然後將勝利者製成藥丸，每天吃一粒。她還在等那個男人。她想讓那個男人明白，拋棄她是多麼遺憾的錯誤。她使現在那些以摧毀自己來達到懲罰別人的做法顯得格外愚蠢。我們這兒的女人多少受她影響，都有些不被馴服的勁兒……』」

「通靈師，私生子，這下你更好奇了吧。」

「說實話，我已經厭倦了記者這一職業，記者早就失去了原來的意義，變成了漂亮的傀儡。福音鎮人沒有被電視和報紙餵養，就像一塊好土沒被汙染，你們是幸運的。」

「城裡人的偏見。吾倒是希望什麼都有。」

「我來找我未婚夫——只是想把一些東西還給他——我是急性子，不喜歡拖泥帶水。」

「藉口，看來你還愛著他囉。」

「有什麼區別？這不是問題。」

「他也許還在那裡……不是那麼容易脫身。」

「那是個什麼樣的女人？」「脫身」一詞，激起了我的醋意，我本能地覺得那麻煩來自某個女人。

「誰？」

「常多喜。」名字一出口，我就覺得屈了尊。

彷彿地震，牆上相框顫動。相框裡是一個少女的背影，披散的長髮遮蓋了整個身體，露出小腿和腳踝。女人頭上停著一隻鳥，雙手像被反銬在背，做出一個奇怪的絞扭姿勢，同時，我看見她的身體正一點點扭轉過來，接著便完全面對著我了。她臉上沒有五官，我仍感覺她在微笑，很溫順的樣子。

「連小鳥都想在她的長頭髮裡搭窩。」魏滿意說道。

「她像在子宮裡那樣蜷著身體，手臂纏著脖子，頭髮濕漉漉地，彷彿剛剛結束長跑。她不比一根豆芽粗壯。一些雀斑撒在蒼白的臉上。『你不是常多喜』，她睜開眼就說。我說我不是常多喜，我也沒說我是常多喜，我才不屑於成為常多喜呢。我叫袁變花，很土是不？我挺喜歡這名字，我長得這麼洋氣，配上土名字，也就大俗大雅了。你別認為小地方人沒文化，我爺爺是秀才，祖上有人當過皇帝的老師，我們這一塊土地，自古以來出過不少將相，文武大官的，你進鎮子必然經過的一座古橋，那就是狀元橋，至少有五百年歷史了，因為挖金運輸泥巴，橋就拆了填成路啦。你來遲了，這裡什麼都沒有了，只有灰燼。『那你們為什麼還留在灰燼裡？』她問得真好，不愧是記者，一下子就戳中要害。我說這是我們的家，我們不在這裡，能在哪裡？她說你的腦袋閃閃發亮，為什麼剃光頭。我說頭髮肥田去了，上邊讓剪，咱就剪了，還有洗澡水，洗腳水，都要統統倒進田裡，身上越髒水越有營養。『為什麼要肥田？』她眨巴著眼睛，她的問題像甩著一根鞭子把羊群朝圈裡趕。『為了提高糧食產量』。她問得簡潔，我答得精闢，不過我還補充了一句，房子都拆了肥田呢，莫說幾根頭髮了。『這科學嗎？』她直眼瞪我。我忍不住發笑。我們就是要推翻科學，打倒常識，徹底征服大自然這頭狗熊。科學這種妓女，只到得閒的時候召來玩玩。她迷霧茫茫望著我，那樣子挺可愛，最容易撩起男人的肏興。不止一個男人對我說過，『你要是能蠢一點，我會更想肏你』——我至今沒找到這裡頭的邏輯，此刻似乎有點頓悟。『我走了很遠的路，這兒灰塵撲撲的，我大腦裡面都是灰，有點睡不醒。』她腦袋耷拉下去，『好像都認識我，難道我原本是福音鎮的人。』她好像腦子裡真的進了灰。『我認識你，我在周密的夢中見過你。』」

---

1 流打鬼，指街上的小混混，不務正業的人。

第五章　開礦

黃昏。綠水青山。有風。天空淡藍。白雲低得彷彿要親吻水面。河水扭動，水草輕拂，野鳥掠過河面。工人們嘻嘻哈哈從岸邊走過。影子長長的。風撩動他們的衣襬。馮二領頭，身板挺拔，腳穿舊軍鞋，頭戴黃草帽，嘴裡叼著狗尾巴草。他瞥見河邊有人畫畫，便離開隊伍，走了過去，歪著頭看了看畫板，又望了望遠處，稱讚道，「畫得一模一樣哩。」又扭頭朝隊伍那邊喊，「耿十八，十八鰲，快來看看。」一個彎背男人過來了，彷彿因為個子太高，營養供應不上，稀疏的頭髮懦弱無主見，伏貼頭皮，連帶聲音也尖細了。「畫得好啊，要不了多久，山就會平了，野兔子自己會送上門來。」

「不如告訴你算了，反正一開挖都會知道，」馮二對面帶疑惑的畫家說，他那隻邪淫眼光彩閃爍，「福音鎮發現金礦了，咱人手不夠，招來這麼些幫手。你知道建立新信仰的事吧？這是第一步。」

「黃金，真正的黃金，那些閃閃發光的東西，悶在地底下，早等得不耐煩了。」耿十八插了一句。

「『去福音鎮吧，開採金礦，挖金子呀，工資嘛，你要黃金就黃金，要現金就現金，唱著歌就把錢賺了。』我馮二只這麼說一句，聽到的人，就跟在我們屁股後面，『名額有限，招滿即止啊』，有的都來不及和老婆說一聲，僅託了口訊。人太多了，趕都趕不走，『行行好，就讓我去挖幾天吧，黃金，哪怕是能看上一眼也好吧。』那些人又是塞香菸，又是託人來說情，好像我馮二是擺明了要人送傢伙似的。前天夜裡頭，我床上突然冒出一個剛剛發育的小姑娘，『叔叔，讓我爸爸去福音鎮挖金吧。』她這麼說著，脫掉了身上最後一件衣服。『叔叔，我要是沒辦好這件事，爸爸會用皮帶抽我。』你瞧，我就這麼點小權力，給我來這麼個大甜頭……真是太為難了。嘿嘿。」

有鳥在叫，一聲比一聲高，一聲比一聲急。

「這是什麼鳥？叫得這麼不祥。」畫家問。

「不曉得，鬼影子都看不見，只怕是催魂的，張老倌死前，在他屋後叫了一個星期。」馮二從口袋裡摸出一包菸，自己點上，「老資愛聽布穀鳥叫，『不愛插田』、

『不愛插田』，哪個愛插田嘍！開了金礦有了錢，以後的日子就天天穿擦得雪亮的皮鞋子了。小老弟，到時候你的畫筆都會用黃金鑲的。」

「二鰲，你遇個樹樁都要扯半天，碰到畫家更是沒完沒了。」耿十八說道，「走吧，太晏了，庫大有等著清點人數，我怕他發飆。」

「只有你這個豬卵子，催死一樣。」馮二笑罵，「庫大有這會兒正吃飯喝酒哩，袁八袋老婆做五十歲，他當小舅子的還不趁機猛灌好酒喝個爛醉。」

我夢見周密。他對我視而不見。我大聲喊他，把自己喊醒了。

恍惚間看見一個老婦人站在那裡，像一件發霉的家具，星點亮光從她隱匿在肉縫中的眼睛裡迸射出來，冷颼颼的。她裸著上身，戴著白骨墜子，身上布滿老年斑，皮褶子一層疊一層，彷彿一件布滿荷葉邊的衣服，因為乳房形狀模糊不清，落在腰間的乳頭顯得奇怪。她手上拿了一個小瓶子，徑直走過來，掀開我的眼皮，往我眼裡滴藥水，嘴裡念念有詞。冰冷的液體像蛇一樣在體內遊動。我感到視力發生變化，周圍一切彷彿在蛻皮。老婦人臉上的皺紋消失，身體豐滿，乳房脹鼓起來，她套上衣服，扣好布釦子。屋裡桌椅陳舊，雕花鏤刻，都是明清款式，包漿發出暗光。桌上擺著茶壺杯盞。花瓶中插滿鮮活的野花。被子花花綠綠，散發新香，床榻上擺了一雙繡花鞋。

屋子裡像墳墓般安靜。

意識到自己一身塵土，還睡著別人的新床，我想起來，被老婦人輕輕按住。

「等等，福音鎮的時間正在倒流。」她說道。「這會滿足你的好奇心。」

綢被發出紙頁的聲響，床簌簌抖動。粉塵飄了起來。我摸了摸，手上沾了一層紙粉，漿糊乾透，結成了硬殼。

「都是紙糊的。」我說。

「那有什麼關係，你睡得那麼香。」老婦人回答，「看得出來，這是你這輩子睡得最舒服的一次。」

我想了想，是的，像睡在海底深處。過去的睡眠掛在樹梢，一絲微風就能將我搖醒。腦海裡經常塞滿當事人的面孔，有的血腥，有的絕望，有的接受採訪不久後死了，有的經常跑到我夢裡哭泣。

一些遙遠而嘈雜的聲音湧進來，有時特別清晰，像個調皮的孩子，跑到門口露個鬼臉，又逃開了。

「別費神去聽，那會耗盡你的精力。」老婦人咳吐出一隻土蛙，它眼睛骨碌轉了幾圈，像老鼠磨牙般說著什麼。老婦人揮揮手，土蛙就跳走了。

「滿意這張床上，可是第一次睡了女人哩。」

我腦子裡還是迷迷糊糊的。

老婦人端著一瓷盆水，白骨墜子落在乳溝間，盆底畫的那兩條金魚，隨著水波游動。

「以前，河裡的水能吃能喝，現在要在福音鎮弄到一盆清水洗臉都不容易。」她自言自語。

我低下頭，看見盆底魚追逐扭動，越游越快，水波蕩漾起來，魚扭變成兩個人，坐在河面上。天上掛著一彎鵝眉月。星星消隱不見。那兩個人在水中如坐平地，喝酒，低聲交談，手勢切割著燈影。

「我們的馬戲班子來到福音鎮，純屬誤打誤撞，我根本沒想過會留下來。『情況是這樣的，』袁八袋捉住我的手說，『金大師，您是高級煉金師，您有國際聲譽，我敢說，您就是黑菩薩安排來幫助福音鎮的。我們許了給黑菩薩鍍金的願，這無論如何要兌現，菩薩是騙不得的。但我們現在遇到難題了……山體挖了一半，還沒發現黃金的影子……我看了您神奇的表演，隔空取物，空盆變蛇，斷蛇復活……您有那麼多特異功能，肯定有辦法幫我們解決問題的，對吧？』我回答他，雖說我已出版過幾本煉金理論專著，但沒有真正實踐過，倒是樂意一試。煉金需要大量原材料，什麼鉛啊，銅啊，銲啊，汞啊，硫黃啊，水銀啊……袁八袋說這些都沒有問題，我要的材料他都能搞到。」

一絲風在枯枝間迴盪。我的身體像隨水波一蕩，將月亮撞成碎銀。

第六章　新信仰

「你聽到金屬在爐子裡融化的聲音嗎？咕嚕咕嚕，黏稠的氣泡鼓起又炸裂，彷彿一群人不斷地咂舌。蒸氣形成白霧，匍匐在玻璃頂棚，形成水滴落下來，地上濕漉漉的，人來人往，踩出一層爛泥。穿雨靴的，打赤腳的，也有人怕弄髒鞋子踮著腳跳來跳去。看見袁八袋了嗎？他的雨靴長到膝蓋，褲腿穩穩地紮進靴桶，身上口袋都鼓鼓的，裡面插著筆記本，鋼筆，以及垂釣協會、農業協會、作家協會、佛教協會的會員證；皮帶像水桶箍緊紮著腰身，肚子頂起金色皮帶釦，別人一眼就能看見上面的鱷魚標誌。他手上戴著佛珠，走路時取下來放手裡撥弄。馮二撐著黑傘緊跟著他，水珠從傘簷滾到馮二的脖子裡，他甚至都不抹一下。

「黎明的天空灰濛濛的，鳥在樹林裡洗漱，牠們的忙碌使這一天的開頭充滿歡樂。這一天很多人不知道夜裡發生了什麼；這一天馮二不知道袁變花又一次跟金大師睡了覺，他老婆身上的艾葉味因為激烈的性交而格外濃郁，熏死了屋子裡的蚊子，又透過窗戶散發出來，嗆得黑狗連打噴嚏。鎮裡人當著馮二的面談論煉金室裡的艾葉味。馮二小時候摔過一跤，失去嗅覺，味覺也受到影響，有幾年鬱鬱寡歡，『那就是煉金的味道麼，可惜我聞不到』，他這麼說時，人們大笑，『聞不到才好，聞了你不一定受得了呢。』馮二不甘心，『他媽的，老子這輩子都不知道金子是什麼氣味了。』人們更是暴笑，因為福音鎮人說話，『金子』和『精子』發音一樣。袁變花配馮二，外人看來是鮮花栽牛屎，其實牛屎肥花莖，袁變花被寵養得皮薄肉嫩，豐滿肉感。馮家在福音鎮算底子好的，袁變花打定主意要嫁入馮門，不料過程曲折，先是和馮三戀愛，不料輸給了一個養蜂人的甜蜜女兒；憤而在廢棄的教堂裡給馮四性啟蒙，一年後嫁給了馮二，不久和馮一通姦，將馮家四兄弟都過了一遍。端午節出生那天，她父親用很黑的艾葉水給她喝，給她洗澡，氣味就永遠留下來了。她是個愛笑的女人，笑聲像鳥群撲離樹梢，飛向天空。她的為人無可挑剔，給守寡三十年的婆婆做衣做褲，給守寡五十年的奶奶梳頭按摩，端茶送飯，她打著哈哈擺平了一切，還贏得別人羨慕的眼光，成了偶像。

「『煉金師那根東西很不尋常吶！』袁變花對撞進福音鎮的女記者這樣說，『半夜裡摸上他的床，他從來不問你是誰，隨你怎麼玩弄那根東西……他一動不動，也不呻吟，好像他只是一片土壤，上面長著一株生機勃勃的植物，一根春筍。雖說男人德性都差不多，但那玩意兒真的差別很大……難得一遇的尤物哩！你要是早些來，我是可以給你指路的。現在晚了。』

「『那又怎麼樣呢？』她當時這麼回應袁變花。

「『女人應該享用美好的東西……沒想到煉金師……挺不一樣……』她繼續描述更為隱祕的性經驗，直到發現記者已經離開。

「煉金室裡咕嚕咕嚕響。『金師傅，今天進展怎麼樣？』袁八袋總是這麼開腔的。金生聖穿件布釦長褂，長頭髮挽成一坨，堆在後腦勺，下巴上留著一撮山羊黑鬚，面色紅潤，總是將嘴巴舔得濕漉漉的，像是隨時準備接吻。回答袁八袋的問題前，他用兩根手指捋捋黑鬚，不疾不緩地說，『您不用總來催促，這些東西在爐子裡，它們知道怎麼奉獻自己。你聞到味道了嗎？接近黃金的味道。這意味著離成功不遠了。現在有一個問題，銅的品質不好，水銀也不純，而鹽呢，假的！你嘗嘗，炒碗菜恐怕放上兩斤都不夠鹹呢！』袁八袋用手指沾了鹽舔了舔，一口吐掉，轉身問馮二，『是哪個負責買的鹽？』馮二說，『是你小舅子庫大有。』袁八袋點點頭，『嗯，這鹽受潮了，問題不大。但保險起見，還是再買一批來。』馮二進言，『現在市面上到處都是假貨，上回給我老婆買的阿膠是爛皮鞋做的，靈芝是塑膠的，木耳是墨水泡黑的，真是防不勝防哩。』

「『為什麼咱們要給黑菩薩塑金身，建立新信仰，建設無私主義，這也是一個因素。人的心一旦掉進錢孔裡，什麼底線都沒了，道德啊慈悲啊什麼的就都沒空間了。』袁八袋依舊不疾不緩，保持一個大人物應有的儀態。

「『有些人就是覺悟低，就拿耿十八來說，可真是費了我不少口水，才勉強接受新信仰。不過，鎮裡還是有些釘子戶……』

「『這是一場心靈改造，需要一點時間，這就像煉金一樣。』袁八袋打斷馮二，『我有信心。你們也要有信心。你們慢慢會明白新信仰的好處，世界會大變樣子。』

「自打袁八袋在葬禮上宣布發現金礦之後，鎮裡人彷彿吃了興奮劑，好多人夜裡睡不著覺，紛紛起來散步，患了夢遊症。這些人相互熟悉，黑夜裡憑藉影子、咳嗽或腳步聲就能認出對方，彼此站定，傾訴擁有黃金後的苦惱，金子該藏在什麼地方，去哪裡換成現錢花，現錢多了怎麼保管——老鼠和蟲子都是些見錢嘴開的傢伙，專愛吃人民幣。最後免不了相互安慰一番，『船到橋頭自然直』——多少年以來人們都是靠這句話度過難關的。有的人則在牆壁鑿坑，床底挖洞，白天看見這些坑洞，感到詫異，並不知道這是自己所為。有的夫妻一遍遍討論，添置什麼家具，屋頂翻修蓋紅瓦還是黑瓦，院子砌磚還是用欄柵，欄柵要不要鍍金。有些人開始在百貨商店賒購布匹，縫製漂亮衣服。愛吃喝的在飯館老闆記下的每一筆帳後愉快地簽字，確認美好未來。夫妻不再為柴米油鹽爭吵，變得恩愛有加。人們紛紛簽署了新信仰協議，條款很多，沒有人仔細閱讀，大家都在簽，肯定不是壞事，而且精神上的事情，看不見，摸不著，是可以作弊的。通俗點說，新信仰的宗旨就是，人民和政府是綁在一根繩子上的螞蚱，一起蹦躂。至於無私主義的解釋，那就是一個充滿慈悲心的社會，聽著都能讓人感動流淚。福音鎮還制定了未來偉大的計畫，每年編納一百名無家可歸的沒有案底的流浪者，讓他們安家落戶，接受新信仰的溫暖普照，在無私主義的懷抱中過幸福生活。

「人們對金礦發現者馮二和耿十八尤其尊重，路上遇到都要停下來打招呼，然後側身讓他們先過；釀了好酒，捕了鮮魚，也莫不惦記著送給這二位品嘗。在這種舒適宜人的氛圍中，馮二輕飄飄的，在一個無聊的下午，他喝得有些醉意，不知怎麼就撞入一個婦人的巢穴，事後驚喜交加。驚的是這個饅頭似的婦人是耿十八的妻子白懷玉——無論用什麼方式格鬥，他都不是耿十八的對手；喜的是他發現自己竟然有和別的女人切磋的膽量。一連幾天，驚喜在心裡晃蕩，遇到耿十八時，更是蕩得穩不住重心。幸好有白懷玉寬慰，只要他和她都不說，這事就等於不曾發生。但馮二惦著那滋味，以至於經常求醉，期待重溫那種美妙的瞬間。據說這是馮二成為酒鬼的原因。

「但除了掘坑發現的兩粒綠豆大的沙金，山裡再也沒有挖出什麼有價值的東西。菩薩欺騙不得，給黑菩薩許過黃金塑身願，推行新信仰，建設無私主義的理想必須繼續。這就是為什麼有了金生聖和煉金房。」

第七章　光榮榜

自行車只剩半邊鈴，鏈條生了鏽，踩起來嘎嘎直響，但並不費勁。「這輛自行車像條狗一樣記路。你要是不想扭傷胳膊，最好是順從它。」風中夾帶魏滿意的低聲勸告，像雨滴一樣連續不斷。我一路騎車，一路東張西望。街上盡是頹敗的房子，有的剩半截，有的是廢墟，有的只拆去門框。四下空無一人。只聽見竹椅子咯吱搖晃。嬰兒發出鵝黃色的喃喃聲。拖鞋啪噠啪噠走過。酒瓶骨碌碌跌進陰溝。一只鐵環滾出來，在街心歪歪扭扭地奔跑。熱霧瀰漫籠罩整個早餐館。雜貨店裡懸掛著掃把拖把馬桶刷。理髮室的坐椅在轉動，腳踏板慢慢上翹，誰正仰躺著接受修面。風吹來一陣尖利的笑聲，像塵土揚起又迅速落下。福音鎮過於冷清。我才想像這樣的圖景，我腦海中的小鎮。過去我見過不少這樣的小鎮，它們有生機勃勃的黃昏，小孩子們打打鬧鬧，水牛哞哞叫喚，炊煙在屋頂升起，鍋碗瓢盆撞擊出好日子的聲音。我的記憶像一件家具，忽然搬空，留下空蕩蕩的房間。

周密描述過的苦楝樹——如果不是事先聽說，看不出它是什麼樹——皮剮淨了，露出乳白色的肉，全身沒有一片葉子，這棵巨大的白樹，看上去像石膏做的，但一些類似於從傷口裡洇出來的淡紅色塊，顯示著它的生命，好像它被剝皮時產生了疼痛。我摸著光滑的樹桿，像少女的皮膚，帶著體溫，不知道這體溫出自我的手掌，還是樹桿本身，抑或是手掌與樹桿摩擦生熱的結果。樹紋裡滲出清淡香氣。我聽到心跳聲。不知道是我的，還是樹的。

「走近苦楝樹，耳朵貼著樹桿，能聽到樹的心跳，很輕，也很清晰。夜深人靜時，樹會唱歌，聲音像風一樣輕悠，從紅唇白齒間飄散出來。花瓣細得像麥粒，當它們細弱的身軀簇擁成團，形成一朵朵大花，又有一種牡丹似的貴氣，但照樣清新可喜。城裡從來不用這種樹來綠化環境，它們太卑微，名字也不好，苦楝——苦戀，聽起來便覺得淒苦，不吉利。人們需要歡樂的、富貴的、好兆頭的花草。我喜歡苦楝樹，它有獨特的清香，尤其是它的花——怎麼說呢，平時我們見到玫瑰或者別的什麼，只會覺得漂亮，而苦楝樹花，不是漂亮，不是嫵媚，是真正奪魂的那種。」

周密被一棵樹奪了魂嗎？在他的字裡行間，我讀到的是一個男人為一個女人著迷的祕密。我圍著這棵樹轉了幾圈，彷彿尋找她的腰身、臀部、乳房，以及長髮；仰起頭看它的枝椏如何像閃電撕裂天空，那些奇形怪狀的線條充滿倔強。一個空鳥巢卡在枝椏間。

「福音鎮會議中心」幾個字模糊殘缺，房子只剩半邊，稗草從縫隙裡長出來，廢牆上耷拉著破爛的橫幅。牆上刷著紅字：

為建立新信仰、建設無私主義而貢獻力量！

一個人若不願獻身於集體，他便不值得活著。

全世界的無私者，聯合起來！

堅決擁護新信仰條例。

大門左邊是被砸爛的黑板，四角各畫一朵蓮花，隱約可見粉筆線和楷體製作的莊重表格，線條筆直，名字後面畫有不同數量的蓮花。

光榮榜

厙大有，鐵三百一十斤，房屋三間，肥料兩噸，阿彌陀佛；

魏滿意，鐵三百一十四斤八兩，房屋兩間，腐木一噸，阿彌陀佛；

馮二，鐵二百三十五斤六兩，房屋兩間，阿彌陀佛；

胡大，鐵八十斤，房屋一間，阿彌陀佛；
皮求是，鐵七十九斤，房屋半間，阿彌陀佛；
白懷玉，頭髮兩斤，洗腳水八十桶，肥田兩畝，阿彌陀佛；
毛再生，頭髮一斤半，洗腳水六十七桶，肥田一畝三，阿彌陀佛；
……

福音鎮新信仰組委會

二〇一六年八月十八日

恥辱柱緊挨著光榮榜。排名第一就是常多喜，名字上釘著三顆鐵釘子，雨水流下鏽跡，彷佛正在滲血。風如髮絲拂過鼻尖，一縷苦楝花香飄過。

「老裁縫的手是從來不會出差錯的。」一個駝背老頭站我身邊，手拿裁布剪咔嚓剪著空氣，臉上銀光一晃一晃，像是為他嘴角的抽搐打著節拍，「看看這線條，這比例，跟尺子量的一樣……你不會不知道我吧？」

「知道。你是福音鎮最好的裁縫，你用眼睛量身，做衣服從不用尺。你還會打鐵，你的剪刀都是自己打的。」

「你到福音鎮的消息早就傳遍了，我就等著跟你聊點什麼。你應該見過別人了吧……噢，我老糊塗了，福音鎮哪裡還有什麼人……我再也沒有客戶了，手藝廢了，我也廢了。」他邊說邊哭了起來。可要同時表現傷心和得意這兩種表情，臉上肌肉互相擠壓、踩踢，絞擰出一陣汗水，「你沒法想像，那陣子我有多忙，積壓了多年的布料都搶空了，顧客在門口排隊，背底裡各種送禮說情，『皮師傅，求求你別的壓一壓，先給我們家做吧，兒子下個月結婚，總得穿得體體面面的呀。』『求是大爺，你晚上多踩幾腳縫紉機，給我把裙子做好吧。』我活到六十歲，從來沒這麼被需要過，這都是新信仰、無私主義帶來的好處——」

「這個新信仰到底是怎麼回事？」我問。

「怎麼說呢，它是虛的，不像裁縫的剪刀，我可以跟你描述它的形狀、顏色、質地、手感、溫度、聲音，你要我怎麼說呢，從來就沒有人把新信仰裝在水果盤裡端給我看，過去也沒有，他們讓我信這個，我就信這個，讓我信那個，我就信那個，反正又不用花錢，偶爾下下跪練練膝蓋彎曲，我是很好說話的。可惜我後來才知道，新信仰是一隻蠶，如果心是一片桑葉，它慢慢地把它啃得只剩一張網……實話說，我一個裁縫，不需要信仰這個，信仰那個，我認為裁縫信仰剪刀、木匠信仰鉋子、殺豬的信仰屠刀、彈棉花的信仰彈弦、拉二胡的信仰二胡、種地的信仰地、教書的信仰書……你懂我的意思吧，把所有人統統拉去信了一個東西，所有人就成了一個人，這的確是便於管理的。然後呢，所有的瓜果都水汪汪的，黃瓜沒有黃瓜味，蕃茄沒有蕃茄味，蘋果沒有蘋果味，梨子沒有梨子味……啊，福音鎮有兩萬多人，如果要我把所有人的衣服都做成一個樣，我情願不幹這一行。我是手藝人，不是影印機……」

「據說福音鎮人的服裝後來是統一了的，那些衣服是誰做的？」

「據說，據誰說？」他惶恐地瞪著我，嘴角抽得更厲害，「這種含含糊糊的字眼，是一個記者該用的嗎？你才來多久，就做出這種瞭解一切的樣子。所有的『據說』，都是造謠，無中生有，都是有目的的蓄謀。凡事要實事求是。」

風拂動房屋空地的荒草。壁虎爬進磚縫裡。他沉默了一會。

「不過，改是有些改變，少數民族不再穿那些花裡胡哨叮叮噹噹的古怪衣服了，頭上戴的也拿掉了，他們也承認福音鎮只有一個民族，統一了新信仰。雖然這費了一番功夫，流了血，雖然後來時不時仍有人反對，但日子過得好了，什麼都比原來強了。沒有人跟好日子有仇，對吧？……你別那樣看我，我只是一個老裁縫，沒什麼會比我做衣服更在行。」

「什麼是好日子？如果連信什麼，穿什麼都不能作主，叫好日子嗎？」

「有吃有住穿得暖，就是好日子。」

「狗的日子更好，有人伺候著，都不用自己出去找骨頭。」

「你完全不講道理，怎麼拿人跟狗相比……你不知道真正的窮人是什麼樣子。對一個寒冷的人來說，一件棉襖比什麼都重要；對於一個餓了七天的人來說，一個包子比什麼都重要；對於一個到處流浪的人來說，一間房子比什麼都重要……我只是一個老裁縫，沒什麼會比我做衣服更在行。」

「我想找一個說真話的人聊聊。」

「魏一鳳倒是合適，可惜她死了。她不喜歡新信仰，她被沒收牛角卦，禁止使用通靈術。仍然有人找她，她拋鞋子打卦。還有呢，這老太婆一直在地窖裡偷偷造蠱，稽查組搜查糧食發現的……我知道的就這麼多，我得趕緊做衣服去了，好幾個人都翻死魚眼了，等著穿壽衣——我說過，我不喜歡重複做相同的衣服，不然我一剪刀能裁幾十件。我做的壽衣款式每件都不相同，這就要求我付出更多的時間……我猜，閻王爺看到所有的鬼都穿一樣的衣服來見他，心裡會躁得要死，他一發火，就要收陽間的人洩憤……當然……得罪人，比得罪鬼要可怕得多。」老裁縫絮絮叨叨，嘴角忽然停止抽搐，「噢，說到這兒，我有點明白了，人和鬼是一夥的！不是嗎？閻王爺要收人，人就幫閻王爺將人打死，捅死、毒死，或者逼人脖子裡套根繩子吊在鉤子上……

噢，我只是一個老裁縫，沒什麼會比我做衣服更在行。」

「魏一鳳怎麼會死了呢，我剛剛還見過她。」

「是麼？她死後倒是不經常出來呢。她就是說話太多，一天到晚說個不停，尤其是那座幾百年的古橋被拆了之後，她就不停地說話，『古橋動不得啊，古橋是鎮鎮之寶，它已經扎根在地心，根莖在整個福音鎮地下攀爬，福音鎮因此牢固平安。你想一想，拔顆牙都痛得要命呢，砍斷古橋筋骨，攪動大地胎氣，驚擾了多少精靈或亡魂？我跟你們說，夜裡頭我總聽到地底下傳出嘎吱嘎吱的響聲，地面上哭泣聲和哀號聲一刻也不曾停止。它們的房屋顫抖，飯桌傾斜，它們的床鋪從這頭滑到那頭，再也無法固定。要出大事兒了，真的要出大事兒了。』但誰會相信她的話？這個瘋婆子，一個古裡古怪的女人，大肚子被人拋棄，生個兒子一根筋——你也見過魏滿意了，他可是什麼都幹得出來。那一陣子，勞動力都進山了，樹一棵一棵的砍，山一鍬一鍬地挖，挑土的人在彎彎曲曲的小路上往返移動，像兩條活動的履帶。大家幹得熱火朝天，魏一鳳天天潑冷水，『你們這是在給自己打挖墳地……咱們鎮上所有的人，的確要這麼個大坑的，只怕到時候都沒人把你拖進這坑裡，屍體被別人吃了，被野狗啃了，被臭蛆拱了，被老鷹啄了。』……他們容忍她胡說八道，『一粒老鼠屎壞不了一鍋粥』，後來呢，後來的事情我不想在這兒多嘴，我還要趕去做壽衣……總之，他們認定一切都是魏一鳳這個烏鴉嘴造成的，是她暗中使用了邪術，勾結陰間鬼魂，讓黃金消失了，她是福音鎮的內奸，叛徒。跟鬼勾結，那是罪大惡極的，要不是魏滿意穿著有口袋的衣服，有幾分薄面，她會被活活鬥死……」

「新信仰裡頭有神鬼？」

「生活裡頭也有神鬼哩。」

「福音鎮陰氣太重，這恐怕是挖掉竹山的真正原因吧？」

「我不在乎什麼原因。對我來說，那座山，在或不在，都是一樣的。我只在乎人，有人在，他們就得穿衣……我只是一個老裁縫，沒什麼會比我做衣服更在行。」

夕陽忽然撩開灰濛濛的雲絮，探出半邊紅潤的臉，照亮了半堵黃泥廢牆，光榮榜沉浸在一片金黃的光芒裡。

第八章　虛幻

「為了阻止我們見面，周密決定不再做夢。他找魏一鳳弄了些藥，塗在肚臍上——據說那是夢的入口——還整夜點著驅夢香。他房間裡有一種奇怪的、死亡的味道，就像葬禮上燒紙錢、點香燭、放鞭炮、花圈、棺材，以及死人本身等混雜在一起的氣味，連狗都躲得遠遠的。他的確做到了，殺死了所有夢細胞，但也誤殺了不少現實細胞，他的精神垮塌不少，像毒鬼子，眼睛也陷下去了。他對我說，『我不會再給你機會接觸我的妻子，我半個夢也不會做了。』這麼說，你是他老婆，不是未婚妻？」

「我也糊塗了，我不記得我和他結婚了。我一定是忘了很多東西，記憶像一根虛線，斷斷續續的。我們是有幾分幾合的，其中有次曾斷了半年來往。我也忘了是怎麼續上的。」她本無意和一個初次見面的人說什麼真心話，但她是不善於敷衍的人，話一開頭，便停不下來，好像她為這種時刻憋了很久，彷彿要印證自己的記憶與失憶。「我們經常爭吵，好像天生的八字不配，當然也有不少契合的地方。有一回吵得厲害，大約是為了一個採訪調查，他讓我放棄，因為那涉及到一些複雜的背景，會給自身帶來危險。我認為他干涉我的工作，想把我圈在家庭的小範圍裡，做他的私人財產。『我只想活得有點價值』，我最後對他這麼嚷嚷，『你必須尊重我的工作，如果你對社會處境毫不關心，你也只配擁有一個繡花枕頭』。大約是他再也不能容忍我的固執，離開了我。

「過了一個月，他又回到我身邊，說是要保護我。我後來發現，那不像保護，更像監視，對我手頭的工作他興趣大增。但這種興趣和一個愛你的人所付出的熱情看不出有什麼不同。當時我們比之前更加相愛，他甚至又開始我們最初常玩的性遊戲，諸如蒙上眼睛，堵住嘴巴，捆綁手腳，他扮演歹徒，我扮演純潔少女；我們備有護士服或軍裝，網狀絲襪……一段迴光返照似的熱烈之後，我們又一次商量婚期，在地圖上尋找度蜜月的地方……但冥冥中總是有什麼阻止我們結婚。

「有一天夜裡，外面狂風暴雨，門鈴響了。我打開門，一個渾身淌水的女人站在外面，雙手護著挺得很高的肚子，凜冽的眼光從垂下的濕髮簾裡射過來，像個女鬼。『我要生孩子了，』她說，『我需要錢。』我當時根本沒想到一個普通的大肚子女人和周密有什麼關係，更何況我們準備結婚。

「我關門時，這個女人忽然對著屋裡大喊『周密』。於是我把她請進來，給她換了身乾淨衣服。我這麼做並不是出於什麼大器量、好心腸，純粹是好奇，我有一種置身事外的本領，我圍觀自己。現在，也正是這種好奇心將我推到了福音鎮……我總是對我不知道、卻和我有某種關聯的部分感興趣，周密曾經說過，我會為此栽個大跟頭的……如果非得栽個跟頭才看得見真相，那就栽嘛，我可不願意活在倒影裡……」

「你還挺耿的……我就沒什麼好奇心。他們說我男人上過白懷玉的床，捏過張寡婦的奶子，摸過崔大嫂的屁股，對這些傳到我耳朵裡的事情，我也沒什麼好奇心。花枝攀到籬笆外，那是天性，可愛的天性，折斷這種天性是可恥的。真正的是非不在這點男女關係上，過去這幾年你要是在福音鎮生活，你會贊同我的說法的。」

「此前你唾棄『隨時隨地張開大腿的女人』，現在倒又誇讚起天性來了。」到福音鎮後她的大腦一直處於喧囂之中，睡覺時耳邊充斥各種交談的聲音，不知道是夢境還是現實。

「那不一樣……常多喜並不享受，也不快活。」馮二的老婆停頓了一下，做了一個捋掠長髮的手勢，手指擦過臉皮劃出幾道紅印，迅即恢復蒼白，「繼續說說那個敲開你家門的女人，告訴我怎麼回事？」

「你不是沒有好奇心嗎？」

「我這是在幫你，放肚子裡憋臭了，不如倒掉更好。」

「『告訴我怎麼回事？』我也是這麼問他。

「『那純粹是一次意外，跟你分開後，我老去酒吧喝酒。有天晚上喝多了，跟一個女的走了，連她長什麼樣都沒看清，名字也不知道。』——他是這麼說的。

「『你要多少錢？』他問那女人。

「『五十萬，你多畫一幅畫就夠了。』

「那個女人也不像敲詐勒索。她很平靜，甚至流露某種深情。我想周密和她應該不止睡一次那麼簡單。」

「你們城裡人想法真奇怪，睡都睡了，還要去想他睡得舒不舒服，他要是睡得舒服，你心裡就不舒服了。」

「他給了她五十萬，請她走得遠遠的，不要再來打擾我們的生活。但是後來，他自己卻開始幻想起那個屬於他的孩子來。」

「這就不是錢能處理得了的了。」

「我很矛盾，我接下了兩個月外省採訪的工作任務，也算是逃避現實吧。我回來以後，他公開宣布我們的婚期，然後我們開始籌辦婚禮。但是沒多久，他讀到了關於福音鎮的報導，那裡即將成為全國的實驗鎮，全鎮的十三個少數族將統一成一個民族，通過比賽保留勝出民族的服裝、風俗、生活與文化特徵，打造道德模範新農村，推行新信仰，建立無私主義小社會。『我得趁那些少數民族消失前去畫點什麼。』他說，『天賜良機，我感覺我會畫出一批具有特殊意義的作品。』我忘了我們是否登記註冊，我甚至不記得我說了什麼。我猜測他又在躲避什麼，我能感覺他的內心像風中燭火，搖擺不定。他想用某種事實來驅趕這種搖擺，比如婚姻，就像用罩子罩住這燭火。

「周密走後不久，那個女人又按響了門鈴。她抱著一個嬰兒，給我看嬰兒那鴨蹼似的雙腳。

「『我需要足夠的費用，帶兒子去美國做手術。』那女人低聲說著，她的孩子咧開嘴朝我笑，露出粉紅的牙齦。『我保證再也不會來打擾你們了，請你們理解一個母親的難處。』我是第一次認真看這個女人，她比上一次憔悴許多，因為懷著某種希望，她的眼睛顯得格外明亮。我感覺自己反倒像個插足的第三者。那對鴨蹼似的小腳一直在我腦海裡划動，讓我不能集中精力做任何事情。」

「胡大說，畫家經常給你寫信，但從沒收到你的回覆。」

「胡大是誰？」

「福音鎮的郵遞員，一個老鰥夫。這個偷窺狂知道很多別人的祕密。」

「拆信？那可是違法的。」

「小地方哪有什麼法不法的，有權力的說了算。所以咱們這兒有合法殺人、合法強姦、合法搶劫、合法打鬥、合法拆遷，合法消滅不喜歡的東西……聽起來很特別是不是？」

「我想瞭解這個新信仰，瞭解福音鎮，瞭解整個新政所產生的影響，到底怎麼回事，死了很多人嗎？你是死人，還是活人？」

「怎麼，你不是厭倦幹記者這一行了嗎？」

「我厭倦的，不是記者的職業、本能，不是真相，我厭倦的是寫假話，寫假相，以及稿子被閹割與被槍斃的遭遇。但我還是好奇，純粹是出於好奇。我總覺得我渾身都是腦袋，一個個伸長脖子，睜大眼睛看著世界。你聽，我血管裡血液正嘩嘩地流淌，渾身躁熱，心裡發癢。我必須滿足我的好奇心，就像飢餓時需要食物填充肚子一樣。」

第九章　馬戲團

太陽失去精神，漸漸疲乏，橘色越來越深，白雲彷彿受黃泥玷汙，顯得很髒，但苦楝樹的上空，還有沒被汙染的雲團，白得憂傷。淡紫色的苦楝花，小小的雲團，一簇一簇，彷彿花燭洞房中新娘的臉，溫暖而羞澀。萎靡的陽光令綠葉蒙上鏽色，樹枝像扭曲的鐵條，如有風搔過，立刻顯示出柔韌的本性，輕輕捶打雲絮，彷彿還發出清脆的嬉笑聲。那兩人合抱不過來的深褐色樹身，長著鎧甲一般的皮，紋路凹凸不平，有風雨交加的氣息。樹的斜影落在池塘裡，將金色的水面塗下一槓黑。塘裡的新荷在水面畫著圓圈，或者攥著拳頭，向天空示威。

清香襲人。苦楝花無風自落，彷彿某人憶起往事，潸然淚下。

細碎花瓣落在多樂頭上，牠懶得睜眼，只是抖抖耳朵，咂巴嘴。但旋即被砰砰聲驚醒。牠瞥一眼打沙包的多福，鼻子裡重重地噴出一股氣，重新閉上了眼睛，彷彿母親面對不爭氣的兒子。多福半仰著臉，斜眼歪嘴，嘴角流著哈喇子。他樂於助人，經常四處轉悠，碰到誰家沒人，他就會進屋掃地、洗衣，煮一大鍋夾生飯，順便在廚房或者別處拉一泡屎；有時還替別人照顧畜生，放開豬圈，解開牛繩，打開菜園門，讓牲口進去玩耍，他在一邊拔草扯菜。

現在他的手背已經長了厚繭，拳頭呼呼生風。腳底綁磚練輕功，兩腿沉重，像個囚犯般在村子裡跋涉。他不疾不緩，半仰著頭，睥睨嘲笑者。他沒有朋友，那些和他說話的人，目的也只是他姐姐。他們向他打探多喜晚上幾時睡，早上幾點醒，睡覺穿不穿衣服，夜裡說不說夢話，有沒有男人爬上她的床……多福開始老老實實回答，後來察覺到別人不懷好意，就掄起拳頭打人。他的手肥厚粗壯，好像握著什麼武器。人們怵他的拳頭。他知道這個。他像珍愛一件武器一樣愛護自己的雙手，經常用肥皂洗得乾乾淨淨，放在空氣中展覽。

「多福，來了馬戲團呢，你不去看看？」

「什麼是馬、馬戲團啊、姐姐。」

「就是一些耍雜技的，耍猴的、耍蛇的，你沒聽見銅鑼敲得響嗎？」

「沒、沒聽見。我一口氣打、打了三、三百拳。誰要欺負你，我把他打、打成肉餅。」

「乖，不要和人打架，惹了麻煩，咱們就評不了文明戶，獎不了大紅花了。」

「我才不管什麼文、文明戶，大、大紅花，壞人就該、該打。」

「多福，你要我跟你說多少遍你才聽呀，在新樂園，不能做不道德的事情。」

「什麼是道、道德啊、姐姐。」

「呃……就是做個好人吧。」

「什麼是好、好人啊、姐姐。」

「多福，你別沒完沒了。快去看馬戲吧。」

多福腳底綁著磚塊，高杵在人群中。只見一隻穿衣戴帽的猴子翹著紅屁股，敲鑼翻筋斗滿場奔跑，眼睛滴溜溜轉。多福啐了一口痰，露出厭惡的表情。猴子進去了，出來的是連體侏儒姐妹，穿得金光閃閃，又唱又跳，她們動作一致，表情相同，連眼睛睒動都一模一樣。多福撿塊石子砸了過去。她們贏得了掌聲。一個剃光頭的胖子出來，站在場中央，「接下來我們的表演會有點嚇人，膽子小的、有心臟病的，都要小心了。」

人牆一陣騷動，圍得更結實了。

兩個男的抬了筐玻璃渣鋪在地上。光頭胖子脫了褂子，裸出一身膘，將筋骨拉扯得咔嚓響。另一個半裸年輕人，深呼吸幾口，嗷嗷大叫幾聲，仰面躺下，肌肉吞沒了玻璃渣。人們發出驚呼聲。緊接著一塊布蓋住了年輕人，蒙著上身和臉，又有兩個人抬了一塊長形麻石，放在年輕人胸口。此時光頭胖子手中多了一把大錘，他握著大錘繞場走了一圈，朝手心吐了口唾沫，霍霍喊了兩聲，掄起錘子照那年輕人砸去。麻石應聲而碎。觀眾倒抽冷氣，鴉雀無聲。直到那躺著的年輕人笑著朝大家鞠躬，才有掌聲才響起。

這時喇叭裡響起一陣舒緩的音樂。胸口碎大石的撤退，一個穿長衫的男人上場，他眯縫著眼睛，彷彿有強光照射。大家早先聽聞他的絕活，向前擁擠，場內已新增了七、八個維持秩序的人，手中長棍一橫，將觀眾往後擠壓。人牆是整塊的，退便全退，進便齊進。騎在脖子上的孩子哭了起來，但很快停住了，因為還有比哭更有意思的事情。那穿長衫的人將一只空瓷盆扣在地上，點燃一張白紙，火苗閃爍，青煙淡淡，他嘴裡念念有詞，繞著瓷盆畫圈，一隻手抓住空氣朝盆底扔。末了，他身體一振，像被人敲了一棒子，笑意浮現嘴角，讓觀眾近距離觀看。他請他們蹲在瓷盆邊，並搭手護住盆底，自己略略掀起盆沿，手探進去，緩緩拖出一條活蛇，纏緊他的手臂。他一連拖出五條蛇來，在地上絞纏拱動。

多福滿臉癡迷，嘴巴張開，口水垂成一線。等表演結束，他繞到後臺，橫在門口。

「你要幹嘛？」打雜的人問。

「等那穿長、長褂子的師傅。」

「金師傅？他忙不贏呢，沒空和你玩。」

多福拳頭一揮，唬得那人趕緊閃開。

「我要學法、法術。」多福岔開腿穩穩地站著，腳底綁著三塊磚。

長褂師傅衣袂飄飄地來了，正眼不瞧多福，只用手將他拂開，與其說是他拂開多福，不如說是多福主動讓開。他從不冒犯自己尊敬的人，甚至連肩膀兩側都垮下來了。他尾隨金師傅進去，腳下沉重，顯得他篤定要做某事，不可違抗。

第十章　寫詩與剪髮

「皿珠，你總算來了。」一隻冰涼的手搭上肩膀，她不禁打了一個寒顫，「我一直在等你，明天我就要出遠門了，我還擔心見不到你呢，那就太遺憾了。」

「你等我做什麼？」她拂開那隻冰涼的手，那隻手在黑夜裡格外蒼白。她大約看清了對方的臉，圓的，一邊漾著笑意，或許是光影的緣故，另一邊看起來是空的，牙齒倒是整齊，一顆不缺。

「我是白懷玉，別人都叫我白饅頭，因為我身上到處鼓鼓的。」她聲音很細，像是被門縫壓癟了一樣。「現在可不如從前了，這些肉都被他們割去吃了。」她手壓到哪兒，哪兒就塌下去，的確是一個空架子，站在那兒顯得歪歪扭扭的，風一吹人就飄離了地面。

「也就是說，你是個死人了？」

「你怎麼說這種罵人的話？你大老遠到福音鎮來，就是為了耍我們麼？」白懷玉頓時陰森森的。「換平時，我一跺腳就走了，懶得理你。我知道你的好奇心，你會沒完沒了地纏著我。不過，我要事先告訴你，我知道的有限，能說的我都說，不能說的，你問我我也不會回答。福音鎮的新信仰規定，一切告密、透露消息，出賣福音鎮的人，來世都會投胎變豬，被人殺了吃肉。我絕不想自己總是被吃的命。」

「也許這是你唯一的機會，說出真實，避免在黑暗中良心不安。」

「我怎麼會良心不安呢？我是老老實實的，遵紀守法的，從不違背信仰條例，上頭說怎麼做就怎麼做，你沒看見光榮榜上有我嗎？鼓動上交銅鐵的時候，我連箱子鎖都撬了；要求剃髮肥田，我二話不說就剃了；要求人人寫詩，我走路想，吃飯想，連拉屎都想著怎麼寫一首新詩。我老公——耿十八這天殺的成天跟新信仰鬧彆扭，我更加不能落後別人，要不是我積極配合，擁護讚美，他不但會拖累我，自己會死得很難看。我琢磨出怎麼寫一首討人喜歡的詩，那就是歌頌新政，把它描成一朵花，捧到天上去。我媽從小教過我，是人都喜歡聽好話，聽表揚，不管真的假的，沒有聽到誇獎反倒生氣的。

「『啊，新信仰，你是早晨的太陽，黑夜的月亮，你是寒冬裡一爐燒得發紅的炭』，他們把我這首詩抄到黑板報上，組織學習、討論，談感想。實話說，寫詩還是有點意思的，那些寫不出來的，憋得臉色發青，帶只雞蛋來向我討教。大家見面不再說『吃飯沒』，而是問『寫詩了嗎？』。做為新信仰條例，建設文明村鎮、提高文化水準這一條，很快就實現了。更何況福音鎮發現了大金礦，人人都想著金子會像金黃的稻穀一樣，撒得到處都是。心裡喜孜孜的。一首通過高音喇叭朗讀出來的詩，獎勵零點零零一微克黃金，記錄在帳冊上，等掘了黃金再作兌現。就是在這時開始全民寫詩的。泥地，樹桿，樹葉，牆壁，手掌，所有空白地方，都塗滿了詩，詩歌像麻雀一樣在天空亂飛。我都記不清他們欠我多少黃金了。按照新信仰條例，抵銷每月給觀音廟黑菩薩進供的財物應該綽綽有餘。不過他們不講道理，非得分開來算，就這樣，他們欠我很多黃金，我欠菩薩很多進供，逼我繳納，有天還闖我家裡搜刮起來，拿走了奶奶遺留給我的一只玉簪子，丟給我幾句髒話。若不是我平時表現積極忠誠，早就像別人一樣被揍得屁股開花，四腳朝天呢……有人說，『福音鎮根本沒有金子，你們想發財想瘋了。』這個人說完很羞愧，第二天便自殺了，一身青紅紫綠，倒是像魚那樣在地上蹦躂死的。」

「你的思維太過跳躍，像猴子似的。能不能說說細節？比如剃頭，比如上繳，比如進供。」

「給你說說剃頭倒也不礙事。我們那個民族的女人，從出生以來，頭髮一直留著。我的頭髮蓄了整整三十四年，烏黑的，帶點自然捲——要說誰頭髮好看，當然是常多喜的，她就是用木槿葉洗頭，滑溜的，半人長的頭髮，掛不住梳子——我其實挺煩頭髮自然捲的，老是打結，像鳥窩一樣毛裡毛躁。當然這不是剃髮原因，我愛我的頭髮，女人家沒了頭髮，像什麼樣子呢？但上頭一聲令下，剃髮肥田，不積極回應，就是多喜的下場——別問我多喜是什麼下場，找到她，你自己問去。

「那陣子山挖空了，土裡荒了，糧食不夠吃，怎麼辦，只能從土地上做文章，怎麼樣讓土地變肥，讓它提高產量，怎麼樣讓它產生奇蹟，怎麼樣讓它刷刷地長出花生那麼大的穀粒。光是頭髮還不夠，還要拆房子肥田，有的拆一半留一半住，有的全拆了，和別人擠著住。這事我也做得不賴，不過幸好沒人聽見我老公關起門罵娘，他把那些難聽的話都獻給了新信仰和無私主義。」

「那效果呢，產量增加了沒有？」

「別總是急於知道結果，照你這樣的態度，人的墓碑上寫一句話就行了：他出生，他活著，他死了。多無聊啊。你可能不知道我的性格，既然你打開了我的話匣子，那就由不得你，你得聽我說完我想說的。我們簡直是什麼都往田裡送，連洗腳水都蓄肥田。如果路上有坨牛尿，立即將牛尿周圍幾平米的地方圍起來，深挖三尺，將泥土運進田裡。你來的時候掉進坑裡了對吧？那就是挖牛尿牛屎留下來的。至於人，明確規定每人每天上繳二十斤尿液，有人不得不坐在尿桶上喝水，或者在尿裡兌水。但每天一斤糞便的任務是個難題，肚子裡沒貨，什麼也拉不出來，有聰明的用黃稀泥混狗屎偽造。欺騙的後果很嚴重，他們可能會打開你的肚子尋找他們要的東西。屍體本身也是很好的肥料。他們懂這個。」

「你故意編這些荒唐的東西。」

「姚記者，你莫自以為是。為了幫助你，我特別推遲了出遠門的時間。他們說我下輩子會投胎變成有翅膀的東西，如果說假話，就只能變成雞鴨鵝和那些亂七八糟的昆蟲。有翅膀的鷹不錯，飛得高，只要避開鳥槍，就不會有危險。說白了，我是在對我自己負責。」

「我得找塊石頭坐下來。」

「你打亂了我的思路……下了很多天的雨停了，太陽很快曬乾了地坪，樹葉綠油油的，小鳥在苦楝樹上唱歌。女人們陸續往這裡聚集。說是剪髮，臨時改為剃，剃更徹底，不會產生浪費。我是第一個將腦袋送到剃刀下的。刀片刮得頭皮嚓嚓地響，頭髮落下來，腦袋漸漸輕了，整個人好像要飄起來。理髮師手腳快，一分鐘剃一個，情願的，不情願的，最終都變成了光頭。有的剃完立即用毛巾裹頭，有的照著鏡子大笑，有的滿臉不高興，有的索性哭起來，通常是沒結婚的姑娘，沒有頭髮，剪掉了魂似的。常多喜一直靠窗坐著，支著腮幫子看著我們。她那天盤著頭髮，插著一小叢苦楝花，衣服是淡綠色的，像春天的新葉。他們派我去給她做思想工作。我實在不是覺悟高……你想想，泥石流來了，一粒小石子能幹什麼？還不是趕緊混在一起往下滾？我就是這麼跟她打了一粒小石子的比方……

「她說頭髮就是她的尊嚴，她不能接受這樣的羞辱。我就不知道頭髮能有什麼尊嚴，就算有，不也是這茬割了那茬長麼，有什麼大不了的？我稍微拐個彎吧，多喜這個人其實來歷不明，她爹常發財說，他在外面打工時有過一個相好，嫌福音鎮窮，生下孩子就跑了。有人說多喜是常發財在苦楝樹下撿的，他聽到大清早樹底下傳出嬰兒哭聲，可能是哪個想要兒子的人家超生的；又或者是哪個黃花閨女造的孽……小時候她真是人見人愛，長大了就帶來了問題，說句公道話，這個問題不是她的原因，她太好看，有一股仙氣，真像天上下來的，說不定是個什麼妖精鬼怪，女人妒忌她——我承認我也一樣——男人想得而得不到她，就像一個好蘋果因為一丁點碰傷，會開始腐爛，那腐爛就是邪惡，慢慢地擴大——男人們是樂於看到自己得不到的好東西被摧毀的。後來發生的事情……」

「什麼事情？」

「……自然會有人跟你講的。我們剪了頭髮，得了表揚，一人領了二兩米。喝了一個月的稀粥，肚子裡哐噹哐噹作水響，我本想煮碗硬米飯吃，但田地還在翻耕中，離下一茬收割還有幾個月，得做長遠打算。我將多半白米包好，藏在牆縫裡，用塊碎磚堵上。那裡已經攢了五六斤糧食了，連我男人都不知道。他跟馮二都進了工作組，那種狗腿子的活，隨時會翻船的……」

「什麼精怪，你喜歡聊齋？」

「那個爛教堂，一到開飯時節幾十隻豬嗷嗷地叫，像唱詩班的，吵死人。只要豬食往食槽裡一倒，就安靜了。推行新信仰後，裡面就亂七八糟的了。上帝砍了腦袋，天使斷了翅膀，十字架成了T字架……她是在那兒住過一陣，訪客還不少……」

東方泛白，青灰的雲層浮現，朝陽正在用它的溫度融化雲冰，雲邊染上淡黃色。光明如千軍萬馬從遠方追逼過來，轉眼稀釋了她們。

第十一章　吃青的害蟲

「十二個少數民族平靜地放棄了他們多年的文化習俗、穿衣打扮，並貢獻了具有代表性的器物，供特建的福音鎮民族博物館收藏展覽。做為活著便能看到自己的時代進博物館的人，他們參觀了自己前不久還使用過的服裝、首飾、廚具、器皿、馬桶、澡盆、農事器具、祖宗牌位，甚至還有月經帶、自慰器，他們民族的圖騰鎖在一個玻璃盒子裡。因為政府答應每戶分配一套房子，精裝修的，教育、醫療、養老、福利統統一視同仁，過了五十歲，拿政府的錢享清福，死後發喪葬費和家屬撫恤金。

「『高貴者最愚蠢，卑賤者最聰明』，老百姓歡喜雀躍。新信仰面前人人平等，人人有飯吃，有房住，有錢花。『外面社會正處於道德危機狀態，新樂園這樣的改革實踐是大手筆，是會寫進歷史的』……少數民族丟棄自己的文化習俗加入新信仰，失落中夾雜美好希望，腦海裡反倒混沌了……就像黑夜裡行走的人，忽然有人舉著火把喊一聲『跟我來』，於是就跟著火把去了，且一直依賴這火把，不管前面是深淵還是平原。我畫了一幅60cm×108cm的油畫，畫的是博物館開業那天，福音鎮人在陳列櫃前參觀展覽的神態，我模仿了達芬奇《最後的晚餐》，畫了十三個人，他們臉上有很複雜微妙的情緒。中間耶穌的位置由一個優勝民族者替代，袁八袋為原型，他的眼裡有一絲唯我獨尊的光芒……我想將來辦一個『新樂園』展覽。不管他們是失敗還是成功，這些畫都是有意義的……我還畫了一幅關於深耕肥田的勞動場面。他們把一塊田裡的禾苗全部拔出來，犁耙，深挖三尺，再將各種各樣的肥料堆在田裡，將附近的良田裡挑出長得最好的、成熟的禾苗，連根帶泥拔出來，挑到這肥田裡並蔸[1]，禾苗密實得像鋪了地毯，小孩在上面爬來爬去，也不會塌下來。他們認為，外地挖金的人胃口特別大，把福音鎮吃空了，肚子還是填不滿，一個新樂園，委以重任的模範實驗區，不可能宣布糧倉空了，找外面借糧，那等於承認失敗，否認上頭的決策。他們打算關起門來解決問題，提高糧食產量，多養豬……你想像不到豬是怎麼遭罪的……』

「天空中飄來閱讀的聲音，細聽，又似乎來自地底下。不久閱讀聲變成了竊竊私語，不時有人爭執。

「……禾苞脹得快要裂開了，眼看著深耕密植就要有收成了，水稻忽然得了怪病，一種不知名的害蟲專吃青禾苞，把稻田弄得亂七八糟的。袁八袋心思全在金礦上，親自在礦裡盯著，恨不得有一萬雙眼睛，看到每一鍬新土。他不幹活，就那樣站著，也汗涔涔的，老挖不出金子，他急得黑冠子[2]呢。

「『八袋，我種了幾十年田，從沒見過這種病哩。莫不是蝗蟲的變異？可眼下禾苞都快被吃光了，沒看見一隻怪蟲，好蹊蹺。這樣下去，到頭只能收割幾捆稻草了。這話別人不敢跟你講，我這把老骨頭，是活夠了年歲的，這事兒，得趕緊對症下藥。』

「『莫要慌，發現問題，解決問題，有病治病，有蟲殺蟲，有鬼捉鬼。』

「如果能捉到一隻蟲，哪怕是一條蟲腿，我也能知道禾苗犯了什麼病。問題是找來找去，連粒蟲屎都看不到呢。這些傢伙肯定長了翅膀，我半夜裡聽到的奇怪的風聲，就是它們在飛，誰還看見天空中有片烏雲移動？那就是它們在飛。它們是比蝗蟲狡猾一百倍的傢伙，連屎都不拉在田裡。

「『那你幹嘛不逮住那陣怪風，不套住那片烏雲？』

「那風的確是風，烏雲就是烏雲。

「八袋彎眼瞇瞇笑，笑得我後背涼颼颼的。『咱們福音鎮這塊風水寶地，哪一年犯過天災？嗯？哪一年不是旱澇保收？十年前發大水，缺的是河那邊的堤口，淹的是河那邊的田地，死的是河那邊的人。五年前大旱，咱們地勢低，土地潮，乾死的是河那邊的苗。現在咱們又有了黑菩薩保佑，只管放平心了。這樣吧，你通知庫二袋，立即買一批敵敵畏，倍硫磷什麼的，管它禾苗還是稗草，一概噴到位，到時候不管害蟲益蟲，都得閉嘴。』

「『我的個祖宗菩薩，益蟲殺不得哩。山上的樹砍得七七八八了，鳥沒地方落腳，都跑沒了；青蛙也捉去填肚子了，害蟲格外才多起來的。莫不如請示上頭的專家，對症下藥，避免傷及無辜益蟲，確保糧食豐收。』

「『牛鐵匠，你的想法比你臉上的麻子還多，你一個打鐵的，種田的，字不認得幾隻，還敢跟八袋論理，快回去吧。』

「『吔，論實際經驗，肯定是牛清明豐富，他是生產者嘛。我無非是年輕時，跟著部隊走南闖北，學了些沒用的東西。不曉得哪座祖墳冒青煙，有機會帶頭為福音鎮人民謀幸福。責任重大啊，新樂園一天不實現，我就一天睡不了安穩覺。』

「我曉得袁八袋是隻笑面虎，也曉得我的話已經惹火了他，我的名字已經寫到他的帳簿上去了。上回自殺的那個，一身青紅紫綠的傷，我知道怎麼回事。我回去就對老婆孩子交代後事，要他們時刻閉緊嘴巴，哭也莫哭出聲音來。沒兩天，幾個外地挖金人死了，個個臉色烏黑，嘴裡含著青渣，像條大青蟲那樣流出綠色的汁液。趕屍的給死人套了長袍，貼了黃符，連夜將死人趕離福音鎮，送它們回老家。我起來屙夜尿時，看見月光下屍體排成一隊，跟在趕屍人後面，像麻雀一樣蹦跳著前進。」

「『屍體怎麼可能走路？』」

「這裡頭是有點神祕。」

「『死人無論如何是不能自己行走的。』」

「趕屍的就是能讓它們走路。」

「『聽到嗎？那些死鬼的聲音還在這空中遊蕩。』」

「『夥計，你怎麼回事？』」

「『倒楣的，千方百計來福音鎮，沒想到是來找死的。』」

「『你不知道稻苗打了農藥？』」

「『一天兩餐稀粥，肚子餓得慌……平時也沒少吃打了農藥的蔬菜。』」

「『禾苞汁真是清甜的，像奶水一樣。』」

「『工錢還記在帳上，一分錢也拿不到了。老婆都不知道我怎麼死的。』」

「『我真蠢，我還讓閨女去馮二的房間……不知道那王八蛋動她沒有……』」

一陣嗚嗚咽咽的哭泣，似乎有眼淚像下雨一樣啪啪直響，將泥灰地砸出無數的坑。

「這以後田害蟲消失了，穀穗抽了出來，收割時多半是癟殼殼。稻草多得沒地方放……聽說來了個女記者，我們得好好跟她講講這些事情。」

1　並蒐，用以增產的一種插秧方式。

2　急得黑冠子，指急得臉色都黑了。

第十二章　古樹精

「哎，你在這苦楝樹下打瞌睡，頭髮被露水打濕了。要是感冒，新樂園是連一片阿斯匹靈都找不到的。」

「我聽到好多聲音，耳邊嗡嗡地響，每一個聲音都想擠到前面，這些聲音互相推搡、踩踏、擠壓，扭曲變形，傳到我耳膜的時候，就像蝙蝠吱吱的叫，像中斷了的電波，像煮沸的開水，像從門縫裡擠出來的狂風，像一聲緊急煞車，像刀片刮過玻璃……我要瘋掉了，根本聽不懂他們在說什麼，秩序……誰來維持一下秩序……也許我還需要一個翻譯。」記者昏昏沉沉。

「別理他們，他們這樣鬧了很久了，你要是跟他們其中的一個說話，你就會像進了迷宮永遠抽不出身來。比如說吧，你碰到一個乞丐，給了他一塊錢，突然有更多的乞丐冒出來，向你伸手，堵住你的路，纏住你的腿……好心往往惹來大麻煩。」

「我剛進福音鎮時就感到氣氛陰森，好像有人在我身邊來來往往，衣服擦過我的皮膚，呼吸噴在我的臉上，帶著土腥味……你是誰？」受一陣苦楝花香的刺激，記者睜開眼睛。

「我就在你身邊，你要是早來半個月，或許還能看到我，但那時也已是風的形狀了。我是誰不重要，你也不會想在這兒交什麼朋友。你可以問我三個問題，我一定實話實說，不在乎下輩子投胎變豬做狗。」

「你是誰？」記者說，「對一個記者來說，這是首要的問題。」

風穿過寂靜，像一個遙遠的姑娘穿過弄堂，空窗前有白簾飄動。

苦楝花墜下，落在記者頭上。

「我就是你身後這棵苦楝樹。」

「我要是在報導裡這麼寫，『苦楝樹告訴我』，『據一棵樹說』，『記者從一棵老樹那兒瞭解到』……不是很荒唐麼？」

「你抬起頭看，我讓所有的葉子做三次翻轉。」

記者看到了樹葉的三次集體翻轉。

「現在，你是唯一知情的人。我沒有被砍掉，因為他們需要一個懲罰犯人的地方。他們利用樹枝，將犯人倒吊到半空中，讓他欣賞遠處雲霧籠罩的山河美景，看白鳥飛過稻田，於是犯人特別想活下去，他們讓他說什麼，他就說什麼，讓他畫押他就畫押，讓他指證別人就指證別人。我給你說個小插曲吧。新樂園出了大問題之後，他們設了哨卡，禁止人外出。有些餓得要死的人鑽鐵絲網，鑽了一半就沒力氣了，卡在那兒，就像魚卡在絲網裡，很快被清理乾淨。

「我要說的這個人，是個女人，名叫白懷玉，有七個月的身孕。在新樂園，她是很聽話的，甚至算個積極分子。大家都看不到一粒糧食的時候，有人發現她在喝粥，這嚴重違反了新信仰、無私主義精神，她是新樂園的寄生蟲。事情本來可大可小，由於耿十八激起的民憤還沒平息，人們對耿十八的憤怒轉移到他老婆這兒。耿十八怎麼引起民憤的呢？這還得從他挖墳地說起。挖了黃金的消息一出，領導開會，在地圖上用紅筆圈定山頭，決定建設新信仰和無私主義新樂園，同時廢掉十二民族，統一思想，因為劈掉多餘的枝枝椏椏，樹會長得更快更高。但是，整座山挖空了，也沒有發現金子，新樂園成了個爛攤子。帳算來算去，算到了耿十八頭上，他和馮二兩人被定罪為詐騙團夥，新樂園的叛徒，福音鎮的禍水……在這種時候，一個叛徒加詐騙犯的老婆，居然在吃粥，他的孩子那麼舒舒服服的在肚子裡跟著吃，『簡直是太縱容了』。群眾吵吵嚷嚷的，充滿受害者報仇雪恨的激情。他們抓白懷玉時費了些勁，到處找不到人，最終在山後的鐵絲網裡逮住了她，她像條大肚魚卡在那裡一動不動……

你想聽他們是怎麼懲罰白懷玉的？」

「長長見識看。」

「她的一邊手腳被綁在一起，身體吊在樹上，看起來像個雜耍演員，在空中飛旋著，向觀眾揮手致意。繩索嵌進她蓬鬆的肥肉。她沒有大喊大叫，那樣吊著，叫不出來。她微微扭動，呻吟著，臉越來越紅，彷彿只是在完成一個高難度動作，看不出她有什麼痛苦。只有樹葉在瑟瑟地震顫。陽光從葉縫間滴在她的身上，她的哀求聽起來像在哼一首愉快的歌。她臉色漸漸變白，眼睛閉著，淚水和汗水順著頭髮往下滴。

「『一床被子不蓋兩號人，騙子的老婆也是騙子，叛徒的老婆也是叛徒，他們就是不得好死』，『你認不認罪？』那樣吊著，白懷玉沒有辦法點頭，力氣越來越弱，顯得很傲慢。她對他們的質問無動於衷，這使他們惱火。他們把她降下來，綁上另一邊手腳，還吊了一個筐。她被升上到空中。有人往筐裡扔磚塊。她攤開的身體綳得更直。『真像一隻大蝙蝠。』有人嘻嘻笑著。她的脖子軟了下去，樹葉停止震顫，她像一艘船，泊在安靜的時間裡。『老實交代，你吃的米是哪裡來的』。短暫的寂靜過後，像是為了使場面更精彩一些，有人重新點火。大米刺激了神經，那些本想收手的人，聽了此話又重新活躍起來。有人加了一塊磚。一滴血落在磚頭上。更多的血像蛇一樣順著繩索爬下來。

「『放了她吧』，說這話的是魏滿意，吊個筐也是他的主意。對叛徒產生同情心，就是對新樂園的背叛。有人遞給他一塊磚，『放筐裡去，證明你和她不是一夥的』——如果我現在拐個彎，說說魏滿意這個人，你覺得怎麼樣？」

「我會一字不漏的聽著。」記者在膝蓋上擦乾手心的汗。

「……私生子總受歧視的，到哪裡都戴頂『野種』的帽子……這是不公平的。我倒是覺得，要敬那勇敢的母親，要更愛那被拋棄的孩子，要鄙視那不負責任的男人——可人們常常做反了。多喜就不一樣，她跟他走得近。一起捉蜜蜂、釣青蛙、抓蝴蝶，分享零食。放學路上，他趕跑朝她吠叫的狗；下雨時他脫下衣服兩個人搭；大冷天他給她搓手呵氣。他們第一次親嘴就是在這棵苦楝樹下。他十七歲，她十五歲。可神神叨叨的通靈師，總說些令兒子莫名其妙的話，比如『多喜命不長』、『身上有妖氣』、『找個凡間的才能白頭到老』。兒子孝順，但不愚忠，不管她在他周邊敲敲打打，就是不能敲落他凝固的想法——非多喜不娶……」

樹枝舞動。樹葉漱漱響。一縷閒雲在天，彷彿誰落下的絲巾。

「後來呢？」

「這算第二個問題吧？」

記者想了想，「行。」

「你浪費了第二個問題，愛情在這裡沒什麼價值……白懷玉還吊在樹上呢。讓我們退回現場。有人遞給魏滿意一塊磚，要他證明自己和叛徒不是一夥的……陽光傾斜，大地傾斜，站立的人也是傾斜的。白懷玉浮在空中，投下奇怪的陰影。血從筐底滲出來，滴在她的影子上，像一顆子彈，射透靶心。魏滿意捏著磚頭，用手背蹭掉鼻尖的汗，慢慢走過去，將磚塊輕輕地放進筐裡，像母親將熟睡的嬰兒放進搖籃，沒有發出一點響聲，避免驚醒她，再躡手躡腳地退了回來。這時，陽光閃了兩閃，厚厚的雲層蓋住了太陽。昏暗罩下來。每個人臉上都有種不安。好像貪玩的孩子打碎了花瓶，想著如何脫身。但這也只是短暫的，他們很快想起她是個叛徒，叛徒是不值得同情的，同情的心理傾向是危險的。他們罵罵咧咧地解開她，將她扔到亂石叢裡。」

「我見過她，她半邊臉沒了，身上的肉也被吃光了。」

「是的，她本人也參與了吃自己。我親眼看見的。先是一個男人發現了她，撿了些枯草掩蓋她，當他拿把刀返回來時，她少了半邊臉。那男人一刀一刀剮割她身上的肉，割了半籃子。她跟著他回了家，和他一起趁著黑夜吃光了她的肉。他將她肚子裡的孩子用洗臉盆裝著，搭上一塊布，放在床底下，等著下次再吃。」

「你說的盡是些鬼話，弄得我都不知道自己是活著還是死了。」

「兩天前，耿十八和馮二在舊教堂裡受審，『是誰先發現的金子』，兩人互相推誘，『我們認為向上級彙報的人，比發現金子的人罪更重。』耿十八一聽，立刻說道，『金子是我發現的，他向上級報告時，我還制止過他，但他不聽我的……他就是想邀功，想升官，滿腦子腐朽思想……』馮二耷下腦袋，事實上金子是耿十八挖的，是他看見的，他明白這是一個圈套，耿十八要鑽就讓他鑽去。『你們這些狡猾的傢伙，不用點心計就是不坦白，我們現在就是要揪出發現金子的人，摳掉他那雙虛假的眼睛，他就是詐騙團夥的主犯。』耿十八在等待發落時，聽到老婆被人吃掉的消息，首先可憐他還沒見天日的孩子。行刑的人太忙了，耿十八等待處決，一等便等了七、八天。開始還在裡面求饒，揭發這個，揭發那個，偏巧他揭發的人已經死了，所以也沒有機會立功，要不是袁變花偷偷送些野菜鳥屎粥、地瓜草根飯給他吃，他恐怕餓個半死了。

「『老天就是不讓我有後代。你們把刀磨快一點吧，我快等不及了。告訴你們，我不信神鬼，我也不信從一個女人肚子裡出來的上帝，我尤其不信你們的新信仰，都是騙人的把戲，都是要人命的……哪怕是給我留一個孩子，讓我信什麼都行啊』。袁變花就告訴他，『騙你的是你老婆呢，她肚子裡的孩子不是你的。大家都去看了，他躺在趙三貴家的蒸鍋裡，長得跟馮二一模一樣。我挖了個三尺深的坑，把他埋了，填平了。』

「耿十八聽了略有安慰，至少他少損失了一個兒子，這才想到白懷玉這個女人，想到馮二在她身上搗鼓，心底湧起一股男子漢氣慨，『我要撕爛這狗日的！』但他餓得不行，聲音像耗盡電力的收音機，一路低下去。

「袁變花最後一次來，又帶了東西給他，『實在弄不到吃的了，這是馮二的手指頭，你吃了它，還能頂一陣餓。』耿十八猶豫了一下，將斷指塞進嘴裡嚼起來，咬得嘎嘣嘎嘣響，『這麼說，二鱉這王八蛋死我前頭了？』

「他沒死，他們下手太重，他斷了一些骨頭，要是能喝些肉湯，能慢慢恢復。』」

「馮二開車帶我進來的。他的牙齒都被打掉了。人倒是挺精神。是個好人。」

「我有點累了，真希望來一場雨。問你的第三個問題吧。」

記者摸摸樹皮，拍拍樹幹，嗅著木紋裡散發的香氣。「在聊齋故事裡，精怪們通常會化身為美麗的姑娘，跟凡間的男人相愛，生子，難道人世間是最美好的世界？我的第三個問題還是第一問題：你是誰？」

「我就是這棵苦楝樹。」

「不，我問的是，新樂園的哪個女人是你的化身。」

猛烈的風掀起一股黃沙，轉著漩渦升向空中，在樹葉間弄出嘩啦嘩啦的巨響。雲聚攏了，好像也對樹下發生的事情好奇。一列螞蟻順著乳白的樹皮往上爬，形成歪歪扭扭的黑線。風越颳越大，苦楝樹痛苦地搖晃，伸展，彷彿誰在狂扯女子的頭髮。風在打盹。樹也沉默。記者恍恍惚惚，記起醫生說過的幻覺幻聽，她入院之後，腦子裡經常有一些莫名其妙的人在交談，或者跟她說話。醫生在她的病歷上寫著：

精神分裂症，出現大量的，內容豐富的幻聽，病人受幻聽支配而會出現種種異常思維、情感和行為；或完全性幻覺。患者體驗為經由感官所感知到的、實際不存在的、來源於客觀空間、具有鮮明生動的幻覺，患者堅信不移，伴有相應的思維、情感和意志行為反應。

萬物重新蘇醒搖晃。苦楝樹說想來一場雨，雨便來了。

第十三章　牛那麼大的豬

一隻看不見的鳥在叫，一聲比一聲高，一聲比一聲急。叫得人心惶惶的。庫大有大步走過泥白小道，來到大街上。他襯衣敞開，只扣了下面兩粒鈕釦，胸膛是紅的，像隻剝開的蚌。鞋褲倒是莊重，應該是剛散會，看起來是受了批評，臉色下沉，眉頭緊鎖，像只地瓜般嚴肅。他進了理髮店，將鬍子拉碴的臉交給理髮師。剃刀在臉上發出嚓嚓割麥的聲音。他閉著眼睛想事情。昨天下午為他姐姐庫麗蓉做生日，挨了袁八袋的訓：

「都到這種境地了，你還有心思為一個女人丟了魂？我告訴你，新樂園要是搞成功了，大把女人隨你挑；要是搞砸了，你和我腦袋都得夾褲襠裡——這都算祖宗菩薩保佑了。咱們正處在一個艱難的關口，改革實驗任務巨大，要是失敗了，定罪為人民的罪人，腦袋夾也夾不住的；要是做成了，是能進皇宮，和皇帝坐一張桌子吃飯的。」

「你和市領導吃完飯，回來都要吃一大碗麵條，和皇帝吃飯就更吃不飽了。有什麼意思？」

「有的吃飯就是吃飯，有的吃飯不是吃飯！你跟我這麼久，怎麼還沒有一點長進？麗蓉，你看看你弟弟，他這種覺悟，怎麼上道？我想重點培養魏滿意，你偏要……」

「大有，你姐夫說得對。錢，權，等你有了這兩樣，什麼都不愁了。過去，和皇帝坐一桌子吃過飯，算是騎了高頭大馬了，旁人都要仰視的。」

「姐，你是女人，你知道女人想什麼。」

「當然了，錢和權是男人的翅膀。聽你姐夫的，為了新樂園，像個男人一樣去戰鬥。」

「大有，你要是繼續心慈手軟，是撬不開他們的嘴，打不開他們的小金庫的。咱們不能張口往上面要，一張口就證明咱們新樂園試驗搞不下去了，失敗了。爛攤子的責任、人命，上頭是不會擔的，炮灰肯定是咱們。」

「把鄰居打得血淋淋的，這事我做不來。我跟他們講道理，但他們左右不聽，我的確有點想打人。」

「道理講一天，不如棍棒十分鐘。只怕到時候不打斷肋骨你都不會停手。我得警告你，莫把人打死了，因為打死人不是目的，目的是要他們將餘糧拿出來重新分配，新樂園是大家的，有福同享，有難同當……這樣吧，我現在就讓製造部再給你衣服上添一個口袋，一方面增加你的權威，另一方面，也是給你一點鼓勵。」

庫大有睜開眼睛。理髮師正用毛巾擦拭手中的紅臉，「很抱歉沒刮乾淨，沒吃飽飯，舉把剃刀都費勁。」

「這理髮店有二十年了吧？我從小在你這兒剃頭，從沒優惠過。你可賺了我不少錢。」

「……不少，的確不算少，你每個月來理髮一次，一年理十二次，算平均每次一塊錢吧，共計二百四十元。現在，我想用這二十年來你給我的剃頭費，換你一斤大米……八兩？……要是能有半斤也很不錯了……」

「我願意出雙倍的價錢弄點大米，你敢有嗎……誰敢有？一粒大米都不敢私存。」

「你終歸是大領導的小舅子……」

「腦殼裡有這種想法，要不得，這是內心沒有信仰的表現。」臉刮乾淨後，庫大有的鼻子顯得更大，鼻尖充血，「難道新信仰、無私主義搞了這麼久，都白搞了？」

「……是沒白搞，原來能吃個飽飯，搞來搞去把肚子搞空了……」理髮師兩手忙著剪髮，說話時牙齒咬著梳子，趁俯身剪耳邊頭髮時，他拿掉梳子，壓低聲音，但口齒清晰：「我老母快不行了，臨死了她只想滿滿地嚼一口白米飯……咱們做筆買賣吧，我保證絕不透露半點消息……就算是坐老虎凳、喝辣椒水、五馬分屍、炒豆子、點天燈……我毛再生都不會說出大米是哪兒來的。」他把一疊鈔票塞進庫大有口袋。

「今天晚上八點鐘，你去苦楝樹洞裡看看，也許能掏出幾個鳥蛋。」

「我去……我準時去，一秒鐘也不會遲到，免得被別人掏走了。」

理髮師快樂得發抖，噘著嘴朝庫大有紅脖梗「噗噗」地吹，盡全力轟掉上面的碎髮碴，像是立刻還它清白。

在被理髮師像魔術師那樣把自己吹成白鴿前，庫大有制止了他，「行了行了，你嘴裡一股子臭酸味」。

理髮師訕笑，改用毛刷子，一邊刷一邊唉聲嘆氣，說昨天吃野菜，今天吃白鷺屎煮草梗，等到吃上白米飯，嘴就不會臭了。

庫大有摸著新修的臉面走出店門，煩惱也隨之剃淨，彷彿心裡做好了什麼決定，步子格外俐落。他扣好襯衫鈕釦，甩開膀子，一路闊步到了魚來酒館。酒館門面很小，那塊魚形招牌上的紅漆已經剝落，就好像魚正在腐爛，他的心裡產生一種不好的預感，又煩躁起來。

酒館是庫大有開的。最初建設新樂園，搞新信仰、無私主義時，這個館子裡熱火朝天，成天塞滿了食客，他們吃飽了喝醉了就伏在桌子上打盹，醒來接著吃喝。因為糧食太多，牲畜太肥，不使勁吃，糧食就會霉爛浪費，吃便成了一件頭等大事。再加上如果新樂園建設成功，錢將成廢紙，只能用來擦屁股，所以人人都下館子，家裡一日三餐不開火。魚來酒館辦過幾次比吃大賽，十八歲的溫如春，一口氣吃完八斤大米奪冠；有人吃了一洗臉盆豬肉，撐死了，成了新樂園建設中英勇犧牲的首位功臣，墳前豎了一塊很高的墓碑，上面刻著「人們永遠銘記」之類的讚譽。溫如春得了個「溫八斤」的綽號，很受器重，家裡掛著「巾幗不讓鬚眉」的錦旗。這時候人們才知道，病懨懨的溫如春其實根本沒病，她就是天生扶柳之姿，人們因為嫉妒，暗自把她想像成病殼殼[1]，抒發心中快意。溫如春懂人情世故，不招搖樹敵，甚至還順著別人的意思自我埋汰。她得錦旗時，也贏得不少真誠的祝賀。女人們主動簇擁著她在錦旗前合影，趁機觸碰她的前胸，捏她的細胳膊，檢測這個男人們迷戀的貨色，是什麼材料做的。溫如春心裡明亮，從不道破天機，只示人以眉眼彎彎的笑意，所以後來的飢荒時期，即便她喝粥，也沒有人揭發她。

錦旗顏色仍然鮮豔之時，福音鎮夜裡已經聽見人們肚子裡咕嚕咕嚕的響聲，讓人以為是雷在試音。天上正醞釀一場暴雨。人們紛紛從屋裡走出來，仰望天空，發現雷聲自大地傳出，每個人體內那隻叫春的蛙，都得到了回應。黑夜中，越是飢餓，人們的眼睛越是閃閃發光，像磨快了的刀刃，剁砍著別人嘴裡蹦出來的食物名稱，讓想像的碎碴和著唾沫嚥下去。

庫大有摘下酒館牌匾，放進門旮旯裡，抬頭看見那些冷清的、不再油光放亮的桌椅板凳，臉色又沉了幾分。他想起胡大在角落的桌子上啃豬蹄，油流進衣袖；牛鐵匠為保護痔瘡，蹲在凳子上，耐心地挑出辣椒；毛再生小口地抿著白酒——他剛學會，因為人們說，有的菜得弄點白酒喝著吃著才爽；馮二和耿十八像連體兄弟，總是坐同一張桌子；魏滿意保持一個懂《易經》的母親教育出來的樣子，在吃相狼藉的人群中格外斯文……不管將來錢有沒有用，庫大有對鈔票的熱愛一分不減。在人們大吃大喝時，他悄悄往閣樓囤糧食、藏乾貨，謀算著某天能賣個好價錢。庫大有愛財的天賦自小顯露，抓週時，他從一堆東西中一把抓住了錢。他的癖好是閒暇時整理錢幣，用熨斗將錢熨平，歸類，圖案朝同一個方向疊好。他並不是一個整潔的人，但在錢的問題上，容不得半點皺折和髒汙。看到人將錢胡亂攥著，他就說，「對錢好一點，錢才會再來。」

袁八袋的話像魚在庫大有腦海中活蹦亂跳。他陷入劇烈的矛盾之中。他愛錢，現在胸前添了一個口袋，感覺到權力的甜蜜，彷彿擁有一個愛人，忽又遇到一個更美好的女子，若不能左擁右抱，橫豎都是遺憾。

他一腳將地上的空盒子踢到角落裡。窗邊一桌人目光齊刷刷地射過來，像等待教主的門徒，他們的臉上有畏怯、敬畏、諂媚和迷惑。

馮二和耿十八從桌邊站起來，有意挺著左胸上的口袋，眼睛一眨不眨。這是他們提拔後第一次被上級召見。

「常多喜還是不配合？」庫大有在桌子邊坐下說了第一句話。他不知不覺間擺出了上級的威嚴，連聲調都變了。他自己也稍稍吃了一驚。

「是的，三袋，她說，她的頭髮就是她的命，我們只是要她的頭髮，不是要她的命，但她的頭髮就是她的命，我們就不知道怎麼辦了。」耿十八回答。他有點迷茫，彷彿掉進自己挖的坑。

「常多喜的頭髮，是全鎮最好的頭髮，黑亮黑亮的，緞子一樣，誰看了都想摸一摸。」馮二的本意是想通過強調頭髮的美，放她一馬。

「既然是那麼好的頭髮，更應該用來肥田——你們難道不知道局面的嚴峻性？」庫大有雙手撐著兩個桌角，撇開一個大八字，他第一次使用這種咄咄逼人的談判姿勢，很嫻熟，其他人瞬間就像老母雞羽翼下的雞崽，渺小起來。「我們要盡一切可能，使土地肥起來，才能保證有收成，有飯吃。不加緊肥田，提高產量，就都等著餓死吧。」

「三袋，常多喜的頭髮，也許沒什麼用處。金大師說她是處女，處女沒得過男人精液的滋養，頭髮像塑膠一樣有韌性，千百年都不會腐爛，放到田裡反倒壞事。」馮二說道。

「金生聖？怪了，他怎麼知道常多喜是不是處女？」耿十八問。

「你個豬卵子，看眉毛，看走路，咱不會……金大師一眼就能看出來……」

耿十八站起來，拍拍胸前的口袋，「馮二，你媽逼，你再叫我豬卵子，我砸扁你的烏龜頭。」

「不是一直叫你豬卵子嗎？今天怎麼有意見啦？人五人六的。」

「都坐下。」庫大有喝了一聲，「就知道吵吵嚷嚷。其他事情呢？那些蠢豬的人工授精做得順利？」

「呃，豬也不配合，」馮二搶答，「三十頭豬勉強授精，死了三頭，廢了八頭。」

「廢了？」

「有的下半截癱瘓，有的臥地不起……豬崽子受不了折騰。」

服務員端上幾盤小食。庫大有面無表情嚼著花生米，像一頭反芻的牛。

「趙三貴的那頭腳豬[2]放敞養，野豬一樣壯，但趙三貴最近身體虛，要是吃上一碗乾米飯，他一天又能趕腳豬走五十里地了。」馮二說道，「要搞大母豬的肚子，腳豬還是比人管用。」

「啐！」耿十八嚼了一粒花生米，朝地上吐了一口，「一股霉苦味。」

庫大有吩咐：「給他送一碗米飯，弄點辣椒炒肉。告訴他發揮無私主義精神，每天至少完成十頭母豬的交配任務。」

「店裡沒有大米，也沒有肉了。」服務員小心說話。

「啊呀，連餐館都沒糧食了，有錢也沒用了。」馮二的聲音本來像女的，大聲起來尤其難聽，像一個生手拉出來的二胡高音。說完他歉疚地看著桌上缺了口的瓷碗，似乎在施展法術修補它。

「三袋，鎮子裡確實有些吃不飽的人，提著籃子在外面摘野菜。我們光顧著挖金子，稻穀錯過收割期，爛在地裡發了芽，雖說表面找不出一粒陳年舊糧了，但霸點蠻[3]還是能弄到一些的。」耿十八盡量湊近庫大有，「咱剛開始挖山的時候，魏一鳳那瘋婆子就到處叫人趕緊存糧，說什麼到時候連草根都會沒有吃的，活活餓死。據說她每只襪子都塞滿了大米，地窖裡埋了很多紅薯，土豆和南瓜……」

「魏一鳳被男人甩了，精神就沒正常過，她的話信不得。」馮二說。

「信不得？那你老婆幹嘛找她打卦算命？」耿十八點了馮二穴位，有些得意，扭過頭輕聲建議，「三袋，要是魏一鳳主動交出家裡的糧食，後面的事情就容易多了。咱福音鎮幹任何事情只需要一個帶頭的。」

「耿十八你嘴上積點德吧，魏一鳳臉色那麼黃，不像是有糧吃的。」馮二說。

「喲，那個瘋婆子給了你什麼好處，你這麼護著她？」耿十八反駁，「我昨天親眼見她牙縫裡夾著米飯渣，她還打飽嗝，嗝裡有南瓜氣。」

「皮求是，你是高中生，有文化，你認為應該怎麼辦？」庫大有問左側那個滿臉閃電的男人。

「我只是個裁縫……不過可以先去看看，打探打探虛實，」上了年紀的裁縫用勸導顧客先擇何種布料與款式的語氣，「魏滿意表面像頭羊，發起飆來頂得上一頭獅子。你們忘了牛鐵匠額頭上那道長疤？那就是他十幾年前，罵魏滿意是野種得到的教訓……我只是個裁縫，我父親也是個裁縫，我父親的父親也是個裁縫，他們從來沒幹過別的……我不知道你們看中我什麼，我這雙手只懂用剪刀，我的剪刀也只能對布料下手……要我去剪掉一個男人的卵蛋，挖掉一個女人的乳頭，我是無論如何做不到的。我的剪刀太鈍了，只能剪布。」

「要牛鐵匠帶上大鐵錘。」耿十八說。

「魏滿意有什麼軟肋？」庫大有問碗裡的花生米。

「他的軟肋就是常多喜。」

「把魏滿意叫來，馬上。」庫大有說道。

1 病殼殼，久病的人。

2 腳豬，即種豬。

3 霸黏蠻，有兩種意思，一為堅決、執拗，一為勉強。此處為勉強。

第十四章　腳豬的見證

我們相處久了，互相影響，別人說我們的樣子越來越相像，尤其是走路的神態。趙三貴手中的柳鞭對我從來捨不得用勁，自然嘍，那柳鞭不過是一種象徵，標示主僕之別的。事實上我們並沒有尊卑之分，我們是一家人，有福同享的。我是他的唯一知己，有一回他叼根菸，靠在豬欄上聊了些心裡話，言下之意，對我好像還有幾分羨慕。他的講述中，我明白我比他趕過的任何一頭腳豬都要伶俐，我總是精力旺盛，熱愛母豬們，我享受她們的身體，不遺餘力，對她們從不挑肥揀瘦。我留下的後代都不壞，每一窩都有二十幾個肥胖崽子，我因此揚名，方圓百里都是我的仰慕者，有時候要走上一天一夜，才能到達一頭情欲難耐的母豬身邊。我們會受到款待。主人品著擂茶，吃完一槽米糠粥的我精神抖擻，已顧不上什麼禮節，當眾弄得那母豬哼哼唧唧。對主人和我來說，遠途跋涉已是常事。只要他背起麻布袋囊，抓起柳鞭，打開豬欄，我就準備一步衝到大路上。我這輩子也是祖墳冒青煙，幹了這一職業，吃身體飯，被人畜需要。多少年以後，當我想起那個迷霧濛濛的清晨，主人拍著我的屁股，認定我將成為新一代傑出的腳豬，我以為我這輩子會一直快活死。那天早晨，他放了一掛鞭炮，在我左耳繫了一朵紅綢花，給我取名永生，他沒賜姓給我，不然我也應該是姓趙的。

「永生，你個豬日的。」他高興時這麼罵我，這大約是他不肯賜姓給我的原因。當然姓不姓趙不影響我的生活品質，姓個趙也不能改變我後來的霉運。已過巔峰壯年，接近人老豬衰，正是要享清福的時候，沒想到政治會波及一頭豬。做為一頭與世無爭的腳豬，我平生不做錯事，生活簡單，一是自己睡覺，二是和母豬睡覺，奉獻精子，提供豬肉最初的來源。福音鎮成為新樂園試驗地以來，先是人畜共歡，後來狗都不叫了。趙三貴將我趕出牢門，要我自己去尋吃的。我拱泥巴，嚼草根，吃蟲蟻，還在溝窪裡摸過泥鰍田螺。結果呢，野外的求生鍛鍊反倒使我青春蓬勃，顯示出精壯和野蠻氣質來。我自由自在，晚上睡在荒天野地裡，偶爾回豬欄看看。趙三貴一見我就趕：「永生，你個豬日的，怎麼又回來了，你沒聽到殺豬刀磨得霍霍地響嗎？快走，跑遠點。」

掃把砸中屁股。我邊跑邊想，我一向是受人敬重的，我潛心幹著傳宗接代的偉業，人畜無害，怎麼人間就容我不下了呢。我行事謹慎，但總歸是擔心趙三貴的。他一天比一天瘦，身邊又沒個女人，茅草房裡整日墨黑的。有一天他手裡還多了一根拐杖，背也躬了，我以為他離死不遠了。

那天中午，天氣悶熱，我正在陰涼處打盹，耳邊有人喊「永生」，一睜眼，只見趙三貴斜挎布袋，手執柳鞭，笑咪咪地蹲在一邊。吃完他從袋子裡掏出來的饃，我就跟他走了。想到生活又上正軌，某處有隻母豬，不禁顛著卵泡一路小跑，甚至幹出嗅花聞草這類天真的事來。回頭看趙三貴，他倒是不疾不徐，慣常地眯縫著眼睛，臉像風乾的苦瓜。他已從搭凳子搗鼓母牛屁股的壯漢，變成今天這個只能用眼睛交媾的糟老頭，一身熏人的淫騷氣。

我停下來等了他幾回。

終於到了目的地。那是一片臨時搭建的棚屋，老遠就聽見豬們嗷叫著，像唱詩班的大合唱。趙三貴輕輕抽了我一鞭子，我走了進去。只見場地遼闊，豬頭起伏，真的是後宮佳麗三千。牠們身上印著紅色編碼，白毛豬雪白，黑毛豬漆黑，花豬黑白分明。未成年的，用未經人事的懵懂看著我；曉事而沒有性經驗的，臉上帶著不安與惶恐；而奶子下垂的，毫不掩飾眼裡的情欲。

活蹦亂跳的乳豬戲耍的尖叫像噴泉沖出水面。

我和主人呆呆地站著，我們都沒有見過這種場面。

一陣嗷叫從另一個隔間傳來。循聲望去，我看見幾個漢子正扼住一頭母豬，水牛那暴怒的生殖器像一柄劍插進豬屁股。那豬被捅了脖頸似的慘叫。

那聲音裡頭的痛苦，人類是不會懂的。

豬很快不叫了。他們鬆開牠的時候，牠癱在地上，豬身流血。

「三袋，永生來了。」主人說，「牛應該跟牛交配。」

「趙老倌，你一個趕腳豬的，還想摻和政治？」耿十八說道。

「政治？什麼政治？」主人惶恐道，「我說的是畜生的交配問題……」

「一切問題，都是政治問題。」耿十八逼近一步，「你認為上頭決定讓豬牛交配是錯誤的，這就是政治問題。」

「永生每天能完成十頭豬配種的任務……豬的事情，應該交給豬來辦。」主人堅持原則。

「這你就不懂了，趙老倌，牛配種，豬就能生牛那麼大的豬。到時候豬肉吃不完，還能銷到外面去。」馮二接話，「莫多嘴，做你分內的吧。」

我看那面目姣好的豬呼哧喘氣，血像蛇一樣慢慢爬行，眼看就要爬來咬我，轉身撒蹄子就跑。但門欄已經扣上。我拿腦袋撞擊鐵欄柵，弄出哐哐的巨響。

「要是不想犯政治錯誤，馬上讓你的死腳豬安靜下來。」庫大有像婦科醫生剛剛接完生，兩手張著，衣服上沾著血跡。

我們生活這麼久，從來沒聽說過什麼政治，我們的工作與性有關，但那是道德的、公開的、被讚美的，對我來說，也是無私奉獻。我們不辭勞苦，一次次奔赴目標，完成交配，走人。雖說主人有時收些合乎人情的小利，也不違背無私主義的本質——畢竟是人情社會，不能阻止人們表達內心的善意。

我還在尋求突圍。主人滿臉懵相，甩了一柳鞭，這一回手上用了勁，抽得我屁股火辣辣的。

我衝進豬群。

主人跋涉過來，摸著我後背，語重心長地勸慰，要我顧全大局。豬們烏泱烏泱[1]，嗯嗯聲附和主人的意思。

我什麼也不說，兩腿搭上母豬渾圓的屁股，只有這樣才能終止我的恐懼。

「趙老倌，你看看，腳豬的政治覺悟都比你高。行動就是最好的證明。」耿十八說。

「注意，將被搞過的豬趕到另一邊去，記下編號。」

「是，三袋。」

從沒遇過這麼冷漠的豬，像蚌殼緊閉，螞蚱似的，我一靠近她就跳開。我放棄她，騎上另一頭豬。所有的蚌殼，沒有一絲裂縫。我像隻無頭蒼蠅，引起一陣混亂。

有一個飼養員進來，往食物裡摻了些東西。

「你這是加的什麼？」主人問。

「春藥，催母豬發情與排卵的。」飼養員回答。

後面發生的事情不用我描述，誰都能明白，面對一群吃了春藥的母豬，做為此刻唯一的腳豬，只能是鞠躬盡瘁。這似乎是對我職業生涯的諷刺與報復。一如我年輕時所想，當主人決定將我培育為一代腳豬，我這輩子將會快活死——在此之前，我的確快活死了。但眼下我毫無性欲，無數條血蛇爬向我，我腦子裡想的就是逃跑，到野地裡去，到泥坑裡好好滾上一滾。他們自以為比豬高級，卻通過豬的交配滿足內心的淫邪，猥瑣的笑聲嗡嗡地飛，這令我更加反感。他們奪去主人的鞭子，拿我的身體當畫板，很快鞭打出一幅抽象作品來。但這也沒讓我就範，反倒讓我失去理智。最終他們在我的食物裡加了藥，我的身體就不由我作主了。做為一隻精盡而亡的豬，他們沒給我墓地，也沒有紀念碑，我的後代們犯不著給我燒紙磕頭，也就能順利地忘記他祖宗的遭遇。

1 烏泱烏泱，形容數量很多。

第十五章　閻王

「此前我在印度，你可以通過《梨俱吠陀》瞭解我。我是太陽神蘇利耶的兒子閻摩。我們那兒的冥界，並非地獄那樣陰森恐怖，而是一個極樂世界。我是冥界CEO，世界前八強高管，負責管理亡魂們。我行事低調，從沒在網站投放簡歷，也許是名聲在外，獵頭找到我，一通遊說。他說您在一個地方幹了兩千多年，不知積下多少冤家仇家，指不定哪一天遭小鬼暗算。世界已是地球村，國際發展是趨勢，您這樣的高端人才，卻還在賺盧比冥幣，與身分不匹配，像您這種級別的，哪一個不在賺美元、歐元、英鎊、人民幣呢？福音鎮有三萬多居民，成為新樂園實驗地區之後，將會有一大批死人需要分配管理，安排轉世投胎。您去任職閻王，冥界一把手——與陽間對應的官職就是書記或主席——每天有香客給您進供，而死鬼帶著金銀珠寶，求您放下天梯。

獵頭用語言密集地轟炸了三天三夜，與其說被他說服，不如說我受不了他濃烈的胃酸氣，我猜他患有慢性胃炎、十二指腸潰瘍，或者幽門螺桿菌感染，受高房價所迫，他生活壓力大，吃難講究。我同意去福音鎮當閻王，固然有高薪職位、異國情調的誘惑，另一方面我也想幫他，醫院門檻高我是耳聞了的，這份提成[1]至少能助他解決刺鼻的胃酸氣。

「我剛到新樂園時，閒得要命，除了將幾個吃飯撐死的縱欲者、吃禾包穀中毒的礦工安排妥當以外，整日眼巴巴地瞪著地府大門。壁洞裡燃著火把。「聯合公園」樂隊的音樂將火苗震得一跳一跳。主唱查斯特．班寧頓上吊死了。土地爺張德福老淚縱橫，整個陰曹地府都在播放他們的音樂。我一向尊重張德福。他是個侏儒，長相和氣，初次見面，他畢恭畢敬，稱我『閻王』。前面說過，我行事低調，如果大家都閻王閻王地叫，我就得擺出王者的傲慢，那是我不願意的。而『閻書記』呢，又太官僚，一股腐氣。總之在稱謂上頗經過一番磨合，最終共事的都叫我『閻摩先生』，聽起來有些學者氣，正好彌補了面具的粗野。說到面具，那可是我唯一後悔的事情。當時他們覺得冥界書記應該讓人望而生畏，而我天生面貌仁慈，八字長壽眉，眼仁黑多白少，於是給我一個紅眼睛、黑皮膚，大耳朵、張著血盆大口的面具，要我在審判罪鬼時戴著，他們才會老實交代罪行，順利將證詞登記入冊，善人送上天堂，惡人投入

小孩子見我就哇哇大哭，也有些無知無畏的人指著我說，『這是什麼鬼呀』。地獄。哪知道面具一戴，就再也撕不下來。在廟裡，人們上香跪拜，不敢正眼看我，

雖說世界各地風土人情不同，地獄的情況都是一樣，沒有誰願意去那兒。我不受賄，不受色誘利誘，如果有人撒謊，會加重他們在地獄的痛苦，被油炸火燒刀割死了又死。尷尬的是，我一直以為地獄的酷刑是冥界的創意，像但丁老師在《神曲》裡描述的，足以震懾活人。福音鎮的所見所聞讓我明白，折磨人，凡人才是傑出的創造者。在如何使人痛苦這方面，他們充滿了無窮的智慧，甚至樂趣。從這一點來說，冥界使用酷刑的本質完全不同。一些刑具小巧精緻，簡單，直中要害，有時將兩種無害的小東西放在一起——比如螞蟻和蜂蜜——就能讓人徹底崩潰。我記錄在此，將來豐富地獄刑罰。

「那瘦高男人到陰府報導時，血漿住了褲襠。我以為又是一個走極端的。五百年前，有個叫徐渭的瘋子，我判他下了地獄，不是因為他錘碎了自己的睪丸，而是因為他殺了妻子。我問這個瘦高男人，『你叫什麼名字，犯了什麼罪？』

「『我姓耿名十八，我哪有犯什麼罪。』

「『你年紀輕輕，不應該到這裡來。』

「『他們夠狠的——用鐵絲穿過我的卵蛋，吊在我的耳朵上，然後用手拔拉鐵絲，

像彈琴那樣。』

「我曾耳聞酷刑『仙人彈琴』？沒想到是這種彈法。我問他，『你因何受此懲罰？』

「『閻王，我冤啊。』他哭了起來。『三天三夜都說不完的冤啊。青天閻王爺。』他給我加了首碼尾碼。『鎮裡死了一個人，派我挖墳地，我挖到一塊金石，交給了集體。他們報告上級，說福音鎮發現了金礦。上頭聽了很高興，要我們上繳一噸黃金，大閱兵時造一個黃金領導雕塑放在廣場上。吹牛吹出爛攤子。我們招兵買馬開礦，日趕夜趕，挖得到處塵土飛揚，河水發黃，莊稼都爛在地裡沒人收。有人累垮了，有人累死了，有人累跑了，連工錢都沒拿……大山挖個底朝天，沒挖到金子，不是我的錯吧，我也沒說這山裡還有金子……後來糧食也不夠吃了，人餓得兩眼放綠光……我這就成了詐騙首犯，要我交出其他團夥，各種肉體折磨……青天閻王爺，我當初要是私吞那塊金石，就什麼事都沒有了。可二黨圖表現，硬是要上交邀功……』

「『你沒請個律師？』

「『綠屎？什麼東西？』

「『律師，懂法律，幫你洗清罪名的。』

「『法律？他們在紙上隨便一寫，法律就誕生了；他們嘴上隨便一說，法律就誕生了。法律比唾口痰還容易。』

「『怎麼你們這兒也變得這麼不講道理了？』我很吃驚，『就沒有人站出來幫你說話？』

「『沒有。』

「我這時想起了波士頓猶太人大屠殺的紀念碑文：

他們先是來抓共產黨，我沒有說話，因為我不是共產；他們接著來抓猶太人，我沒有說話，因為我不是猶太人；他們又來抓工會會員，我沒有說話，因為我不是工會會員；他們再來抓天主教徒，我沒有說話，因為我是新教教徒；他們最後來抓我，這時已經沒有人替我說話了。

「於是我說，『耿十八，我猜你也是在該幫別人說話的時候沒有說話，所以最後也沒有人幫你說話。你現在對我說這麼多，可我只是一個陰間的判官，斷不了人間的陽案。我相信你是無辜的，我還沒有把你寫進死亡簿，你現在轉身就可以重回人間。』

「『青天閻王爺，打死我也不會再回去了，麻煩給我天梯吧，好歹可以去天堂和兒子團聚。』

「雖說他靈魂不是那麼純淨，我還是給了他一把天梯。他在陽世受的罪，足以抵消他的道德瑕疵。接下來，果然像獵頭說的那樣，死人接二連三，我沒記住他們的名字，有被『劃鯽魚』的，後背開了花；有『坐快活椅的』，屁股上盡是釘子眼；有被『打地雷公』的，手指與指甲間插著竹籤……他們要麼不願返陽，要麼在來的路上耗費過多，無力返陽。

「張福德跺著腳，跺得天頂塵土落了一地。『張某失職，失職啊！願接受閻摩先生懲罰，讓我投胎變畜生吧。』

「『張大爺，你掌管一方土地，千百年平平安安，現在他們自作孽，豈能怪你。』

「『無論如何，我是沒臉在這兒待下去了。』

「『人在，土地在，你就走不得。據我的經驗，用不了多久，人口繁殖會是福音鎮的首要任務，有你忙的，多準備幾摞出生簿，到時候夜裡嬰兒啼哭聲會像六月天的蟬鳴一樣，吵得人口乾舌燥的。』」

「搖搖晃晃地，來了一個外地女人，瘦弱蒼白，一隻袖子空空蕩蕩，思維跳躍，精神恍惚不寧，臉上模模糊糊的，五官還沒有被雕刻出來。我跟了她兩天。她先是找未婚夫，腳步凌亂帶有情緒，心卻平靜得像死了一樣。但她很快就把這事忘了，轉而尋找一個她並不認識的女人。找著找著她又忘了，一個人在鎮子裡轉來轉去，見樹跟樹聊，遇石頭跟石頭說話，睡在沒頂的爛房子裡，像堆破衣服扔在荒草中。她的腦子在盪秋千，盪到左邊是空白，盪到右邊很多小鹿跳過。一隻小鹿一件事，沒有哪隻小鹿停下來讓她仔細打量。因此她的眼睛像黑夜的磷火一明一滅。

「我費了不少周折，總算調出了她的出生簿：

新生嬰兒姓名：姚皿珠

性別：女

出生日期：一九八九年六月四日〇三時〇五分

健康狀況：先天性心臟病

母親姓名：李牧心

父親姓名：姚遠

接生機構名稱：國家婦幼保健醫院

「人出生起便建了檔案盒，這盒子他自己是見不到的；他死了會有一個骨灰盒，這個盒子他也是見不到的。我們陰間只登記他的生和死，審判他去天堂還是地獄，一方面借助他本人的敘述，另一方面依賴陽間檔案盒。據陽間檔案記錄，姚皿珠出生那天父親『意外死亡』，由母親獨自撫養成長。生活困難。五歲前動了兩次心臟手術。六歲時母親因『經濟問題』入獄，後又因『煽動群眾尋釁滋事』再度入獄。長期跟隨祖父母生活。頂尖大學學法律，有文學才華，畢業後在報社當記者，深入地震災區採訪報導，突然揚名。讓我詫異的是，她已於二〇一四年結婚，丈夫是著名油畫家周密，比她大二十歲。我順帶查了一下周密的檔案，家庭背景好，三代單傳，有婚史，妻子年長三歲。二〇一〇年獨生子搶救落水兒童溺水身亡。二〇一二年夫妻感情破裂離婚。和姚皿珠的計畫生育狀況裡寫著無孩，補充描述欄裡註明，姚皿珠於二〇一四年懷孕六個月，迫於母體心臟問題引產。

「一大堆材料看得我暈頭轉向。我本可以不管這種孤魂野鬼，出於陰間道義，又是在我的地盤上，或許能幫她一點什麼。『黎明安靜的站在我的窗前，像個睡意矇矓的小孩子』，她奔走一夜之後，看著發白的窗口，這麼腦子裡這麼想，嘴上說了出來——可見她是喜歡孩子的——然後闔上雙眼，鼻息難以察覺，像一個死了多年的人。我半夜隨一陣風雨到訪，坐在離她幾米外的角落等她醒來。風雨挺猛烈，一時間鬼哭狼嗥，聲音從門縫裡擠進來，房間像一只塤被吹響了。屋頂發生怪異的響動，像有人在上面奔走。風夾裹石子砸向門窗。閃電無聲，指手畫腳。黑夜眨巴著眼睛。雨珠順著窗玻璃流下。像一張哭泣的臉——哦，我想這是世上最動人的悲傷。

「『今天不像是要發生什麼的日子，你會沒事的。吾昨夜夢到你了，是好夢啊，多喜，我隔著幾條街想著你。』壁縫裡傳出一個男子的輕聲細語。接著有個女人打飽嗝，拖動尿桶。女人說道，『按道理呢，她也算我的養女。那時候，我越餵她，奶水越多，所以你才吃得這麼結實。上輩子積德，這輩子好報。滿意啊，聽娘的，這姑娘你娶不得，會折你陽壽的。』隔壁半邊空塌，露天長草，不可能住人。聲音也不是來自地下。看來，在天和地之間，的確還有一些不歸我管的幽靈，也許地球以外還有人類，木星上也有陰曹地府，世界上鬼比人多，總有一天他們會擠爆冥界。

「不知為什麼，看著這沉睡的姑娘，我感覺人間還是美好的，她像個嬰兒一樣毫無戒備。我見多了痛苦的死者，面容扭曲的，瘦如骷髏的，一肚子仇恨的，滿臉悲傷的……但人生沒在她的臉上留下痕跡。她像黑夜中的一點星光，我原本不過是一介武夫，也被這執著的微光點化，像個詩人般多愁善感起來。於是周圍的事物起了變化。風雨變得輕柔。不知哪裡飄來苦楝花的清香。細雨恬靜而有耐心，聲調和節奏不變，像空唱片仍在滋滋轉動。轉啊轉，一轉就轉到了五十年前，邊界打仗，好幾千死人擁到地府，陽世間的嚎哭低泣很多天都沒平息。陽間的悲傷我們管不了，安慰死鬼有辦法，『你們為國犧牲，是烈士，有紀念碑，有榮譽，邊界那邊，死不得其所的人比原子彈炸日本還多幾倍，無名無姓，無棺材葬禮，甚至屍體都沒有呢。你們一個個都上天堂，錦衣玉食，在陽世殺人放火強姦偷盜的罪，全部抵消，上哪兒找這種好買賣？』事情我也是聽同道說的，非聞眼所見，但我相信那是真的，因為有很長一段時間，邊界那邊的天空老下流星雨，有時火星四濺，有時整個天空一片慘白，那都是死者魂魄，一些星光最終會落到山裡，海裡，田裡。

「『你是誰？』姑娘說話了。我想她是通過想像看見我的，因為她的目光並不是朝向我這邊。『我能感覺到你，你身上有一股印泥的味道……我不喜歡印泥，你是一個手裡有印章的人——你有權力，不過，這對我無效，我並不求助於你。』

「『據我所知，你丈夫早就離開了福音鎮。』

「『我可沒結婚。』

「『你忘了。不過這也難怪你記不住，因為你們既沒有結婚戒指，也沒辦婚禮。領證的那天，民政局很多辦假離婚騙取購房資格的，你們排了一個上午的隊，工作人員把你那皿字寫成了血字。真是一字成讖。』

「『啊，你這麼一說，我倒有了點印象。』

「『你一直沒去改回來，甚至還有點高興，你認為一個記者，筆管裡流出來的就應該是血珠。那會兒你摩拳擦掌，發誓要成為正義的化身……你的入黨申請書寫得可真是熱血澎湃——抱歉，我看了你的檔案。』

「『這麼說，我還是個黨員？』

「『問題就出在這裡。』

「『一切行動聽從黨的指揮——我想起了那句宣誓詞。』

「『戴著這個緊箍咒，唐僧一念經，你腦子就昏了。你後來的報導破壞了公平，損害了一些人的利益——最主要是，你把黑的寫成白的了。但你很快清醒過來，脫離了報社，自己弄了一個微信公號——皿珠手記。』我從袋子裡拿出蘋果手機——我有責任替每一個死去的人梳理他這一生，幫助他們解決生前所有困惑，讓他們死個明白。冥界網路非常慢。我一邊等，一邊觀察姚皿珠的神情。她雙手捧著太陽穴，張著嘴，像孟克的油畫裡的那個吶喊的人。她沒有發出任何聲音。她想拚命抓住記憶，像要在水中捉魚那樣。

「信號圈不斷旋轉，彷彿在擰緊她的腦子，她臉上漸漸呈現難以承受的痛苦。』

「網頁打開了，『該文章因不符合法律法規和相關規定未予顯示』，紅色驚嘆號像印章般蓋在這句話上。我又點別的，都是同樣的結果。

「『文章都被遮罩了。我記得你最後一篇寫的是《我們為什麼應當徹底取消審查制度》。你贊成傅柯說的，哪裡有作用力哪裡就有反作用力，在一個沒有言論自由的社會，事情走向極端，人民沉默，像一座陰燃的煤堆，等待一個偶然的外因，燃起熊熊大火……你不知道，對於陰燃——這個詞，我是情有獨鍾的。我清閒時也算是讀過幾本書的。布羅茨基回憶曼德施塔姆夫人置身於傍晚廚房的陰暗角落時，他寫她菸頭的微光和兩隻閃爍的眼睛；被菸灰燒出孔洞的灰色披巾；她灰色臉龐和灰白的頭髮……最後他說，——她就像一堆陰燃的灰燼。」

「『布羅茨基是我最喜歡的詩人。』她聲音很輕，帶點欣喜。

「我倒是願意跟她繼續聊布羅茨基，但得盡快整理好她的一生。『這篇文章之後，你被徹底禁言了，不能在任何地方發出聲音，你的名字上了黑名單。』

「『啊，』她又啊了一聲，問道，『那我是什麼反應？』

「『你被禁，名氣就更大了。國外的媒體約你給他們寫，你在《紐約時報》連續發了幾篇。這下更麻煩了。』

「『進了監獄？』

「『你想得倒好，你黨才不會送你進監獄，落下把柄，成全你的美名。』

「『那他們是怎麼處理我的呢？』她語氣並不真關心，『你是先知穆罕默德嗎？』

「『從你丈夫那兒做文章，不許他辦畫展，封殺市場，凍起來了。於是你們的關係產生了矛盾。』

「『接著呢？』

「『我不是在編排故事，姚皿珠，我只是盡我的責任——當然，因為布羅茨基的緣故，我有點超出職責範圍了。』

「『啊。』她環顧四周，好像找機會脫身似的。

「『看，這是你丈夫畫的荷花與蜻蜓，展覽時遭故意破壞，他將它修改成抽象畫。』我搜到周密的畫遞給她，修改後的畫看起來像子宮裡的嬰兒。

「她盯著那幅畫，彷彿連呼吸都停止了——

「她望向黑暗深處，雙臂抱緊自己。『我想起來了，孩子……裝在塑膠袋裡的孩子……浸泡在液體裡……』

「『你腦子裡有扇窗打開了，窗外的風景就是你的記憶。』

「我鬆了一口氣。她是我遇到的最難纏的鬼。我又想起布羅茨基解釋湯瑪士·哈代的在詩中使用『冬天的星星』這一意象，他說，『在這一切的背後自然隱藏著那個古老的比喻，即逝者的靈魂居住在星星上。』這個俄國人也認為星星是死者的歸宿。我希望姚皿珠會在天上閃閃發光。」

---

1 提成，按比例從收入提取報酬。

第十六章　燃燒的十字架

太陽出來，屋尖的黃金十字架光芒刺眼，一隻黑鳥停在上面，像在遭受火刑。牠一動不動，直到一群吵吵嚷嚷的人到來，才吱地一聲飛開，衝向藍天。牛麻子手裡拿著打鐵的錘子走在前面，說是要一傢伙把上帝的腦袋砸個稀巴爛。他老早就瞧不慣了，他老婆一到星期天，就丟下一切去教堂發呆，有點閒錢就扔到教會的箱子裡。教堂被一個商人承包了，箱子的鑰匙在他手裡，他每隔一陣就回來發動捐款，打扮上帝，刷新座椅，白天使也忽紅忽綠。「老子要敲一坨金子撈回本」，這句話悶在牛麻子心裡沒說出來。十字架原先是木材，商人換成了黃金的——證明所有的錢都用於教堂——人們現在就是要敲下黃金用來做大事，給領導塑像。民族與宗教信仰統一，觀音廟建成，就到了拆除十字架的時候。觀音廟也由這個商人投資的，庫大有持有股份——據說實際股東是袁八袋，因官員四袋以上不得參與經商、炒股，謀取私利，故寫在小舅子名下。商人曾經主張保留教堂，「你何必自己跟自己搶生意？」袁八袋說道，「咱們新樂園只需要一個宗教，一種信仰，管理起來容易，管好了這些人的腦子，一切都好辦。」商人最懂趨利避害，加上各種宗教宣傳，發傳單，印小報，大街小巷張貼「因果」、「輪迴」、「滅諦」，有的基督徒很快開始拜佛，有的則跪在關閉的教堂面前哭。牧師是商人的叔叔，原先是個殺豬的——長得倒是細皮嫩肉，仔細看才知道那是白食病——每次殺豬前，他都會摸著豬背，檢測著下刀的骨關節，對牠們說一番表示歉疚的話，「我也是迫不得已，殺你是我的職業，可話又說回來，誰讓你是一道菜呢？」他侄子根據他在手刃畜生時表現的良善，以及他說話的神態判斷他可以從事牧師這一職業——其隱祕原因是肥水不流外人田，他實則需要一個人管理教堂財務。侄子勸他放下屠刀，穿上長袍時，他有過一番猶豫，雖說他並不熱愛屠殺事業，倒也談不上厭惡，當溫熱的鮮血隨著刀子的拔出噴到腳盆裡，他內心甚至很有快感。如果有小孩子在一邊觀看，他更覺氣勢如虹。新樂園建立之後，很多豬等著被殺被吃，迫於競爭壓力，牧師還主動寫過工作彙報遞交組織：

我叫屠志遠，今年五十三，已經幹了十五年殺豬的活。我掌握了一整套殺豬宰羊的技術。現在我已經能夠：三分鐘過命、挺豬、吹鼓；四分鐘開膛、下架，八分鐘剔完一頭豬的骨頭。我力爭勤學苦練，堅持用新樂園思想指導殺豬，把豬殺得更快、更好。

起初他以為牧師就是裝神弄鬼，像魏一鳳那樣神神叨叨，他完全不信她鬼魂附體的通靈術。不過侄子告訴他，他只需要穿上黑長袍，走路時腰挺直一點，羅圈腿收緊一點，手在胸口劃劃十字，將口頭禪「狗日的」改成「阿門」，保留屠豬時說話的語氣態度，就差不多了，「古話說『放下屠刀，立地成佛』，你把屠刀放下，就可以馬上當牧師嘛。」商人年少時出門闖蕩，沒讀多少書，有些東西囫圇吞棗，直接把核吐給叔叔，叔叔讀書更少，但相信侄子見的世面，也就囫圇吞核了。當然最要緊的是錢，錢比豬脖子噴血更令人愉悅。當牧師正過著愉悅的生活，侄子又叫他去觀音廟做住持，牧師以為要剃髮禁欲，連連擺手，情願回去殺豬也要當個正常男人。侄子就以錢的多寡相比較，牧師與住持的收入簡直是大巫見小巫，所有新樂園人都必須信仰佛教，定期進供觀音廟，為方便捐款，新樂園將開通銀行網路，像大城市那樣使用微信與支信寶，善款直接打給菩薩，找藥師佛看病求醫的，也可以直接網上預防約支付——這些錢最終都需要住持管理，按企業經營模式來講，住持就相當於公司CEO。

牧師當年發展他手刃的豬的主人成為基督徒，現在他必須勸他們離開上帝，繼而信仰佛教。

「從現在起，我不再是牧師了，我已經脫離了這個邪教組織，」牧師對每一個基督徒重複，「你們知道，你們當中，有的人因為腦殼中邪太深被抓起來了，有個邪教徒的腦袋被劈成了兩半。」他就用這幾句話說服了其他基督徒，話還是侄子教的，他對著鏡子背熟了，幾種手勢也運用自如。但眼下還有幾個頑固分子，不鬧也不吵，安靜地跪著，在人群踏起的灰塵中垂下腦袋，自稱為「非暴力抗議」。

多福緊跟著鐵匠，手裡拿著撲克牌——他是在跟金生聖學魔術時跟來瞧熱鬧的。他先是被地上跪著的人吸引，過去摸了摸他們的腦袋，呵呵直笑，可他被他們的眼淚嚇住了。

「別哭，小、小孩子才哭鼻子。」他說，「我給你玩、玩個魔術。」他用手掌拂開灰塵，將牌扣在泥地上。

一聲巨響。教堂牌匾在鐵匠的錘子下化為碎石，火星飛濺。那字原是鑿在麻石上的。鐵匠多年打鐵的手臂被震得發麻。他往手心唾了口痰，搓幾搓，瞥見多福，便說。

「你勁大，過來捶兩下。」

多福將紙牌揣進兜裡。「我為什麼要砸、砸東西？」

「肏，叫你砸你就砸唄。」

「你又不、不是我的姐、姐姐。」

「多福，先嚼口帶勁的檳榔。」鐵匠說著掏出一個小塑膠包，捏出半顆。

陽光被空氣洗過，越發透明。多福嚼著檳榔，面頰變紅，鼻尖冒汗，精神漸漸亢奮。

耿十八搭著梯子上了屋頂，仰望金光閃閃的十字架，嚷道，「媽的，只有猴子才上得去。」

所有的眼睛都轉向燃燒的十字架，氤氳瀰漫，彷彿金色煙霧。

多福嚼著檳榔，青筋突起，臉一路紅到脖根。看耿十八總上不了十字架，他張嘴啞聲大笑。檳榔渣在舌頭顫動。

「多福，你最有本事，這裡只有你才做得到。」鐵匠說，「弄下來，整包檳榔都給你。」

「你讓他們別、別哭，我這就去弄。」

「他們哭，因為他們就是要這個東西。你去給他們弄下來。」鐵匠說。

多福爬上屋頂，縱目四望。

「我看到我家的房、房子啦……我爹在曬、曬漁網……姐姐在苦、苦楝樹下洗頭髮……多樂追追貓……噢……房子、飄、飄起來了……他們都飛起來了……」

「牛麻子，你的檳榔太厲害，這傻子出幻覺了。」

「老耿，趁這股子勁，把錘子給他。一會兒庫三袋來，不能讓他看見十字架還在原地。」

多福將錘子插在腰背，熊抱著圓柱，幾下就爬了上去。他坐在十字架橫槓上，盪著雙腿，一個人欣賞起周圍的風景來。

從地面低啞的哭聲中迸出一個尖細的聲音，「多福，快下來，不要做他們的幫凶。」

「雲跑得好、好快，好像有人在、在後面趕它們……一群羊……」

「牛麻子，這麼帶勁，給我幾顆，我嚼完找個女人弄弄。」

「那是媽媽……在菜、菜園裡……」

「他媽死了多少年了，他也能看見……」

從地面低啞的哭聲中迸出一個布帛撕裂的聲音，「多福，快下來，不要做他們的幫凶。」

「風、風唱歌……樹跳、跳舞……房子在跑、跑動……」

「多福，拿起錘子，把十字架敲下來懂嗎？」

「金子可以換很多檳榔，你想吃多少就買多少。」

多福別過一條腿，騎在橫槓上，亂敲亂打，一陣淬火飛濺。金片如雪紛飛。一些手在天空中抓奪，像溺水者。

多福像逗他們玩，嘎嘎笑著，捶得更歡。

十字架露出水泥。金光漸漸消失。

多福嘎嘎笑著，望了眼頭頂上的羊群，身體晃了晃，再望了眼頭頂上的羊群，身體晃幾晃，就從十字架摔了下來，翻著筋斗滾向地上。他聽見骨骼碎裂的脆響，像折斷一條黃瓜。他比任何人都聽得清楚。

第十七章　治療新病

「腦子裡打開那扇窗時，發出一陣關節錯動的聲響，像卵石相互擊碰。蛛絲網撲到臉上。一縷冷風滑進來，徑直溜進胸腔，我渾身清涼。但閻王說那不是我身體裡的聲音，而是來自男性的骨骼，這骨骼原本就缺鈣，『就像被白蟻拱過的木頭。』閻王真的讀過書。我喜歡他這個比喻。要說這世界上有什麼事情令我著迷，那就是比喻。一篇報導裡要是弄不出幾個絕妙的比喻，我就不願終稿。

「『死去的青春痘屍體風乾在臉上』，有讀者因為這個描述給我寫了一封很長的信，說他笑了好久，把死人寫成青春痘屍體，讓他忘了事件的血腥。有一陣我的注意力全部集中在如何打磨比喻上，以致於忽略了記者的本職。社長對我愛恨交加，他說，你要是放不下比喻這回事，就乾脆去寫小說吧。我當時沒能聽出其間的警告。我的比喻欲越發癲狂，每一自然段就要使用一個比喻，然後是每一句話，最後發展到每一個詞，連標點符號都不放過，我喜歡把整個事件做成一個大比喻。

「『你的文章已經一身膻味，』社長聳聳肩，『我可不想把蒼蠅惹來。』」

「我有時很遲鈍，不怎麼明白社長的話。有一天，來了幾個陌生人，開車帶我去了一個地方，其中一個把我的電腦夾在腋下，像夾只公事包那樣，臉上閃爍神祕的微笑。我隱約記得，那是個卡夫卡似的城堡，在迷霧深處；或者波赫士的迷宮，穿過小徑分岔的花園，進了大門，一路走，只聽得一道一道的鐵欄柵打開又關上，發出哐噹作響的金屬聲音。燈泡散發沒睡醒的昏沉暗光。飛蛾撲打翅膀，竭力模仿蝴蝶繞花翩翩飛舞，結果只是將燈泡撞得嗡嗡響。

「那裡有專家協助我戒比喻。也就是在這兒，我第一次意識到嗜好比喻的嚴重性，他們說我這是一種病，跟吸毒、嗜睡、癲癇一樣，如果不盡早治療，就會發展成精神分裂，走向肉體毀滅。經過幾番望聞問切，更具體地診斷我患的是修辭類疾病中的比喻症，這種病的患者就是不好好說話，凌空蹈虛，有幻覺，逃避現實，某種程度上接近於臆想症。但在修辭類疾病中，比喻症並不算最嚴重的，最嚴重的是反問和設問，因為這兩種修辭通常直中要害，像刀子將人逼到牆角，極具危險性，患者只能單獨禁閉，因為他不斷地反問和設問會令同病室人發瘋；其次是誇張，像索爾仁尼琴[1]的『一句真話比整個世界的分量還重』，患這類誇張煽動修辭疾病的人，除了送進洗腦科，用毛刷子清洗腦縫，還得服用順從丸，滴縮小瞳孔眼藥水——這種病來得快，好得也快，但如不對症下藥，很容易適得其反，就像把出血熱當感冒治，會加速死亡。

「『比喻症不能掉以輕心，拖延久了，產生併發症，併發症往往是致命的……國家重視你這樣的人才。』——他們是來挽救我的。治療方法簡單，認真閱讀國家領導人專著，領悟其智慧；每天輸入三瓶主流思想液體，稀釋血液中過於黏稠的偏激，沖洗業已髒汙的心臟，矯正傾斜的五觀。我認為我每天照鏡子，自認為五觀還算端正，甚至還頗有姿色呢。腋下夾著我電腦的那位說道：

「所謂五官，是指世界觀、人生觀、價值觀、道德觀、政治觀。放心，用不了多久，你會徹底改正的。」

那個五六平米的房間被雪白的日光燈照得像太平間，氣味混濁，廁所裡的嘘嘘聲和尿騷味綿延不絕。

兩個小時前，我接受了抽血、驗尿、拍X光胸片，脫光衣服讓一個女的看了個夠。她問我腕上的疤痕是怎麼回事。

「『殺死我自己不滿意的那一部分。』

「『她瞄了我一眼，說你中比喻的毒實在太深了……你們這些耍筆桿子的，都喜歡自作聰明。』

「『我是靠比喻活著的呢，不比喻，毋寧死。』

「『到了這兒，你會學到另一種活法的。』她語氣恬淡，『你身材真不錯……孩子多大了？』

「『我沒有孩子。』她並不急於讓我穿上衣服，慢慢欣賞我裸著的拘謹。

「『怪不得。』她似乎鬆了口氣。好像我要是生過孩子還保持這樣的身材，會令她感到痛苦。

「她胸前別著一塊金屬牌，上面有一串編號，在另一道鐵欄柵後，我還試圖完整地背出這一串數字，就像要記住她的臉。

「當然，在她之前，我還與另外幾人有過一番促膝長談。他們都是協助我戒比喻的。一個善於學習，一直伏在桌上作筆記，擰緊眉毛思考。另有兩個思維敏捷的，一口氣提了三百個問題，從姓名年齡職業家庭這類無聊的事情開始，最後連我父母也扯了進來。

「『我出生，我爸死，我們這輩子沒打過照面，所以我不瞭解他的情況。我媽十年前死的，她一直頭疼，實在受不了，做了CT掃描，發現裡面有彈片——她自己也不知道那是怎麼回事。』

「『你們家人都患有修辭類疾病。你爸患的就是反問、設問症，你媽患的誇張症，他們將修辭病遺傳給了你——這種要命的修辭基因，令醫學界傷腦筋，幸好發現得早，並且，我們有相當豐富的臨床經驗和技術來治療這種病。國家絕不會放棄任何優秀的子民，尤其是像你這樣的。』

「『要是戒掉比喻，我會變成行屍走肉。』

「『不要太消極，姚記者，你不過是將才華用在了錯誤的地方。』

「『對於一個國家來說，擁有一個講真話的記者就等於有了另外一個政府。』這是你的原創？

「『說是，也不是；說不是，也是。』

「『別繞。』

「『話是別人說的，我只將作家改為了記者。』

「『誰說的？』

「『索爾仁尼琴。』

「『你為什麼總是提到這個索什麼琴的人？』

「『因為這把琴彈得好。難道你不贊同他說的，『人民的精神生活比疆土的廣闊更重要，甚至比經濟繁榮的程度更重要。民族的偉大在於其內部發展的高度，而不是其外在發展的高度。』？

「他們好像被饅頭噎住了，端起杯子來喝水。有個人起身去了洗手間。我不禁暗自感謝索爾仁尼琴。

「同室的人問，『你是為什麼到這兒來的？』我告訴他們，我是來戒比喻的。我費了些口舌解釋這個病症，他們始終不懂。因為他們做的事情，都是具體的，看得到摸得著，揣得進口袋的，而所謂的比喻，連一縷風都比它實在。大家住到一起是緣分，他們並不忌諱跟我說各自的故事，我當時便有了下一個選題。我很快被挪到了別的地方，但腦子裡一直在創作關於他們的比喻，沒辦法停止，直到他們用什麼東西捶了我腦袋一下，我腦袋裡面就雲霧籠罩了。

「我記起來了，我正是因為一則比喻對周密動心的。那則比喻遠遠蓋過了他的繪畫才能。他的畫不壞，就我看來，總覺得欠點什麼。但酒店、公司、政府、國家、官員，以及幸福的家庭都喜歡他的畫。它們要麼喜慶，要麼安寧，要麼美得蒼白，和現實沒有一點關係。他說，死亡，就像一滴水消失在水裡。我曾經拿這句話形容那些災難中被迅速遺忘的人。後來我才知道這是波赫士說的。有一回他又說，『自尊心是最骯髒的東西』，我又被這比喻捕獲，像飛蛾黏在蛛絲網上，後來我知道那是法國女作家尤瑟娜說的。周密把別人的東西據為己有時，從不覺得難為情，『真是英雄所見略同啊』，他說。他喜歡比喻，但不創造，對我的比喻也不太欣賞。

「『我覺得你有點比喻過頭了。』有一次飯後消食，他跟我聊了一回，彼時他的展覽受我的比喻影響，已經有了麻煩。

「『魚群從不會為反對捕魚業而集體鬥爭，牠們只是想怎樣從網眼裡鑽出去。』我用比喻回答了他。不記得他接下來怎麼說的，大約是說我年輕、魯莽、自私，他還提到我爸，一個不安的夜晚在我的尖叫聲中持續痙攣。

「我倒是有點記起他的樣子了。頭髮是花白的，臉是圓的，鼻子不塌，戴眼鏡，忘了是單眼皮還是雙眼皮，也想不起他的任何一個眼神，感覺他的眼睛就是鏡片，鏡片中的反光，或我的影子，有時乾脆是兩團迷霧。不知為什麼，我沒有做妻子的感覺，也不覺得他是我的丈夫，我的心像一塊結實的石頭嵌在身體裡。

「『我得去忙了，有人正趕往地府。那個傻子身上的斷骨把自己戳穿了。』閻王幫我敲開記憶之門，自己卻尋歡作樂去了——也許的確如此，以他的權力，肯定會收到各種賄賂。

---

1 索爾仁尼琴，臺譯為索忍尼辛。

第十八章　胡大的囈語

「我到這個地方，純屬偶然。那天我們在岔路口，為去哪個方向起了爭執，連體姐妹一個要往南，一個要往北，泥土被她們拽踩出個一大坑，身體栽在土裡。最後我們決定跟一隻飛鳥走。是那隻鳥把我們帶進福音鎮的。」金生聖這麼解釋他的來由。鬼話連篇。混江湖的人話都信不得。不過，騙得了別人，騙不了胡大。要說福音鎮有什麼我不知道的，那就是還沒有發生的事情。我只曉得已經發生的，至於來世、先知，這方面魏老太婆比我強——但也說不準，未來還沒來，人都死翹翹，也算是死無對證的了。這麼說吧，金生聖是袁八袋特意從外地請來煉金的。他總共給金生聖寫過三封信，答應給他新樂園一份田地，戶口，以及寺廟副住持的職務，和改宗牧師屠志遠一起，做為高層領導分管寺廟，有什麼事情直接向八袋彙報。那三封信可都是在我肚子裡複印了的——我別的本事沒有，記性倒是沒說的。不單記人記事記信，還記仇記痛記教訓。我平時不多嘴的，禍從口出嘛。但你說閻王看得起我，專門安排你來，這點情面我還是要講的。雖說我跟閻王沒什麼交情。土地老倌張德福老早就告訴過我，要尊重閻王閻青天，陽間很難有他那樣的人。

我沒聽明白，找丈夫、見多喜、聽故事，到底哪一個是你真實的目的？你身體輕飄飄的，走了不少遠路，魂和魄都只剩半盎司了——盎司，我從別人的信裡學來的，洋氣吧？模糊是不？這就對了，魂和魄本來就不是能秤的。我要是說你還有兩錢魂三錢魄，你以為我說的是酒；要是說魂魄散盡，別以為那是仙女散花……呃……你聞到酒味？不過是小支二鍋頭，我喝一口，送封信，送封信，喝一口，信還沒送完，酒只剩瓶子了。幹我們這行，比一個信封熱鬧不了多少，郵袋一扛，背上都是別人的生活，當然你也可以說，都是別人的痛苦——情人兩地分居啊，父子見不著啊，朋友來信說被離婚了啊，上個月還活蹦亂跳的孫子被車撞死了啊……你別說，這樣的信看多了，我覺得自己過得頂不錯的，什麼也沒有，自然也沒什麼失去的。但凡事沒有絕對。是不？

我沒有破罐子破摔的意思。你失去了不少東西吧？尋找和失去是一對雙胞胎。誰生的？命。不信？你拗得過命？你要是拗得過她，就不會是這樣一副臉色了。

幹送信的活兒，有時挺享受的。現在我打算讓你看看我肚子裡的影本。

「金先生，事情像火燒眉毛一樣急，煉金材料我們按你說的都已經準備好了。你說不做副主持，要做一把手，這個我盡量協商解決。問題不大。我也可以專門為你設置一個職務，比如會長、總監、總顧問……至於美好的姑娘，這個資源福音鎮實在是太豐富了。上次我給你寄去一些照片，你看中的姑娘叫多喜，那可是一朵帶刺的玫瑰，需要當心。溫如春也不錯，她是一朵野菊花，野菊花是隨意些的。你要是口味雜一點，有些少婦也滿有味道的……總之，這個世界上最不成問題的，就是女人了……目前的處境是騎虎難下，無論如何要完成黃金任務，不一定要純的，只要像金子，顏色是黃的，顧不了那麼多了……這關係到新樂園的未來，甚至全國的未來。」

開始那陣子，新樂園的後門半開半關，沒有特殊關係，進不來，弄不到戶口指標。新樂園的誘惑太大，連老頭都成了搶手貨，為了跳進新樂園，年輕姑娘閉著眼睛嫁人……我？你問我為什麼沒娶一個？……唔，我那隻貓不喜歡陌生人進屋，牠爪子有毒，撓破皮要死人的。你在笑，不信？你要是不信我的話，我就沒必要繼續說下去了對吧？雖說我有大把時間，換種方式消遣總是好的。我理解，幹你這行，是要多心眼兒，但我們之間沒什麼利害關係，我犯不著說假話。過去我是說過不少假話，那是環境逼的——因為說真話挨揍，說真話家人跟著受罪，說真話沒飯吃，說真話要丟命——但我始終知道真假的區別，不像有的人說假話，說著說著自己也信了，說著說著就愛上說假話了。我不扯那麼遠吧，壞的記憶是一只魚簍子，魚進去了很難出來的。

你想進這魚簍子？那不行，依我的經驗看，留給你蹦躂的時間不多了，你的眼睛眨得那麼慢，慢得兩次眨眼之間隔了一百年哩。你的氣連根頭髮都吹不動了，動一下手指頭你就會全身出汗……我建議你做好時間計畫，不要再瞎兜圈子。

失憶？好事啊！我就是恨我這記憶太好，越是想忘記的，越是刻在腦門上，只要是照得見人影的東西，就能一眼看見。比如切菜的刀，窗戶的玻璃，別人的瞳孔，臉盆裡的水，甚至太陽、月亮、星星……我聽說你不記得你結婚了沒有，也忘了你丈夫長什麼樣，也許你還有孩子呢……我跟畫家倒是接觸不少，他的信都是我送的。你沒給他寫過信？那不代表別人沒給他寫呀。他的朋友挺多的，有個女人——我又多嘴了——如果我只說事實，不造謠，不算搬弄是非吧？他和那個女人的信，盡是些暗語，天知地知他知她知，我一直沒看出個眉目。他問她「那件事辦得怎麼樣了」。隔不久她來信，說「圓滿解決了」，最後附了銀行帳號。我該送信去了，很多信積壓在我手裡，我還是想一一送到收件人手中，儘管收件人的住址已經發生變動，花點時間還是能找到的，我可以去張德福那兒打聽打聽，對了，還有閻王，任何失蹤的人都能上他那兒找到。

第十九章　念起

晚上又下起小雨。他長時間聽著雨水滴在爬山虎上的聲音，幻想著她的出現：雙眼含情，頭髮滴水，濕衣服緊貼著肉體，全世界塌陷，唯有乳尖挺起，熱氣騰騰，令他備感飢餓。胃在痙攣。唾液分泌總比白天豐富。他每夜敞開房門，希望某個晚上進來的女人是他等待的。黑暗中他只要聞一下頭髮，就知道那不是她。他忍受它們的煙熏味、油膩味，難聞的洗髮水味，忍受它們的枯澀、粗糙，以及稀軟、坍塌的樣子。這世界上只有她像呵護嬰兒一樣照料頭髮，綢緞比不上它的光滑，瀑布也不及它的壯觀。當她經過，苦楝花香隨風飄散，花香化成無數的針尖刺進他的心裡。

「活了三十年，走南闖北，我金生聖第一次想停在一個地方，第一次想結束東遊西蕩。第一面她就攝走了我的魂魄，至今沒有還給我。她是植物一樣的女人，而我沒有植物需要的養分。她的嘴巴像蚌殼緊閉，嚴守裡面的珍珠與祕密。」

雨下得他心情煩躁。

「魏滿意他憑什麼？就因為他說『吾』，不說『我』？」

每次看見魏滿意，他的眼睛像攝像機從不同角度拍下他的形象，在心的暗室裡沖印出來，仔細觀察揣摩。他難以承認自己會輸給他。他是闖江湖的，風裡來雨裡往，多少女人想與他浪跡天涯；魏滿意不過是個女人帶大的、沒見過世面的傢伙，性格陰柔，多半也是個懦弱的人，關鍵時刻會讓女人吃大虧的。他最大的特點是那雙純淨無辜的黑眼睛和奶貓那樣的目光。

「問題大約就出在這裡。」他想。

一旦感到呼吸困難，便離開這暗室去找女人。他是通過溫如春的吃相認知她的。都說溫如春的美在於柔弱，他覺得那是錯的，她的吃相才是魅力所在，真正四兩拔千斤的大氣象。八斤白米飯一臉盆，她捏著筷子，從容淡定，好像寫一篇抒情文，吃得一粒未剩——她當時身體休眠剛剛結束，半個月沒吃東西。這怪病是從月經初潮那天開始的，不定期發生，休眠期間只需喝點溪水。起先家人都擔心她會餓死，勸，餵，強迫進食，一度以為她中了邪，請魏一鳳畫了很多鬼畫符貼在她臥室門口——鬼畫符沒起作用，因為藥不對症——溫如春的病其實是隔代遺傳，她曾祖父也是這樣，經歷過幾岔兵荒馬亂的飢餓時期，活了一百零三歲，人稱半仙。

他們坐在河堤邊。風搓揉著鋪滿斜陽的河水。鴨子銜亂風的紋路，無聲滑動。天黑時，他褪下她身上最後一塊布料，彷彿黑夜抹掉最後一線光明。揭開新天地。萬物呻吟。

常多福腳上綁著磚頭，哐噹、哐噹，像機器人。

他們並不停止運動。

「我想跟你學、學法術，空盆變蛇、空盆變老、老虎，心裡想什麼，就變、變什麼。」

他們撞擊出更猛烈的聲響。

「你是我師、師傅，我什麼都、都聽你的。」

他們在草地上滾動。

「但我也要聽姐、姐姐的。」

他們總算分成兩團白影。

頓悟。他意識到他手裡有個重要籌碼——這個流著哈喇子的少年，多喜的弟弟。

「我可以收你當徒弟，但這是祕密，不能告訴你姐姐。」

「為什麼？我一直都聽、聽姐姐的。」

「師傅第一。」

「姐姐也要聽、聽師傅的？」

「這傻子。」他想，「她要是能聽我的，我還會有什麼苦惱呢。誰有法術能讓我打個響指，吹聲口哨，她就奔到我懷裡來？她倒是很忠實於那隻奶貓，明知道他是個懦夫……啊，多喜，當你在夕陽下穿過街道，身上披著晚霞的彩衣，空氣裡蕩漾著苦楝花的香氣，我就想丟下一切擁抱你。我眼看著你走進別人的房子，眼看著大門抹去你的影子，想到屋裡正在發生的場景，我的手就會顫抖，抓什麼摔什麼，碎裂帶給我安慰。痛苦由尖銳緩緩鈍化。砸碎整個世界也不能換來你一秒鐘的深情……『這個世界上最不成問題的，就是女人了』，袁八袋憑什麼這麼認為？不行，我必須想辦法……」

黑暗中一個暗影飄進來，門輕輕上了閂。一股新鮮的寂靜湧進房間。

「你還是在等著別人。」

「無所謂等，無所謂不等。」

「在新樂園，沒有我想不出的法子。」

「我喜歡你身上的艾草味。」

「我很想幫您。」

他撩起她空蕩蕩的裙子，一切不費吹灰之力。

第二十章　吃豬鞭

「你們看見了嗎？那個東張西望的女人，時而是畫家的女朋友，時而是他老婆，時而找這個，時而找那個，她把我們都攪糊塗了。咱們正好在下風頭，聞到藥水味了嗎？在醫院裡住半年以上的人，才會浸泡出這種味道，到死了骨灰就是藥渣子。」

「如果心頭的結沒解開，亡魂就會遊走出來……看樣子她不知道自己已經死了，還在祕密調查畫家的情人，存心不讓自己死得安生呢。」

「聽說那畫家色兮兮的，走到哪裡，哪裡的空氣就不純淨了。」

「他什麼時候離開的？以前他總是畫那條河，雨天還在河邊搭棚子畫。」

「你搞混了，在河邊畫畫的是另一個人，因為感情問題，精神不太正常了……」

「反正我們都沒有見過那個叫周密的畫家。」

「豬鞭已經香了……添人添雙筷，不如叫那個女人一起吃吧，讓她體會體會吃鞭的好處，沒準她會把這祕方寫到書裡讚揚一番。」

「趙三貴還在為他的腳豬傷心？」

「傷心完了，趙三貴動了怒，他這輩子第一次動怒呢，聲稱那些人害死了他的腳豬兄弟，拿了把薅刀去報仇，結果也不知道該薅誰的腦袋，扛著薅刀在鎮裡轉圈。『三貴，幹嘛去啊？』『薅個把腦袋下來。』『薅刀割屁股都出不血，磨一磨再用嘍。』『不行，磨一磨就把火磨消了，我得趁這股勁去薅個把腦袋下來。』他身上還斜挎著那幅趕腳豬的行頭，只不過柳鞭換了薅刀，像個荷槍實彈的戰士。

「『幫凶，統統都是幫凶。』趙三貴一路念念有詞，他先是找到馮二，因為腳豬不願交配時，馮二拽過牠的耳朵。馮二聽明來意，說豬耳朵是最次要的部位，他根本沒使勁，充其量是幫牠舒展舒展筋骨，把腳豬架上母豬的，是別的勢力。『你告訴我，什麼勢力，我要去薅下他的腦袋。』『豬最怕人拽尾巴，尾巴離卵子近，拽起來整個卵桿子都會疼……你想想是不是這個道理。』趙三貴摸了摸屁股，又摸了摸自己的卵蛋，『你說的對，我現在就去薅下耿十八的腦袋。』他找到耿十八，後者正在拉屎。他就在外面等著，說，『你一出來，我就要薅下你的頭。』耿十八在運氣的間隙擠出話來，『三貴，什麼事情這麼惱火呢？』『就是你這股勢力害死了永生。』『什麼勢力？害死了誰？』『耿十八，你不要裝糊塗，豬尾巴是不是你拽的？』『是呀，那畜生力氣大得很。』『豬最怕人拽尾巴，尾巴離卵蛋近，拽起來整個卵桿子都會疼……你想想是不是這個道理？』『這是哪頭豬的理論？』『馮二沒說是你，是我自己找來的。』一股臭氣飄過，耿十八隨臭而出，見趙三貴真槍實彈的，就溫和的笑起來，『三哥，二鱉的話你莫信，他老早就和我爭提拔名額，巴不得你薅了我少一個競爭對手。你莫輕易就被人家利用了。知道什麼是借刀殺人嗎？這就是啊。』『薅刀不是借的，是我自己的。』『不是這個意思三哥……』『他也沒找我借刀，刀在我手裡。』『要我怎麼說你才會明白呢？總之，先忘了馮二的鳥話。我倒是認為，耳朵和尾巴都是次要的，將腳豬架上母豬，起關鍵作用的還是那個用肩頂的人，你想想，要不是那人用肩頂起腳豬的前半身，牠怎麼能趴上母豬臀？』『你說牛鐵匠？』『嗯，有時魏滿意會搭把手。』『牛鐵匠我打不過他……啊，魏滿意，他一個私生種，也敢做幫凶？我現在就去薅下他的腦袋。』

「趙三貴挺著雞胸離開了。他在河邊找到魏滿意，後者正在看書，見到趙三貴便說，『貴叔，正好看到有意思的一段，吾給你讀一讀：

說時遲，那時快；武松先把兩個拳頭去蔣門神臉上虛影一影，忽地轉身便走。蔣門神大怒，搶將來，被武松一飛腳踢起，踢中蔣門神小腹上，雙手按了，便蹲下去。

武松一踅，踅將過來，那隻右腳早踢起，直飛在蔣門神額角上，踢著正中，望後便倒。武松追入一步，踏住胸脯，提起這醋鉢兒大小拳頭，望蔣門神頭上便打。原來說過的打蔣門神撲手，先把拳頭虛影一影便轉身，卻先飛起左腳；踢中了便轉過身來，再飛起右腳；這一撲有名，喚做「玉環步，鴛鴦腳」。——這是武松平生的真才實學，非同小可！打得蔣門神在地下叫饒。武松喝道：「若要我饒你性命，只要依我三件事！」蔣門神在地下，叫道：「好漢饒我！休說三件，便是三百件，我也依得！」

「『哪三件事呢？』趙三貴放下⿱艹嬦刀，垂下雙臂。『欲知後事如何，請聽下回分解——等吾看了告訴你。』魏滿意繼續讀書。『滿意，依你看，永生死了，到底是誰的責任……健健康康的一頭腳豬，說沒就沒了？也沒有人來賠個不是。』『貴叔，怎麼還在糾結這個事情，要說責任，只能怪咱們現在豬肉不夠吃。』『豬肉不夠吃是誰的責任呢？』『之前殺太多豬吃太多肉浪費太多糧食。』『這又是誰的責任呢？』『吃也是新樂園的人吃的，浪費也是新樂園的人浪費的。』『我明白了，就是不該搞新樂園。』『千萬別這麼說貴叔，說這些話是會丟命的。』『我總聽見永生牠嗯嗯的聲音……我橫豎要⿱艹嬦個把腦袋下來……你說⿱艹嬦誰的呢？』怎麼從新樂園幾萬顆腦袋裡找出一顆來蕣了，趙三貴沒有答案，他帶著這疑問離開了魏滿意和那條河。第二天他像一條離水的魚躺在豬圈裡，一手柳鞭，一手蕣刀，樣子跟死了沒兩樣。

「聽到聲音了？好像是趙三貴趕腳豬經過，他那雙踩踏了鞋幫的、髒得沒眼睛鼻子的爛軍鞋吧嗒吧嗒響。」

「我也聽到了。腳豬沒了，聽起來孤零零的。」

「他手裡拿著蕣刀呢……要是知道我們這煮得噴香的食物是什麼東西，會不會蕣掉咱們的腦袋？」

「啊，一眨眼他就進屋門口了。」

「我來找永生，你們看見永生了嗎？」

「趙老倌，豬死不能復生，你要節哀順變。」

「牠剛剛還在我跟前跑，卵脬一耷一耷，尾巴一甩一甩，轉眼就沒看見了。我是跟著牠的泥巴蹄子印來的……看，印記一直到了這門檻邊……牠是進了屋了……」

「曉得你和永生好得像弟兄，想開點，不在人世間少受多少罪呢。」

「沒撞翻你們的桌椅板凳吧……永生，你個豬日的，快出來吶……」

「永生不在這兒，你到荒地裡找找吧，沒準牠去那兒拉屎撒尿去了。」

「好香……這鋁鍋裡燉的什麼好吃的？一聞就餓了……哦喲……」

「趙老倌，你莫用手抓，我來給你裝一碗……現在田鼠也狡猾得要死，好像曉得人沒肉吃，躲到十八層地獄裡去了，掀了半畝地，好不容易抓著一隻，幸好肚子裡還有十幾隻小的，湊合燉了這一鍋。」

「有股尿騷味……唔，我得去找永生去了……牠怕黑，天一黑就嗷嗷叫著亂跑，有鬼在捉牠呢……」

「這可憐的老傢伙……好了，我們現在可以把畫家的女人請過來了。」

黑衣女人像柳條一拂，飄出屋門。

「前面沒路了，你要上哪兒去？」

「我找溫八斤，聽說她住在這一帶。」

「我就是。」

「我猜到了。你身體果然是輕。」

「還有什麼壞名聲傳你耳朵裡了？」

「都是好話。」

「你要是不趕路，我們正好燉了點滋補肉湯。」

「你這麼一說，我就有點餓了。」

屋內肉香瀰漫。目光閃閃。三個女人毫不顧忌地看過來。

畫家的女人認得有白懷玉，袁變花，三分鐘後她知道了另一個是皮裁縫新討的外地老婆，比裁縫年輕三十五歲。她們緊繃著臉，像殭屍一動不動。

「豬是死豬，從地裡刨出來的。那根東西不容易爛，燉了三天三夜，應該能入口即化了。」

裁縫的女人擺碗筷，拿酒。肉湯端上桌。

「豬是在母豬身上累死的。鞭是十五年的老鞭。」

湯分五碗，酒有五杯。

「還是要留點嚼頭好。」溫如春接著說，「能嚼出脆響來，是對豬的尊重，也有點緬懷的意思。」

畫家的女人嘗了一口，放下筷子。「我失去味覺了。」

「你這還不是最糟糕的。」溫如春說，「她們已經在另一個頻道了。」

「另一個頻道？」

「就是不同的時空。」

「不同的時空？」畫家的女人用科學的態度質疑。

「嗯。在不同的時空，吃同一根豬鞭。這不奇怪，她們跟男人做愛時，下半身在這個時空，上半身在那個時空也是常有的事。有時候兩隻眼睛也會看到不同時空，一隻看見過去，一隻眼睛看見未來。」

她們像貓那樣用舌尖舔吃，眼睛盯著食物，沒發出一點聲音。

「我遇到太多奇怪的事情了。如果不是親自經歷，我也很難相信都是真的。」

「沒什麼。先吃點東西……不過，我們都沒見過你丈夫或未婚夫，至於那些聽來的無憑無據的東西，也完全可以忽略。」

「我只想看看一個能吃八斤米飯的人，到底長什麼樣。」

「你騙不了我。」

「好吧。我只經過這兒，想去舊教堂找常多喜。」

第二十一章　初吻

看見你，吾就喜歡你了。那時你長髮飄蕩，在月光明媚的小路上，月色將你的臉塗得雪白，風像小孩扯動你的紫花裙邊。你是天上來的。那麼白。吾多年前便在心底給你取了名字——蓼藍——吾帶你看過這種紫色小花，田埂上、池塘邊、溝渠裡到處都是，你總是採回去插在花瓶裡。幾千年以前，生在福音鎮的那個大詩人寫過的上百種植物，今天還在，荇菜、車前草、木槿、蒹葭、蒲草、艾蒿、桃、李、杏……你總是對吾說，你一來就愛上了這個地方——吾情願認為那是你對吾一見鍾情。

你從哪裡來？吾始終沒有答案。你說，「我來了，我在了，這就是全部的我。」吾覺得有理。不管你是仙女下凡，還是妖狐鬼怪，吾一概不管。你又說，你是千年樹精，厭倦了沉默，於是投胎做人，要過說說笑笑的人間生活。你羨慕人們張開嘴巴說話，情話粗話閒時清嘮，你聽了都覺得美好，植物界的沉默喧囂幾乎毀了你的聽力，你的眼睛只有在夜裡才看得更加清楚。你是精怪麼，正合吾意啊。吾讀過一千遍《聊齋志異》，就等著屬於吾的那個妖精，晚上來敲吾的窗門。對鎮裡的女人，吾毫無興趣，她們一身煙火氣，閉上嘴巴或許稍微可愛一點。吾專心等著，等來了你，不止是敲窗，你直接敲開了吾的心房。你身上有苦楝花的清香。蓼藍。

吾祖父是讀書人，喜歡吟詩作對，也愛吃喝嫖賭，給母親的遺產只是幾本舊書。母親常常後悔送吾識字，識了字就和常人不一樣了。她想像別的老太太，膝下有小把戲纏繞哭鬧，教他說話，教他打卦。母親始終想著父親，想培養一個出色的兒子，讓她的男人愧疚，讓她的男人回心轉意。

「只怕魏滿意不能做人呢。」此話傳到母親耳裡，母親也生狐疑。吾知道自己的身體，日日晨勃如春筍，平時如睡獅靜臥，一有風吹草動，便飆出草叢——只可惜茫茫草原，不見獵物。

蓼藍，這名字存吾心多年，遇到你，名字與人合二為一，塵埃落定。吾靠雙手殷勤撫慰，保持乾淨處子之身。

「滿意，你在後園幹嘛？」

「吾在讀書，媽媽。」

「又在讀那本鬼書？你就不怕女鬼纏上你。」

「女鬼都是善良好看的。」

「等她們咬開你的脖子吸乾你的血，你就不會這麼想了。」

「明天吾十三歲生日。吾要許願，邀請一個女鬼與吾半夜聊天。」

「你最好先去給我買一個陶罐來，我新捉了幾隻寶貝。」

「吾想買一支口紅送給女鬼。」

「盡是些貓屁主意。」

「吾將來要娶一個最美的狐狸精，她的名字叫蓼藍。」

「了難？了什麼難？不吉利。」

「媽，不是了難，是溝邊的蓼藍花，紫白色的，你常說那種野花生得賤，好看得無法無天。」

「紫白色？我說的是苦楝樹花吧兒子，咱們之間肯定有一個人記錯了。」

「吾不管，反正她的名字叫蓼藍。」

吾小時常隨母親去山中找毒蟲，每次必在老苦楝樹下吃便餐。吾熟悉這山上的植物，野兔，飛鳥，小路。那一次，吾獨自進山捉毒蟲，黃昏時返回，只見苦楝樹邊赫然長出一所茅草屋，門是敞開的，屋頂炊煙飄蕩，米飯鍋巴香氣引吾進屋。泥灶裡柴火一閃一閃。木鍋蓋邊沿一圈輕薄熱氣，好像有人在靜靜地抽菸。八仙桌上擺一只白瓷瓶，瓶裡插一團苦楝花，正鮮活。碗筷放得端正，碟裡有菜，杯中有酒。門邊吊著菖蒲艾葉。牆壁刷得雪白。掛著女人的衣服。一隻彩蝶從窗口飛進來，在吾肩頭停留片刻，又飛往別處。吾坐灶口，用火鉗撥動煙灰蓋住明火，以免米飯燒糊。另一個房間，牆上鑿出幾排槽，槽裡擺著書，一本緊挨一本：《聖經》、《常識》、《人的權利》、《論人類不平等的起源和基礎》、《古今自由主義》、《1984》、《他們》、《紅樓夢》、《金瓶梅》……忽然看見《聊齋志異》，像在人群中碰到認得的，吾高興地走上前，握住熟人的手——翻開書，吾看到了你寫在扉頁的話：

做一個活在書裡的女鬼，挺有意思的。

後背一股冷風吹過。什麼東西哐噹一聲掉下來。繩索上的空衣架來回擺動。天色暗了幾分。夜鳥歸巢。空氣漸冷。這房子，早晨還不存在，黃昏時便有了，因而它也可能明天消失，恍惚如夢。吾打定主意要見你一面。小倩、嬰寧、青梅、十娘……你是她們中間的某一個。時間悄悄溜走。吾肚子裡咕嚕直響，揭開鍋蓋，鏟了一塊鍋巴嚼著。四周黑下來。月亮爬上了樹梢。毛茸茸的。流雲將月亮擦了又擦。僅一袋煙的工夫，便月光朗朗的了。花草樹木像黑白底片般浮現，地上也如積了一層薄雪。銀光奪目。景色像白晝一樣清晰。

「吾看見了你。你是從古樹上飄下來的。帶著苦楝花的香氣。吾霎時想起母親的話，她說的紫白色小花，不是蓼藍，而是苦楝。」

「你們的壞日子就要來了。」

你說這話之前，吾的舌頭已在你的嘴裡攪動多時，清點了你的三十六顆牙齒，舔遍了你青苔似的味蕾，嚥下了你清涼的唾液。吾通體腫脹，腦袋腫脹，只聽見你的聲音，聽不見你的話語。你是燃燒的炭爐，你烙紅了吾。吾皮膚滾燙，鼻孔噴火。蓼藍——啊，多喜，吾就要被你焚成灰燼。

「你媽媽說得對，把糧食囤到地窖裡去。」

暈眩。暈眩。吾像大浪裡的小船。海鳥尖叫。巨浪轟鳴。雲是割草機，嗡嗡地來，轟轟地去。

「但，其他人怎麼辦呢？」

吾在你的柔情中沉沒……海水覆過頭頂，噪音消失，寂靜充塞吾的耳朵……

「要把這消息告訴別人嗎？」

吾的身體正一寸寸變灰，斷落。啊，多喜。

「如果能阻止新樂園試驗，可以繼續平靜的生活。」

一個新的吾從你的土壤裡發芽，瞬間膨脹到九宵雲外。

「你是不是一個勇敢的人……滿意！」

你只一喝，吾從雲端跌下，顯了原形。

「牛青梅長開了會是個大美女呢，皮膚又嫩又白。」

「吾不喜歡她爹。」

「傻兒子，牛鐵匠他打他的鐵，自己有吃有住，你管他呢。」

「娶了青梅就得叫他爹，吾叫不出口。」

「往後叫伯伯也行。稱呼只是表面的。」

「吾要娶一個最美的狐狸精。」

「我真是後悔沒一把火燒了你外公留下的鬼書呀，看你那五迷三道的樣子。」

第二十二章 白綢高帽

「為什麼我戴的高帽子是白紙糊的，皮裁縫的那頂卻是綢子做的，這很不公平哩。我耿十八好歹也是有口袋的人。我不過是想出鎮子弄點吃的，並不是背叛新樂園，更不是反革命。真是冤得很吶。我隨麼子[1]行動都聽指揮，只是一時餓暈了頭，沒管住自己。我屋裡那個臭堂客[2]，大難臨頭獨自飛，她岔開雙腿換幾粒白米飯，只顧自己填飽肚子，把老子甩得一乾二淨。回來還跟我講，那些大人物的飯桌上，葷素搭配，吃不完，都倒馬桶裡沖了，貓都吃得一身油抹水光的……你說，她就那麼躺著，一邊吃肉，一邊讓人肏，那到底享不享受……庫大有打她主意不是一天兩天了，狗日的得逞了，卵桿子戳來戳去，遲早戳出毛病來。」

他在半人高的土地廟前面嘮叨，不時用柳條抽打地面，好像地上躺著他的仇人。

「皮求是向來講究，他身上沒一樣東西不是自己做的，甚至襪子，短褲，這麼重要的高帽子，當然也會自己親手縫製，他的第一頂高帽子上面，『我是寄生蟲』這幾個紅字都是自己繡的呢，『蟲』字還做了點花樣，中間那一豎扭了幾扭，像條活蟲。上頭因此還表揚了他，認為他覺悟高，只戴了兩天就摘了。可是忽然又接到舉報，說皮求是曾多次強姦鄰居家的大公雞，導致那隻公雞性格孤僻，早晨也不打鳴了，身上掉了好多肉。後來勉強由一隻母雞用下完蛋後的叫法報曉。皮求是嚴重破壞了禽畜的人倫秩序，影響生物鏈的正常運轉，這也必然波及福音鎮人的幸福生活。皮求是開始不承認，公雞母雞早已吃掉了，死無對證，但因為舉報者口才好，彷彿親眼看到的。

「他說那公雞身體卡在籬笆裡，大長腿尖爪子，一把把撐得泥土飛揚，使勁鑽也鑽不過去，逼得屁眼通紅，那皮裁縫便跪在地上，抓住雞腿，如何如何，聽起來合情合理——關鍵是這戳中了大家困惑了很久的問題——一個四、五十歲的男人，一天到晚關在縫紉房，穿得乾淨整齊，生活中所有的東西都收拾得妥妥的，每一根頭髮都在該待的位置上，卻不談戀愛，不結婚，什麼齷齪的事情不可能發生呢？人們談起他拿尺子只用拇指和食指捏著，還帶蘭花指；給人量身時，指尖偶爾觸到別人，趕緊縮回，像被燙了似的——他這分明是厭惡人類的身體呢。這進一步坐實他強姦大公雞的可能性。

「皮求是仍然不承認，說他根本沒見過什麼大公雞，確實有隻老母雞總在凌晨下蛋，但不像是強迫的，因為沒蛋是逼不出蛋來的。皮裁縫這番話侮辱了某些人的智商，他們將他帶進審判小黑屋，不出十分鐘，他就坦白了。沒多久大家都知道有那麼一隻漂亮的大公雞，雞冠漂亮鮮紅，兩條長腿結實金黃，尾巴是彩色的，打起鳴來聲音能撕裂天空。面對審訊室那些奇怪的器具，『坦白從寬』的友好提示，皮裁縫主動交代了更多的細節，最後連黃鼠狼做的案都攬到了自己頭上。

「皮裁縫這頂『姦雞犯』高帽，用的白綢是上等蠶絲的，雪白柔軟，穿身上跟風一樣輕爽。袁八袋父親的葬禮，死者蓋的，孝子穿的、靈堂搭的，都是用這白綢做的，很闊氣。皮裁縫這時也不放棄設計的機會，『雞』字繡成一隻彩雞圖，跟他坦白交代的一樣，紅冠彩尾大黃腿，帽子內襯也是綢子的。為了保證帽子堅挺不軟塌，他先用竹枝編織出高帽形狀，就算是臭雞蛋砸過來，也不會變形。他請求他們給他了一個上午時間做好這頂帽子，好像打算借此出把鋒頭哩。」

「是誰舉報的？」

「毛老倌唄。規定每人必須揭發十件以上的事情，他胡扯些湊數，沒想到倒弄成真的了。」

「戴上這高帽子上街遊幾圈就完事了。那倒也沒啥損失。」

「十八，你的政治嗅覺滿遲鈍哩。照這情形，會找幾個典型出來先斃掉，看誰中彩了。」

「土地爺啊，槍斃，至少得給有個罪名吧？我有什麼罪呢？我堂客她作風是有問題，我們的離婚協議都簽了字，可蓋戳的人找不到戳，刻章的人找不到刀子，我有卵辦法[3]？」

「你別慌。是福不是禍，是禍躲不過。」

「我這個『包庇犯』罪名夠難聽了，聽起來像『包皮犯』，簡直是人身攻擊，還不如『姦雞犯』呢。」

「什麼都覺得別人的好，這種思想要不得。」

「土地爺，我跟你說點八卦，絕對真事，我堂客親身經歷的。」

「我一不是閻王，二不是審訊人員，你不需要向我坦白……但我的耳朵是張開的，所有的祕密從我耳朵裡灌進來，會自動流進地下。」

「袁八袋只有一個卵蛋，卵桿子勃起來像小拇指一樣！」

「他出生時就只有一個卵蛋，我們的登記冊上是寫得很清楚的。這麼多年，他那根東西從沒長過？倒也稀奇……你堂客跟他睡覺了？」

「她是去找他幹這個的……但是屋裡已經有別人了。一個女人像塊白海綿，被袁八袋弄得一時扁薄，一時蓬厚，剛剛折成幾疊，忽然又捲成圓筒。一邊弄，一邊談論那個女人一家三口的糧食問題。」

「他拿什麼弄？」

「擀麵棍，鞋油刷子。最後往下面塞了一把豌豆，『回家再掏出來，免得路上被人看見』。他好像恨女人那個東西。」

「閻王說去年收了一個下半身死了五十年的老頭，那人在黃泉路上一直喊，『我恨你們健全的人，恨你們可以隨便搞女人』。」

「他可是恨錯了哩，我挺健全，也沒有女人讓我隨便搞……關鍵得像袁八袋那樣有權有勢。」

「知道閻王是怎麼安慰他的嗎？」

「『下輩子投胎做女人吧』。」

「你挺雞賊的。」

「雞賊？」

「就是機靈的意思。」

「我想找組織談一談，看看能不能將『包庇犯』改成別的，比如『私心犯』、『良心犯』，另外我也想弄一頂白綢子的高帽，洋氣，但皮裁縫未必肯幫我……要是土地爺去說個情，他是百分百會聽您的。」

「陽世的事情，我們插不了手。我建議你現在不要去講究帽子的好壞，而是想想怎麼摘掉帽子。」

「這算什麼難的，我現在就摘給你看……」

「不是這個意思……帽子誰給你戴的，誰才能摘。」

「我自己戴的哩。」

「剛誇你機靈，你就變糊塗了。帽子就是罪名，誰給你定的罪，誰才可以幫你消除罪。」

「我哪有犯麼子罪。無非是配合遊街政策，當當臨時教材。這事兒總得有人做吧。何況我也是組織成員，衣服上有口袋的。」

「是福不是禍，是禍躲不過。」

「每年二月二，我給你的生日禮物，這小廟都裝不下。我跟你掏心窩子，你卻老敷衍我。」

「據我千把年的工作經驗來看，很多壞事情的開頭都像兒戲，有點新鮮，帶點刺激。古代有個叫幽王的，經常把預報危險的烽火臺點著，讓諸侯們屁顛屁顛趕來救急，只為了取悅他的女人褒姒。有一回真的來了很多敵人，烽火臺點燃了，但諸侯不來救援。於是幽王完蛋了。如果一只蘋果有個腐爛的芝麻點，過不了多久，它就會發出酒餿味。保持警惕心，或許能救你一命。」

「昨天我的小學老師上吊了。他在日記裡寫新樂園是某些人權力的跳板，拿百姓墊底。苦的是普通百姓。他還說這一屆領導將成千古罪人之類的……我是不懂這些，但他是真的惹火了組織，沒戴高帽遊行，直接關進餓得兩眼放光的老鼠倉，被啃成一本爛書。我給他洗傷口的時候，他抓著我的手說，耿十八，想辦法離開這兒，翻過那座山頭，到了苗族灣，就安全了……我就按他說的去翻那山頭，在山裡走了大半夜，突然被摁住了。『什麼人？』『耿十八。』『去哪裡？』『羊丟了。』『私藏牲畜，抓起來。』『慢著，其實我只是找個地兒拉屎。』『你吃的啥？』『我三天沒吃東西了。』『三天沒吃有啥拉的？』『假裝吃飽了，就有拉點什麼的意思。』『這人腦子壞了，隨他去吧。』『上頭命令，禁止一切活物通行。』黑暗中聽見槍咔嚓上膛的聲音，我以為要就地處決我哩，兩腿一軟，當時就跪了。」

「這土地上的事情，事先問一下我，就不會撞槍口上了。記得東邊開糧油舖子的孫德發麼？新樂園剛開始發動，他們就關了舖子捲了家財跑了。還有西邊街上做飼料生意的梁弄潮，南邊巷子裡開米粉店的羅日安，跑得比兔子還快。他們遲早會回來的。」

1 隨麼子，任何的意思。
2 堂客，意指女人。
3 卵辦法，沒有辦法的意思。

第二十三章　爛教堂

閻王說我已經結婚，周密是我丈夫。我略有詫異，並不格外震驚。來找他之前我帶有情緒，現在什麼都沒了。我腦子裡粉刷一新，乾淨空闊，沒有家具的負擔，陽光照進來，屋子裡煙霧瀰漫。一些面目模糊的人在這煙霧中行走、交談、忙碌，我知道這無聲電影，就是我過去的生活，它們像尋找新家園的難民，我們相互陌生。我是怎麼做妻子的，他是怎麼做丈夫的，很難想像。我肯定不是能犧牲自我的女人，我的抱負大於一切。遺忘並不使我痛苦，我也不想刻意記起過去的事情，被剪輯掉的，就是不重要的。我現在的抱負，是寫一本關於新樂園的大書，不再是那種受限於版面、充滿謊言的報導，也不需要聽誰的，在哪兒添加點什麼佐料，在哪兒煽情。我不打算使用傳統敘事，我要打破時間和空間的界限，一切事物都能開口說話。也用不著挖空心思設計情節，只需順藤摸瓜。現在我正伏於這根藤上，像一隻螳螂，腿腳纖細，身體輕盈，隨時可以跳到被藤葉遮蔽的瓜上。

我打算在書中描述昨晚吃豬鞭的情景：

「她們對性，就像穿衣吃飯，很自然的。溫八斤瘦弱單薄，十三歲就有了性經驗，和一個唱草臺班子的小生，先是在竹林裡碾斷了一片春筍，後又壓倒了田裡的燕子花，村裡人只當是牲口毀了莊稼，幾頭平時有過案底的豬牛被罵得在圈裡惶恐不安。我謊稱沒有味覺，沒有跟她們一起享用豬鞭。一是我不吃任何動物器官。我唯一吃過的動物器官是周密的。二是我聞到裡面有特殊的佐料，香氣沖進鼻孔，身體便頓生躁熱。她們告訴我裡面加了大麻，說這東西可以消除飢餓感，並且令人相當愉快。我不依賴任何物品，不願失去哪怕是一秒鐘的清醒。她們看起來的確不像有飽飯吃的樣子，人雖倦瘦，眼裡的淫欲反倒是豐滿的，她們像看著獵物似的看著我，倘若她們是男人，我恐怕早就拔腿飛逃。她們喝湯，咀嚼，無聲無息，眼神像風吹過竹林，搖出沙沙的聲音。床上散落幾個陽具形狀的東西。床單凌亂。此前她們以性抵抗飢餓，吃完又回到床上。肩膀掛不住衣服。身體滑露出來。三條肉蛆絞成一團。我不想在此描述她們的混亂。她們縱欲的場面充滿悲情的痛苦與死亡的黑暗，沒有享樂氣氛，更像烈火中掙扎的鬼魂，交織著絕望與無助。」

男人們輪番進出舊教堂。常多喜從不反抗。她像是上帝派來的。她遭受的凌辱就是一頂荊冠。那些爬上她身體的男人，在依賴她來洗去自己的髒汙與邪惡。

我仰起頭，望了望尖頂上的十字架，鍍金剝落，露出死灰色的水泥。天空是死魚眼的樣子。暗雲像水中沉澱物。我跨上臺階，走進漆黑的門洞。迎面霉味嗆鼻。蝙蝠從黑暗中飛出來，眼光像螢火蟲。門窗被砸爛，地下堆著碎屑。壁上的浮雕上被毀了，留下些坑坑窪窪，蟲子在上面爬來爬去。彩繪玻璃窗大約因位置太高，基督聖像倖免於難。風從殘缺的窗口吹進來，攪動室內的昏暗。一時間，我感覺自己被風搗碎了，攪拌進這團昏暗中，在空中飄蕩。我聽見我嘴裡發出尖叫聲，這聲音一直衝到教堂尖頂，填滿那片黑暗的區域，灰塵震落，下雪一樣。

俯看下去，草堆上橫著一個女人，像段柳樹，身體被光影裁成兩截。上半身在暗處，只看見長頭髮流了一地，下半身裸著，兩條沒有生命的腿，彷彿已經死於難產。

魏滿意進來時沒有聲響，影子落在女人身上。其實他站得離她挺遠，是光線將影子拉長了。他穿著兩個口袋的衣服，鞋褲搭配得體，是個幹部的樣子了。

女人曲起了腿。

蝙蝠從他們兩人之間飛過。

「我媽死了。」魏滿意忽然不再用「吾」。「走路摔了一跤，跌水溝裡淹死的。」

「我知道。」女人略撐起上半身，用長髮覆蓋身體。「你也可以說，他們砸破了所有的陶罐，她是被自己養的蟲咬死的。」

魏滿意低下頭，雙手插進褲兜裡。

「多喜……」他喉結滑動了一下，「我已經沒娘了……如果再失去你，我活著還有什麼意義……」

「你今天這身是新衣吧。兩個口袋了。恭喜你。接著你會想要三個口袋，四個口袋……你可以用這些口袋來裝親人的骨灰。」

「多喜，現在不是說刻薄話的時候。你隨時能逃走的，你為什麼不逃走；你也可以變回那棵樹——如果你真的是古樹精。總之，我不想看到這些人繼續侮辱你、糟蹋你，我要你離開這兒。」

「我的心已經和凡人的沒有區別。我可以做回植物，但我不想，不想接著沉默地站上幾千年。現在，我至少可以對每一個爬上我身體的男人說，『去反對他們』。」

「『他們』，『他們』是誰？『他們』就是他們自己。」魏滿意在稻草上坐下，「多喜，我是人，我比你瞭解人間。」

「所以在這種時候你還能升官發財。」

「既然文盲和壞人都能比我吃得更飽，我為什麼不可以？」

「你的眼神洩露了你的內心，你左眼裡是得意，右眼裡是喜悅，你都沒時間為你的母親悲傷。」

一陣勁風吹過，屋裡灌滿黃沙。

第二十四章　理智與淫欲

大雨珠東一點西一滴，放冷槍般砸進塵土，變成一顆顆柔軟的果凍，旋即被一雙大腳踏碎。大腳連著高而彎的身軀，一顆亂草叢生的腦袋，一副討好的眉眼，像假面具。很快，冷槍變成機關槍，瞄準大地密集地掃射，塵霧騰空，那人活像地裡鑽出來的神仙，身體雖說笨拙，仍是一溜煙飄進了教堂。一邊拍著身上的雨水，整理頭頂那幾綹蠶吐出來的雜絲，一邊罵這雨下得不是時候。蝙蝠尖叫著擦過他的臉。他唾了一口痰。於是看見了角落中的女人，一愣。那一愣很不自然，他原本就是奔她來的。他賊一般環顧四周，又低頭看了看腳下，像隻貓科動物，確信沒有危險，便往前探了兩步。

最終，他彎曲的身體向著女人，彷彿教徒面對聖像。

「我只是來……和你聊聊天的。」他沉默了一會兒才開口說話。

「你還好吧？」他猶豫著，捏了幾根稻草想遮蓋一下她的下體。

女人一動不動，下肢雪白，頭部在昏暗中，像具無頭女屍。

「我就知道，運動、鬥爭，這種東西，還會從頭再來。它是隻魔鬼，潛伏在人的身體裡，一代代延續它的生命，什麼時候會蹦出來，誰也不知道。頭髮其實是可以剪的，對不？你只是執著於頭髮是你的，剪不剪是你的自由，你的權利，你沒有妨礙任何人。我知道，頭髮只是他們的幌子，你在別的事情上，一定是得罪別人了。但那事小，不足以讓全鎮人來怪罪你，他們只得偷梁換柱，遮掩真實目的。你現在罪名可不小呢，阻礙新樂園發展建設，自私自利，不肯剪髮肥田，你就是福音鎮的災難。」

黑暗降到女人脖子以下，彷彿死亡正在吞噬她。

「我並不是生來就是個駝子。我年輕時身板是挺的，我娶過老婆，有過兒女，但在那些年的運動鬥爭中，我失去了他們，身體也被人砸彎了。我那時也應該死了算了，可我想活著看看這個世界到底會瘋成什麼樣子。結果呢？咱們福音鎮的人，是忘了過去，還是迷戀過去？我不知道，我不信什麼神神鬼鬼，我不吭聲，我還是要看人是怎麼作死自己的。」

教堂裡陰風陣陣，破敗的門窗發出吱吱呀呀的響聲。

「這教堂以前很洋氣呢。上千支蠟燭點著，金碧輝煌的。牆上的圖像活的一樣。

後來運動來了，鬥爭來了，還跟上帝宣戰，教堂被搗得稀巴爛。過了幾十年教堂修好了，後來又砸壞了……時興拜佛，供菩薩……我說了我什麼也不信，只是覺得這麼漂亮的建築物搗爛了可惜。這破教堂的功能倒是更多了，審訊、關押、懲罰、偷情、避雨、養豬、鬧鬼……我是年紀大了，這種節奏我是一輩子也跟不上了……他們說，你是上帝那個死老頭賜給他們的禮物，上帝要是活著，他幹嘛不來救你……他們說的好像也有道理。你要真是我的什麼人，我都會不顧一切救你出去的。我平生最恨兩樣東西，一是政治，二是宗教，尤其是宗教，這東西就是純手工炮製出來的，就像人從石頭裡鑿出一個菩薩來，是用來拉幫結派的。」

胡大說著，坐了下來。那女人彎起一條腿，兩腿之間的幽暗部分突顯出來。

胡大臉色變了。

「我的確沒想到……可以靠你這麼近……外面下大雨，壞天氣把我逼到這兒來……那我就索性和你聊聊天。現在的形勢，你應該看得清，這樣倔強對你有什麼好處呢？一個人，自由沒了，甚至命都沒了，還談什麼未來呢？有時候彎彎腰，低低頭，放下尊嚴，等到壞環境過去了，不是照樣抬頭挺胸嗎？咱手裡又沒槍，連水果刀都沒有一把……你可能認為你的不屈服就是武器，我要說那是非常幼稚的想法……啊，我想起一個詞來了——非暴力抵抗，對嗎？天吶，這是什麼蠢人發明的哩，除了白白作死，能抵抗什麼？你這是對一頭餓得要命的野獸講人性，野獸會向你動慈悲心？牠只會吃得更愉快，更順利。你要是隨便撿塊石頭或者樹棍，沒準還能弄傷牠——說不定還會戳瞎牠的眼睛，牠疼得嗷叫，也就顧不上吃你了。

「這麼多年，誰也不把我的話當回事，你聽不進去，這也不奇怪。我是什麼人吶，一個送信跑腿的，身上衣服沒一個口袋，祖上也沒有衣服帶口袋的，徹底的窮鱉……但我富著呢，我心裡裝著好多人的祕密。不好意思，誰也別跟我談什麼道德，我就是喜歡隨便拆信，看看別人的真正生活。那些道貌岸然的傢伙，背底裡幹些什麼下流勾當；平時像貞潔烈婦，斜眼看我的女人，什麼時候懷上了野種，哪天要去市醫院打胎；還有要官，送禮，找關係，官商勾結搞房地產……咱們的古橋拆了，施工隊是文物局領導的親戚，古磚古獅全鑲進了袁八袋家的後院。我可是從小摸著那些石獅子來來去去的。這一拆，就把我的過去都拆沒了，比動了祖墳還令人傷心。我能反對嗎？不能。不但不能，我還要說這爛橋拆得好啊，早該拆了。當我讀到袁八袋與文物局寫的第一封信，我就知道他要挖古橋，在河邊弄一塊地兒出來，給老百姓跳廣場舞——豐富老百姓的文化娛樂生活——說得真是動聽。這麼些年，我都養成了習慣，凡是那些官員說為百姓做什麼什麼，我就會不由自主地想，糟了，他們又在打自己的算盤了。有幾個心裡真的裝著咱們，在乎咱們的呢？每一件事都是為了他們的利益，不是他們個人的利益，就是他們集團的利益。

「我可以再跟你說多一點。袁八袋省裡有一個關係走得近的，馮二挖了金石那會，他就寫信告訴省裡的，省裡的幫他出了個主意，最後主意越滾越大，就變成了新樂園改革大實驗……大不了改革不成，恢復原樣，沒料到是這種結果……我最初拆信，並不是為了看別人的隱私，我只是出於警惕，提防鎮子裡再發生什麼，人和人之間在密謀什麼，如果你像我有過那樣的經歷，你會比我更提心吊膽……這世界不太平，任何時候都不太平……要消滅上帝，就摧毀教堂；要供奉菩薩，就給他穿金衣……多喜姑娘，你闖進來有一個月了吧，外面的事情可大不同了了。我沒有離開福音鎮的想法。我這把老骨頭，還能逃到哪裡去？他們把鎮子封起來，守衛扛著槍站崗，每一顆子彈都會用來打爆逃跑者的腦袋。你在夜裡沒聽到過槍聲？砰！砰！就像在枕頭邊擦過……你沒聽到夜裡挖坑的聲音，嚓，嚓，一鍬接一鍬，把屍體填進坑裡，土堆都不弄一個。

「我只信任經歷了苦難的人，所以我才會對你說這番心裡話。我不願意看著這麼下去。你想想看，當你走出這個破教堂，你還是原來的你嗎？天上的月亮還會一樣嗎？花草樹木還會那麼美嗎？河流還會那麼快樂嗎？我不會對你說什麼積極呀，樂觀呀，好歹活著呀，那都是屁話。你要是想上吊，我幫你拿繩子；你要是想割腕，我給你遞刀子……沒有比這種成全更仁慈的了呢。

「怎麼了，你渾身打顫，你感到冷嗎？可我身上直冒汗呢。『秋老虎』的威風要不了多久了，只要來一場秋雨，什麼都得涼下來……這絕對不會錯，我見識了多少福音鎮的春夏秋冬。我知道月暈而風，石潤而雨；我也知道水牛為什麼拉稀屎，麻雀為什麼驚恐不安……

「我與你實在是同病相憐啊，還有誰比我更理解你呢？活該是我來溫暖你，我不來溫暖你，誰來溫暖你呢？指望那些冷漠自私的傢伙？他們連一口水都想不起給你喝……

「哦……你抖個不停……你生病了？我好多年沒碰過女人了……身體各部位零件都是好的……我看他們都來過……你不會介意多我一個吧？我的意思是，我們倆都是……受害者，是受害這一事實，讓我們成為一類人……在福音鎮，你還能找到哪個和你是一類的呢？除了我。」

胡大將手放上女人的小腿，好像摸到冰塊，冷得一縮。他被自己的長篇大論徹底說服了，他闡釋了他弄她的合理性，也因為向她交心而證明了自己的坦誠，一切變得合情合理。他看起來輕鬆了很多，好像和對方相熟已久，他們暫時陷入某種困境，而他已用自己的智慧解決了難題。他兩隻手順著那條腿往上摸索，哆哆嗦嗦，身影陡然間老了許多，手背上的筋脈像蚯蚓般浮現，嗓子裡發出哮喘一樣的呼嘯。

他頓了一頓，最終站了起來。

「……我差點變成和他們一樣的人。瞧瞧男人的德性，像水牛一樣，一鬆開韁繩，就跑田裡破壞莊稼。對了，我還想告訴你，魏滿意變了樣，他昨天動手了，那麼斯斯文文的，一腳也能踹得人嘴裡吐血。他就是借搜糧機會，報復那些進來搞你的人。瞧瞧吧，就這麼個怪圈，你吃我，我吃你，到頭來誰也成不了贏家。」

「『她的皮膚很滑，像水一樣。』胡大事後心裡這麼想著，『真是大不相同。』他舉起那隻幸運的手，對著陽光反覆看，感覺手掌間殘留著什麼東西，他想找出來。他思忖多年沒有摸過雌性動物，也許她們一直在進化，連汗毛都蛻乾淨了。他回想到老婆身上那一層黑密的汗毛，嘴上那淺墨色的鬍鬚，像剛剛發育的男孩，皮膚很糙，疙裡疙瘩，還有痣啊，痘啊，小肉瘤啊，像暗礁險灘到處分布。摸熟了，知道怎麼繞道而行，再後來就懶得光顧，省了這道程式。

「『水一樣的皮膚……』在整理信件時，胡大仍然念念不忘。他拆開一封信，裡面掉下一張百元鈔票，他折好錢揣進口袋，有滋有味地看起信來。信是寫給魏一鳳的，對方謙稱小顧，剛改行當商人，想買一對情蠱。小顧十分憂慮地在信裡談到城裡人的情感狀況，人們隨隨便便上床，平平常常分手，一言不合就離婚，城裡人很迷茫，不再相信愛情，『眼看著姑娘們三十好幾還單著，真是心疼資源浪費……男人們這方面心思粗一點，但警惕性還是有的，結婚前搞各種財產公證，確保愛情跟財產無關。』總之，在這麼嚴峻的形勢面前，小顧看到了商機，『當人們無法約束自己的行為，便需要借助外界的力量——情蠱，就是非常合適的東西』。他打算先在一個城市做試點，如果成功，將會在全國鋪開業務，公司名字都想好了，就叫『恆久遠』。他希望來福音鎮，登門拜訪洽淡，希望魏一鳳提供技術指導，合作建立福音鎮生產基地，辦一個培訓中心。小顧極有野心，要將這項業務發展到別的國家，『我認為在現代社會，愛情危機是全人類共同面臨的問題，愛情危機實則也是信仰危機、信任危機，倘若能做成一項這樣的實業，也是功莫大焉。』

「『我一個糟老頭是不配……可是，人人都上得，為什麼我上不得，多我一個少我一個，有什麼區別呢。』胡大草草讀完一封信，又開始了思想鬥爭，直到躺在床上進入夢鄉。」

第二十五章　海豚一樣的女人

「我腦子裡有塊地方充滿潮濕和憂傷——這是創作欲望，我熟悉這種分泌物。它令我心臟悸動，血液變熱，手指亂彈，耳朵裡都是敲擊鍵盤的聲音。濕地雜花盛開，小動物弄得湖水叮咚作響。我要蹚水去摘幾朵小花。『那很危險，你會被吃掉的』，有人提醒我。我一向不聽膽小鬼的建議。『做你認為值得做的，甭管別人怎麼看。』我媽在死前仍然這麼說。這種觀點她堅持了一輩子，必定是有價值的。我爸死後，我媽沒找過別的男人——也沒人敢找我媽，她身上布滿政治的電網。

「從我記事起，我家門外總有陌生人走動。他們跟著我媽去任何地方，像保鏢一樣。後來我認得他們了。我叫他們叔叔。但沒多久他們換走了。不知道換了多少批，直到我媽去世，他們才徹底消失。我媽沒有手機，不用電腦，她停留在她的青年時代，時間不再跟她產生關係。我花了很多年才理解了她。她本不願對這個世界多看一眼，為了我，她變成一堆陰燃的灰燼。另有一個隱祕的支撐，她一直等著給父親平反，看我成為烈士的後代。

「說起父親，她的臉上就大放光彩，彷彿陽光從陰翳中迸射出來，眼裡群鳥飛翔，光影明明滅滅。她曾使我熱烈嚮往革命中的愛情，這一理想終究被過於和平的現實磨滅。我媽說我遺傳了我爸的文學天賦，她認為筆是一種武器。『我們把你帶到這個世界上來，並不是讓你像牲口那樣僅僅活一回』。別人都是只求子女平安幸福，我媽卻叫我不惜生命追求自由與真理。這年代把真理掛嘴上，就像把鞋子戴在頭上一樣滑稽。

「人們認為我媽精神偏執，缺乏母性。我媽和他們彼此閃避。

「小時候躺在我媽的腋下，整個世界都是她溫柔的氣息。失憶後記不起我媽的樣子，一想就想到了秋瑾手握短劍的照片。想必是思考過度，有一陣我感到頭疼，迷迷糊糊地打起了盹，醒來發現自己置身在一所殘破的屋子裡，窗戶被密密麻麻的白紙遮蔽，上面寫著：

「『我告饒了』。

「『不上訪了，讓我離開這停屍房』。

「『黨啊親愛的媽媽，給孩子點自由吧』。

「屋裡陰風凜凜。用來擱置屍體的鐵架占了大部分空地，上面有血跡和汙穢的東西。『沒想到，還有人到這種鬼地方來。』有人說話。一個滿頭白髮的女人從牆縫裡爬出來，手臂支撐著身體，像隻海豚仰臉望著我。『我在這兒待了很久，一點陽光都沒見過。不過倒也不冷清，每天人來鬼往。』她臉上年輕，看上去三十多歲。

「『你是誰？』我問。

「她輕輕一笑，彷彿我的問題很幼稚。『他們叫我——上訪的堂客們。』

「『為什麼上訪？』

「『我男人鬍子太長了，他們把他關進了精神病院。他什麼病也沒有，健康得很。要搞新樂園，就搞你的嘛，為什麼不許男人留鬍子呢？我男人在裡面關了幾個月，就真的精神病了，連我也不認得了，我就上訪。他們半路把我攔住，抓回來，我再去，再抓回來，最後打斷了我的腿，安排我和死鬼們住一起。』

「上訪的女人像海豚那樣在地上打了個滾，便於我看清她的狀況。她的衣服髒得辨不清顏色，兩條死腿像從外面拖回來的枯枝。

「『我是帶著兒子上訪的，他們抓住了我，孩子落在公車上，公車開到省城去了……不知道他現在什麼地方呢……誰能幫我登個報紙，找一找我兒子……他走丟那天，穿的藍色背心，紅短褲，塑膠涼鞋……他才三歲，從沒出過鎮子，一定嚇壞了呢。』

「上訪的堂客們臉無血色，她的語氣不帶情感，音調沒有起伏，彷彿只是機械地朗讀一段文字，像一個譫妄症患者。這時，屋子裡的鐵架子吱吱作響，有人從架子床上爬起來，將我和上訪的堂客們圍住，靜靜地看著我們。有個中等偏胖的男人蹲下來撫摸上訪的堂客們，說起話來。

「『她和那些人是一夥的，福音鎮到處都在款待她，她怎麼可能幫你。』他的撫摸深情有力，直捏得她的衣服陷進肉裡。

「『至少她是個女人，要是她也是個母親的話……你有孩子嗎？』

「我說我不記得了。也許有，也許沒有。

「『你一定是有孩子的，我從你眼神裡看得出來，你的屁股也是生養過的屁股，你站著的樣子也是生養過的樣子。』

「外面墨黑，窗玻璃像鏡子照出人影。我已經認不出自己了。我吸口氣收緊小腹。『聽著，我不是什麼人一夥的，我是一個獨立記者，硬要說我跟誰一夥，那我就跟真理是一夥的。』

「『真理有幾個口袋？比八袋多嗎？』那中等偏胖的男人站起來，酒氣逼人。『什麼獨立記者？還不是一樣？盡拿些我們搞不懂的東西來嚇唬人。什麼新樂園，什麼美麗新生活，都是假的，這停屍房才是真正的樂園。你該幹嘛幹嘛去吧，我們準備打麻將了。』

「上訪的堂客們拽了一下說話者的褲腿，『你說話總是沒耐心……是嘍，丟的是我的兒子，又不是你的兒子……以後再生一個？你說得倒是輕鬆。別打岔了，讓我好好跟她講會兒話。』上訪的堂客們像海豚表演似的臉部轉到我這邊。『他脾氣差點，心還是滿好。要不是他，我是撐不到今天的……所以我跟他好了。這是我沒想到的。』

「『很多事情都有兩面性，從這面看是暴徒，從那面看就是勇士——如果真理在場，就只會有一種定義。』我差點說出父親的故事，但理性制止我對牛彈琴。

「『你總是真理來真理去，我也不知道真理是個什麼東西……如果真理在世上有那麼重要，對我來說，找到兒子就是找到真理。』

「我沒法反駁這個海豚一樣的女人。我再次想到我媽，她好像從沒有個人的苦痛，也無視那套圓滑的生存哲學，還把自己的女兒往槍口上推——她是世上罕見的母親。

「『《論極權主義的起源》看完了吧，給我說說。』

「『你十三歲了，要養成獨立思考和判斷的能力。』

「『怎麼評價《１９８４》裡的101室？』

「『媽——李牧心，你想讓我一口吃成個大胖子。』

「『世界有美好的一面，最好由你自己去發現。我只是提前告訴你某些真相。兵器會改變世界，子彈能殺死理想。你看到的歌舞昇平，其實都是灰燼。但思想是不會死的。皿珠，我們把你帶到這個世界來，並不是讓你僅僅像牲口那樣活一回。』我媽那根筋一直繃著，被歲月扯得細長而並不斷裂。她過去的朋友早就投入到新的生活，當官的當官，移民的移民，個個面色滋潤。『他們主動丟棄真理，都是一堆肥頭大耳的灰燼。』我十八歲生日那天，我媽送我一件禮物，一粒裝在珠寶盒裡的子彈，從我爸腦袋裡取出來的。

「他們搓麻將的聲音像傾盆暴雨。屋子裡煙霧繚繞。他們出牌緩慢，好像在做什麼手工活，激動時將牌使勁拍向桌面，像火中的竹節爆裂。

「『腿斷了，兒子丟了，等事情結束，政府無論如何會給一些我補償的吧。福音鎮三萬人還剩一半，聽說下一步會要增添人口，每個女人至少要生三個指標——回應政策，我倒是還能生幾個的，只怕沒人願意跟一個癱子生孩子——可話又說回來，這也用不著我操心，政府自然有個安排，不會讓任何一個女人偷懶的……你既然是帶著子宮的女人，恐怕也是要留下來生孩子的……』

「『我沒有興趣留在這裡。』

「『……你還不知道麼，從今天開始，六十歲以下的女人都不許出鎮子了。絕經的女人開始吃激素。開始登記月經週期，統計排卵情況，制定交配時間——現在福音鎮的確死氣沉沉的，得有些嬰兒夜裡頭哇哇啼哭，小孩子日裡頭打打鬧鬧，才算得上真正活蹦亂跳的人間……我就喜歡看小把戲在鎮裡跑來跑去，攆得湖鴨子呱呱叫。』

「『哈，七小對自摸。』

「『又是七小對？豬日的你搞了鬼吧。』

「『老子是搞了女鬼——莫發輸火，給錢吧。』

「『沒了，先欠著。』

「『又賒帳？清明節你崽沒給你燒錢過來？』

「『做冥幣的大卵泡已經死了。』

「『沒錢不打了。』

「『繼續打吶，崽答應七月半燒棟房子給我。』

「『你從陽世一路輸到陰間，我都贏得不好意思了。』

「『脔你娘，老子報仇，十年不晚。』

「『……死一萬多人只要一年多，生一萬多人要多久呢？』上訪的堂客們不停地說話，『我們現在只有四千多個婦女，絕經的占了一半，還有的輸卵管堵塞、婦科病、卵巢癌、子宮內膜異位……還有一部分因為營養不良停經、月經不調和假絕經，真正能說用就用的子宮恐怕不到一千個……』

「我離開了這個海豚一樣的女人。外面正在下雨，不疾不緩。雨落在身上，我沒有任何感覺。」

「這些人倒是過得挺快活的。」她在雨裡頭邊走邊想。「如此看來，死掉並不是件可怕的事。而且他們並不將死去這回事放在心上。對他們來說，死和活之間根本不存在界線。死不過是活的另一種方式。」她想把這段話寫下來，可身上什麼也沒帶，只好反覆默念。

雨水浸透頭髮和衣服，她連眼睫毛都沒顫一下。

她像從水裡撈起來的。

天空中一道閃電抽搐。她感覺自己被寂靜劈開，心頭一凜，想起周密那火星飛濺的眼神。

「『姚皿珠，你別太自私。現在已經不是你媽那個年代了，你睜開眼睛好好看看，還有誰他媽的談論理想？真理握在少數人手上，就讓他們握著好了，你拿過來又能幹什麼？你想搏出位，你想引起國際關注……現在我的護照被沒收了，國外的畫展取消了，調查我的經濟問題了，我遲早得在電視上承認自己嫖娼、貪汙、偷稅漏稅，像個小丑一樣被人擺弄。』」

「『你要我假裝不知道我已經知道的東西，我做不到……難道現在不是被人擺弄嗎？做任何事情都不能從真實出發。良知被關押，理想被放逐，拜金主義的病菌到處傳染……』」

「『你受那些虛頭八腦的東西毒害……想想你父母吃的什麼好果子。』」

「『你沒有資格評價我的父母，請你尊重他們。一個人應該有羞恥感——尤其是如果他在混蛋體制下混得那麼光鮮。我現在明白這個社會為什麼變成這樣，因為有話語權的不說話，沒話語權的說了別人聽不見。鈔票在天空中飛舞，人們只顧伸手抓搶，不知道已經跑到了懸崖邊……』」

「『有件事你可能不知道，毛毛受到威脅——如果你執著你那狗屁真理，會搭上兒子的命。』」

她像石雕呆著不動。亂風撲打，雨水到處逃竄。

「兒子。毛毛。」她的心臟並不因此跳動。

第二十六章　思想犯

「那天很平常。我帶著孩子們到處找食。有些好東西不下沉，狡猾的鳥老是貼著水面飛，我們就得趕在牠們下嘴前將食物拖下水。孩子們一路打打鬧鬧，完全不知道社會險惡。我告誡他們有些可疑食物千萬別碰，那是人類的陷阱，尤其是忽然一個雞肉團，或者一截烤香腸在你眼前跳躍，趕緊繞開。要是想捉弄一下他們，就用尾巴撞擊食物，這時你就會聽到伴隨人類興奮的尖叫，誘餌飛速躍出水面──那些自作聰明的蠢貨以為陰謀得逞，扯起了釣竿。通過魚鉤的設計，你發現人類那種置魚於死地的狠心，一團誘餌，藏四個帶倒刺的尖鉤。我是命大，嘴邊的傷疤就是教訓。好在我一貫謹慎，湊近去嗅，嘴剛碰到誘餌，那東西便唰地飛起來，鉤子劃破我的嘴角，流了不少血。

「我們壓抑時會躍出水面，但外面更令人窒息。到水面覓食也是危險的，因為那些長眼睛的鏢槍和魚叉已等候多時。人們說『不入虎穴，焉得虎子』，飢餓總讓人做出冒險的行為。我們也有某種宿命論的觀點，或者僥倖心理。

「水暖和了，光線也越來越亮。從水中看出去，天空扭動波紋，太陽像醉鬼般搖搖晃晃。我示意孩子們保持安靜，我們已經進入危險區域，擺直尾巴，平穩滑行，像鬼子摸黑進村。我們聽見有隻不祥的鳥叫著，一聲比一聲急，一聲比一聲高。我們看見河岸的樹葉擁擠推搡，瑟瑟發抖。嘴角流哈喇子的多福手拿木製彈弓，兜裡裝滿鵝卵石粒，沉得褲腰下滑，露出半截屁股縫。他貓著腰，在樹底下轉來轉去，不時貼著樹桿，朝上瞄準射擊，『啪』地一聲脆響，葉子落下來。鳥不叫了。世界鴉雀無聲。我後來聽說多福彈弓打不到鳥，但他的鍋裡有肉湯煮得嗶嗶剝剝。刑訊組發現食人鼠失蹤，搜到多福這兒，只看見後門口一堆鼠毛。他們以損壞集體財產、妨礙公務的罪名抓走多福，最後放了他，把帳算在多喜身上，在她一長串罪名之後添加了教唆犯這一項新的罪證。

「我們不關心人類的鬥爭，不代表人類的鬥爭不會影響我們的生活。你馬上就會明白我的意思。日頭搖搖晃晃，突然跌進坑裡，陰影擋住了我們的陽光。一個戴白高帽的人臉部朝下——不知道那是躺著，還是浮著——他白胖，眼睛閉著，嘴巴張開，舌頭不時觸碰牙齒，似乎在說著一番長篇大論。游近那張肥白臉，我的確聽到說話的聲音，因為水的阻力，聽起來像從棉被裡傳出來的。

「『帽子沒變形吧……綢子浸水之後更光滑，這倒是不用擔心的。』

「我圍著他游了一圈，說他是我見過的穿著最得體的人，衣服針腳細密，裁剪得當，品質也不是魚嘴咬得爛的。他微微一笑，眼睛徹底藏進肉裡，『凡兩條腿走路的，沒有不認識我皮裁縫的。』

「孩子們開始啃他的腳趾頭，我沒有制止他們，我問皮裁縫，『你算是水陸兩棲動物嗎？據我的經驗，你這樣浮在水裡曬太陽，身體很快就會發臭。但我可以叫些魚來幫忙，在你發臭前吃掉你。』

「他肚子裡擠出來的空氣冒泡，咕嚕咕嚕，『他們已經在吃掉我的腳趾頭了，你至少該聽聽我的傳奇，將來好向你的孫子輩講起我，講起你有幸吃了世界上最有天才的裁縫的肉，味道很不一樣。你要是想為後代保存點什麼，可以把我藏到低溫深水底，一百年也不會腐爛——這也算是前人栽樹，後人乘涼的一種吧。』

「『你真是個樂觀的裁縫。我們現在肚子是空的，顧不上一百年後的事。』

「我這麼回答他。出於客氣，我搖擺觸鬚來回游動，一面聽他說話，一邊觀察周圍。嘴傷之後，我始終保持高度警惕。我得確定他身上沒綁炸彈。他的肉發出奇特的香味。介乎新鮮與發腐變質的過渡階段。我聽說人類喜歡吃有腐味的東西，也是些趨臭的傢伙，比如製作臭鱖魚，將活蹦亂跳的鱖魚開腸剖肚，往傷口上抹鹽，或者直接悶死在高溫鹽水裡，用泥石封死木桶，六、七天後拿出來，屍體發臭，下油鍋，配豬肉、筍片，小火紅燒到湯汁黏稠……他的腳已被孩子們剔出白骨，血如煙霧流動，形成一幅抽象畫。我們做不出人類折磨我們的那些殘忍花樣，但沒想到人類折磨同類手段更加恐怖。裁縫一直在說話，好像一個出遠門的人囑咐家小，菜園裡要扯草，雞鴨要餵食，豬要放出來吃點野草，聲音像剪刀咔嚓咔嚓順著布紋一路往下剪，不多時就剪出衣服的款式，說出了整個社會的紋路，思想的形狀，最後說清了自己為什麼落到水中。他的公開罪名是，故意做歪領導的衣服口袋，思想邪惡，玷汙領導形象，給黨抹黑。在新樂園建設期間出現這樣的事情，用心更見險惡。姦雞罪說到底只是生活作風問題，後來的思想罪便一罪奪命。

「思想犯與姦雞犯的肉，味道有什麼不同？我想的是這個問題。但沒容我過多思考，因為吃撐的孩子轉身嘔吐，一團小魚游過來，吃掉了嘔吐物，群箭般射向裁縫，吧噠吧噠，紅花朵朵開。在他們消滅裁縫的肉身前，我果斷咬爛他的臉，迅速填飽了肚子。

「天才裁縫是一頓美餐。但後來更多的天才浮在水面，破壞了我們的生活環境。大量貪婪的魚因為吃肉過多撐死了，和人類的屍體親密地擠在一起，腐爛發臭，連深水底也沒一塊乾淨的地方。因為這些死人從不睡覺，滔滔不絕地議論、抱怨、哭泣、謾罵、詛咒……就像火車站大廳，你聽不清人們談話的內容，但整條河裡都迴盪著他們嗡嗡的聲音。我們不得不遷徙離開。但所到之處，都是同樣的景象，我想如果人類滅絕，我們魚類應該慶幸少了一個強敵。一條年邁的魚批評了我的幼稚。

「『你這麼快就忘了，我們也曾經依賴人類的身體度過飢餓時期。絕大部分時間，我們和人類還是能夠和平共處，偶然的不幸遭遇不是普遍真理……真正的敵人，是你的這種健忘。』

「我為自己的短視無地自容。當我孫子、曾孫輩學會捕獵，我自然而然地跟他們說起了天才裁縫的故事。那個傳奇的人啊，他用眼睛量尺寸，在心裡畫款式，裁剪不描底，一件衣服一氣呵成。但因與年輕三十歲的老婆口角之後，發生了小失誤，做歪了口袋，成了思想犯。我沒說我們吃了他。孫輩們問什麼是思想犯。我答不出來。因為裁縫沒有告訴我。我欠孫輩們一個解釋。我去問那無所不知的、見多識廣的長者。『世界上並不存在思想犯，跟腹誹是一個道理，說你有罪，你就有罪。幾百年前，有一個人做了一個夢，夢見他帶兵推翻了統治者，他把這個夢告訴了朋友，朋友舉報了他，夢是潛意識的反應哩，於是認定他蓄謀造反。車裂後，腦袋拔離了身體，還眨巴著眼睛喊萬歲。』

「我們終究搞不懂人類的思想。這條河裡尚算太平，魚有魚的路，蝦有蝦的道，戰爭和血腥離我們非常遙遠。我們祖祖輩輩在這兒生活。這一片宜居的水域。我們不是遊牧族。」

第二十七章 愛國者

「是的，是有這麼回事，那些人說的都是真的。你要做一篇大文章，要翻譯出去，讓世界上知道我們這旮旯裡發生的事。都是些醜事、窮事、死人的事，說出去對我們有什麼好處？讓別人看笑話。國家的臉，在國內怎麼丟，都是我們自己的事，家醜不外揚，要是讓這臉丟到國際上去，讓他國看不起我國，不就是賣國賊嗎？你不知道吧，背叛新樂園要吃五粒花生米，左右膝蓋各一粒先讓你自動跪下；天空放一槍，啟動你的心臟，在它狂跳之時連射兩彈；最後一粒命中腦門心……一國比一鎮大那麼多，賣國得吃多少粒花生米？……什麼，我想法有問題？我愛福音鎮，也愛我的國，愛國也有錯？我是顧全大局。一個家庭管理都會出這樣那樣的問題，國家這麼大，芝麻大的窮山溝出點事，也是正常的吧。沒有誰故意要人死，出發點都是為了人民的幸福生活。實驗實驗，就是摸著石頭過河——萬一實現了呢？想得大甜頭，怎麼可能不冒點風險？

「我開車帶你進來，是因為有人告訴我，你挺可憐的，一出生就沒了爹，娘又不是正常人，一直跟政府唱反調，沒有哪個單位敢給她工作。你家周圍到處都是監視器。你媽沒朋友，也沒親戚，你的姑媽和舅舅他們多年不曾來往，因為你們家是倒楣窩，誰沾誰倒楣。葬禮上來的幾個弔唁的，都是便衣扮的。火化後他們交給你一個骨灰盒，你為此付了六十四塊錢。盒子是空的，沒有骨灰，只有一封無字信。天知道這是什麼意思。我敬你爹是條漢子，換了我，我肯定早逃了……所以我當不了特務，做不了臥底，成不了英雄，我只能安安分分的，過一種太平盛世的普通日子。

「……你懟我有什麼用？我們福音鎮的人自個都沒覺得發生了多大的事，你倒是皇帝不急太監急。死人？這世界上哪一天不是要死很多人呢？有人死掉，有人出生，就像草皮子冬天黃，春天綠……自然？怎麼福音鎮人的死就不自然呢？我問你，打仗要死很多人，對不對？這就是戰爭中的自然。新樂園實驗其實就跟打仗一樣，子彈又不長眼睛，誰中彩，誰倒楣……什麼？基本權利？投票？笑話，這麼幾百幾千年，哪一回需要我們老百姓投票決定？不照樣越過越好？我們懂個麼子卵？有麼子資格對政府指手畫腳？種好二畝三分地，莊稼收成正常，蔬菜不被害蟲吃光，人畜興旺，就是我們的本分了。我們愛國家，國家愛我們……什麼？不一定？國家不愛我們？你這大城市來的，根本不懂行情。我們小地方的日子安逸得很，不但不用上繳，國家每年還按人頭發錢給我們；醫保也有了，國家和個人各出一半。我小時候吃了上頓沒下頓，交不起學費，買不起鉛筆……現在的孩子都穿得暖吃得飽……餓死？剛才不是跟你說過了嗎？這是偶然事件。我們得承受失敗對不對？為什麼要把責任全部推給政府？我們每一個人都參與了，參與不就是投票嗎？現在來怪罪政府，這對政府公平嗎？我們為政府分擔了什麼？出了事，每個家庭成員都有責任，每個人承擔一點，大家都會輕鬆一點。所以說運氣很重要，人活著靠的是一種運氣，命好的、命大的，都是吉星高照。三萬人的資源，一萬五千人分享，你想想這一萬五千人得有多幸福。你換個角度想想，是不是這麼回事。

「……你要把我這番話寫進去，我攔不住你，你盡管寫，注意別具我馮二的真名。我不需要你認同我的想法，我們本來就沒有共同點。你說你一個外地人，為什麼要管我們的事情？我們國家自己的事情，為什麼要外國人來插手？我還是沒搞懂，外國人看世界和咱們不一樣嗎？……我的家庭損失？那算麼子損失，那是為國家利益做出的犧牲。也談不上家破人亡，國家在，政府在，我們不用擔心。福音鎮重建的方案馬上要出來了，我們的生活都會有個安排，家裡死了人的，已經填報撫恤金申請表……

「死人有不滿情緒？這只是你的想像猜測吧，記者可不能自己胡編。冤鬼會鬧事？你大約忘了那句老話——有錢能使鬼推磨——每個死人將分配二噸冥幣，外加別墅，轎車、美女，七月半政府會集中燒給他們。大記者，想一想那種煙霧籠天的大場面吧。——『感謝政府，感謝黨』，知道這個消息後，他們都憋不住說出了心裡話。所以，有了這些，他們一點都不會惦記陽世的人事了。

「……收買？你說得有點難聽。你總是帶著優越感，居高臨下。我們也許沒文化，但不是蠢材，難道要讓死人拒絕冥幣，活人不要撫恤金？那我們犯的什麼病？……公道？還有比撫恤金和冥幣更公道的嗎？倘若他們不燒一張冥幣，不發一分撫恤金，我們又能怎麼樣呢？撬翻政府？那搞不得，大逆不道的事，不是我們愛國者做的——不但不做，還要捍衛。

「……麼子？坐穩了奴隸？誰？……魯迅？不認識。哪個村的？……未莊？魯鎮？……你一個外地人，怎麼知道我們的日子好不好？……麼子？政府的道具？棋子？……不覺得哩。新樂園要是實現了，你就不會這麼說話了……跟黨走，聽黨話，錯不了的……你面色不太好，好像走了很遠的路，你餓了吧，往前走五百米，左轉彎，你會看到很多人在挖觀音土。你去，先墊墊肚子。」

第二十八章　觀音土

「總有交談聲從空中、地下，或者土堆裡傳出來，有時是獨奏，有時是交響樂，有時就是一鍋粥。很難從那些不連貫的資訊中抓住什麼。大概是說，福音鎮胖子越來越多，肥頭大耳，走路緩慢有富態。在白花花的太陽下，臉上烤出了油。他們排隊等在一個黑洞前，拎著籃子，端著碗，神色茫然。最初這兒並沒有黑洞，只是一面朝北的山壁，覆蓋濕潤的青苔，泥巴軟韌，像女人的奶子，怎麼搓都不會碎。這種軟泥叫觀音土。顏色偏黑。大家已經忘了，誰是第一個發現的，總之很快傳開了。山體大，軟泥多，因此沒出現爭搶打鬥的場面。人們像在劇院門口等著檢票欣賞歌劇的上等人，得體教養。沒人插隊，沒有喧譁，也顯出幾分送葬隊伍的肅穆和克制的悲愁。多數人因為沒吃過土，心裡忐忑。有的人吃完土肚子緊實，拉不出屎，仍在苦苦地消化，但飢餓一來，不得不繼續往空掉的胃裡塞土。山壁就這樣鑿出了一個洞。因為只有直徑一米左右的泥土是軟的，黑洞橫向延伸，像防空洞。

「『觀音土是好土哩，最好是搞些殼皮、野草混在一起，揉成草泥餅，煎烤起來很香。別的土都不行，可不能隨便亂吃……前兩天有人吃了山南面的黃泥，死了。那種土吃進肚子裡就會變成水泥，把你腸子裡的水分吸乾，堵在那裡。當你死了，乾泥巴會刺破你的腸子，頂起你的肚皮。』

「『有種石頭也能吃，要磨成粉，摻點野菜，味道像石灰蒸雞蛋，有鮮味，就是解起大手來麻煩，像屙刀子一樣。』

「太陽是無數火熱的針尖扎進毛孔，有的人似乎不堪疼痛，身體晃幾晃便倒在地上，化成土堆。人們跨過他的身體，像跨過一根枯樹。『還有，鳥屎野菜羹也滿好，比泥巴、石頭都好消化，如果尋幾片蘑菇放進去，好吃得能上酒席桌。』仔細看，這些人的皮膚正在變成羊皮紙，皺巴巴的，膚色蠟黃，長斑，嗓子變啞，皮膚上手指一壓一個坑，陷下去就彈不回來。

「鎮子的另一邊，巨大的圓形廣場基本完工。拆除了古城牆，鏟掉了老清真寺，將幾十戶村民的房子夷為平地。廣場遼闊得淒涼，好像某個不幸的場所。廣場正中間，立著領導人雕塑模型，等著最後灌注黃金。但模型已遭風暴侵犯，面貌殘缺，揮舞的右手從胳膊肘那兒折裂，懸在空中，兩條腿也歪成了羅圈腿，腦袋被擰轉了一百八十度，前臉變成後腦勺。整個塑像上半身前傾，屁股撅起來，扭曲滑稽。塑像面向朝陽，太陽升起的時候，黃金塑像將會光芒萬丈。按照新樂園的設計規劃，人們每天清晨將在這裡向領導人鞠躬，哭泣、合唱，釋放緬懷領導、愛國以及生活幸福等複雜的情感。而領導人的塑像工藝品也成為家庭避邪物掛在門楣，與祖先牌位並排擺在神龕中。歌曲也是十易其稿，最終定名為〈幸福歌〉。歌詞由三次高考落榜的婦女主任執筆，曲子是拉了三十年胡琴的瞎子根據清早的鳥叫譜下的，他認為那最能代表生活的歡快清新。指揮家是一個愛聊天的啞巴，他靈活的手語早就征服了所有人，大家一致認為，指揮重任非他莫屬，儘管他是個聾子。文藝骨幹分子在叮噹敲打聲中訓練彩排，他們學會了，再分級分組訓練別的人。〈幸福歌〉是這樣的唱的：

（合）太陽（哎）一出（哎）笑（哇）呵呵哎，
　　我們都唱幸（那）福歌（哇）。
　　天上星星千（那）萬顆，新樂園喜事比星多。
　　呀呵伊呵，呀呵伊呵呵。
（女）太陽（哎）一出（哎）笑（哇）呵呵哎，
　　人人唱幸（那）福歌（哇）。

細伢子高興學（那）著唱，婆婆幾沒牙也要唱歌。
呀呵伊呵，呀呵伊呵呵。
（男）太陽（哎）光芒萬丈（哇）呵呵哎，
新樂園糧食收（那）得多（哇）。
白米飯吃得撐破肚，黃穀子堆得如山坡。
呀呵伊呵，呀呵伊呵，呀呵伊呵呵。
（合）太陽（哎）落土（哎）又（哇）落坡（哎），
月亮要唱（那）幸福歌（哇）。
新光園水上（那）銀光閃，新光園彩霞賽黃金。
呀呵伊呵，呀呵伊呵呵。

「鐵錘短釬石頭爆裂。磕磕巴巴的歌聲在福音鎮飄蕩。傳到排在黑洞前的人耳中。他們沒說話。傳到在野地裡拉屎的人耳中。他們正忙於相互掏屎，兩個一組，一個手拿樹棍，一個撅起屁股。

「『輕點輕點，屁眼疼得很。』

「『就要出來了，再作把勁。』

「『狗日的，像拉刀片似的。會不會屙出腸子來？』

「『那就省事了，該出來的也出來了。』

「『屙屎屙死了，祭文都不好寫哩。』

「『啊……先別想祭文的事……集中精力拉……』

「『有一回水牛拉不出屎，我手上擦了肥皂伸進去掏的。』

「『沒有肥皂，有也被吃掉了……你這都吃的什麼？』

「『爛皮鞋。』

「『……你連鞋帶都吃了……』

「『配合含纖維的東西一起吃，就不會堵死。木屑，樹皮，棉布，絲瓜瓤……』

「『要是有白米飯……喝點粥也好，如果能加些皮蛋瘦肉進去……』

「『我最想吃一大碗辣椒炒肉。肥肉要切得巴厚的，像蘿蔔一樣。』

「『奇怪，我以前不吃肥肉的，聽你一說，也想來兩塊了。』

「『我還吃得下一盆紅燒肉……該你給我掏了，憋了三天，肚子脹得疼。』

「我豎起耳朵，只為捕捉到讓人精神一震的談話，或者某種驚人祕密。困倦溫柔地合上了我的眼皮。」

第二十九章　心靈白內障

他總是在河邊同一個位置畫同一幅油畫。個子不高不矮，頭髮蓬亂，面無表情。他手裡拿著一把水果刀，死死地望著風景，像是要殺死它。忽而眼色柔和，在顏料桶裡攪動刀子，刀尖慢慢地在畫布上塗舔。他塗抹的並不是他所看到的——誰又知道一個精神病看到的世界是什麼樣子——畫布上的油彩疊成了岩石。他面前是一條河，河水濁黃，波浪推搡著浮草，河那邊是垂柳，再遠些是死樹東倒西歪的荒山，像千軍萬馬交鋒的戰場，壕溝、土丘、棚屋、鐵絲網，不時旋起一陣塵沙，彷彿密集的飛蚊追逐，變幻陣形，轉眼又消失無蹤。

那邊沒有高物，唯有苦楝樹像旗桿立在坍塌的廢墟上，不知道勝利屬於哪一方。他兩手油彩，臉上花花綠綠，像在扮演什麼角色，像個聾子，完全不受周圍動靜影響。

「他不是我要找的人。」她看了半晌，目光落在畫布上。

「你怎麼知道他不是？你都不記得他的樣子。至少這人是個畫家，和周密有百分之五十的相似性，這也說明你尋夫的事情成功了一半。你應該感到慶幸，多少人連百分之一的收穫都沒有。」

一隻黑鳥在天空刷出一道曲線，牠飛行的姿勢像隻大蒼蠅，最後墜進土丘。

「直覺。」她說。「我相信直覺，閻摩先生。如果一個人進入過我的生命，我心裡會有他的模印的，就像腳印和腳。」

「不一定。我活了幾千年，見過的事情多了。男人和女人的感情，本質上就像風帶走水，水面是不會留下坑窪的。你們女人喜歡把所謂的愛自我放大。有時候，連你們的傷痛也是不真實的。我見過好多用金錢房產就可治癒的情感傷口。比如丈夫出軌了，在外面有相好了，她們被刺傷了，痛苦的壕溝出現了，男人很快用鈔票、房產、珠寶填滿了這道壕溝，就像鋪路打地基一樣，最後在路面蒙上一層懺悔的瀝青，這條道路上又可以承受滿載二十噸謊言的貨車奔跑了。還有的呢，因為自己軟弱無力，就放大所謂的母愛，『為了孩子』，求出軌的丈夫回家。前不久有個女人，丈夫在外面和別人同居，她曉得了，便帶著孩子站在窗臺上，以死相脅。她對著樓底下的觀眾哭著表演長達兩小時——『我就是為了給孩子一個完整的家』，女人的臺詞裡是誇張的悲壯與自我感動——直到她男人趕來跪在地上，痛哭流涕抽自己耳光。我也順便提醒一下你，那種抽自己耳光的男人是不值得信任的，表演性質太強了。當那女的帶著孩子回到房間，男人第一時間把孩子轉移了，第二時間把女人甩了，這是把孩子當人質，當籌碼的結果。我知道，你是獨立的，摸摸你的後腦勺，是不是有反骨？你和周密原本不是一路人。」

「我只想歸還一些屬於他的東西——可現在，我不知道東西放哪裡去了。也許是落在別人的夢中。」

「周密一直沒來我這兒報到。也許該開口問問這個畫家，落實另外百分之五十。」

「這人是活著，還是死了？」

「有什麼區別？你不過想問問他是不是你丈夫。」

「沒有找他的理由了，沒有了。我腦子裡像裹了一層天鵝絨，裝了一圈鐵欄柵。我透過鐵欄柵看到父親去世的情景：清早的樣子，天空呈死灰色，幾縷輕薄的煙霧纏繞建築樹木。滿載人員的車輛行駛在大街上。人群像裝了馬達似的疾速分散，逃竄、滾落、跌倒……我年輕的父親不慌，繼續朗誦詩歌，他的右臂指向天空，腦門心裂開，白襯衣正在變紅……」

「你想找一個你父親那樣的男人，註定要失敗……年代不同，社會大變，到處都是發財機會，人人都像飛蟲逐光撲向金錢，理想如糞土。你很多想法都是不合時宜的。比如你到福音鎮來，你想為這個地方翻案，為死鬼鳴冤，滿腦子英雄主義——你遇到幾個覺得冤屈的？我知道你還有另一個想法，你想用什麼個人權利、自由等知識分子的那一套東西喚醒他們，我不打你的破[1]，自己嘗試失敗，自己跌破額頭，這樣活才有餘味。你母親一定樂於看到這一幕。說到你母親，我便肅然起敬。她雖活在監視器下，仍然祕密地製造出了一件讓有關部門忌憚的危險品——女兒。她是一個貨真價實的英雄。」

「……父親就那麼站著。周圍哇嗚嘻喊[2]。煙霧瀰漫。一個士兵用槍托撥了他一下。他朝右邊倒地。樹在冒煙。房子著火。煙霧越來越濃。最後什麼也看不見了。」

「有其母必有其女啊……」

「牆上的槍眼，像蜜蜂窩，每一個小黑洞裡都躲著一隻斂著翅膀的蜜蜂，目光雪亮地守著洞口。一隻玻璃瓶堵著，稻草戳蜜蜂，蜜蜂飛入瓶子，一通胡亂衝撞，很快變成屍體。我看見我爸逃進煙霧裡，煙霧變紅。我爸飛向天空，天空變紅。我爸跳進河中，河水變紅。我爸站在地上，泥土變紅。我現在滿目紅色。」

「福音鎮的堂客們請注意，請注意，醫生來嘎噠[3]——堂客們快點趕到曬穀坪來，免費檢查婦科病，免費治療婦科病。沒來的趕緊來，聽到的相互轉告。」

「我懷疑所謂『免費』的真相。事實證明，那些惠及普通民眾的，沒有哪次是以個人利益出發。如果我沒猜錯的話，高音喇叭裡喊免費檢查婦科病，就是『查環』，免費治療婦科病，就是『摘環』，福音鎮人口銳減，需要加速生育繁殖。」

「我管死人，張德富管活人。我倒沒想到這一岔。我翻了一下當地歷史死亡簿，過去三十年，胎兒死亡率是歷史上最高的。那些胎兒都沒開口啼哭過，沒睜眼看過世界，沒吃過一口奶，也都沒有名字……我們通常一個胎兒按半個人口統計……半條命，你可以這麼認為。」

「我知道那是怎麼回事，因為胎兒是從肚子裡直接拿走的。這麼多年，一直沒有人反抗。現在她們也無法拒絕『免費治療』。子宮長在她們身上，但不屬於她們自己，連她們整個人都不屬於自己。我採訪過很多女人。我問她們，為什麼不爭取自己的權利，『什麼權利？怎麼爭取？』，『不聽政策安排，犯法，要坐牢的』，基本上都是這種回答。我大姨就是其中一個。更多的人在天然服從，種桑種麻種水稻，養豬養牛養雞鴨，該上繳上繳，自己餓肚子都要上繳……這是有悖常理的。」

「你要鄉下人的腦殼像你這個知識分子一樣開尺[4]，那哪行得通。啟蒙運動一搞要搞多少年的。我們冥界那些做了死鬼的，腦袋照樣不開尺。他們有時候想反對我，可我是做穩了閻王的，幾千年的根基，這些蚍蜉們，怎麼撼得動呢？地下的鬼最不齊心，成不了事。為一點小利益就會出賣朋友，要是讓他下一趟油鍋，他這輩子都不會妄議陰間的黑暗。我也有過兩次政變的危險，都虧了小鬼的及時情報。我們通常是這麼管理鬼魂的。不許聚眾談話，超過三個以上的聚會要事先打報告；五十個以上的聚會有書記員在場，或者現場監控。我們給地獄的死鬼將功贖罪的機會，設置了一道九十九級的天梯，按立功大小匹配級別，獎勵忠於閻王的小鬼。不少離開地獄的，也有少數成功到達天堂，這個天堂仍然屬於冥界，不是聖經中的天堂，但沒有刀山火海油鍋，到了這個天堂的鬼，可以過上安逸日子，不再有肉體的折磨。

「依我的經驗來看，鬼比人好管理。一則是因為他們在人世間經歷太多，吃過虧，知道怎麼避開不利，用你們陽間的話說，『識時務者為俊傑』；二則是到陰間後，大部分人過於虛弱，精神和體力損耗太大，連個口角都費力，更別說攻擊性了。身體強壯的鬼有隱身術，也是變色龍，貼在牆壁上，誰也看不出來。陰曹地府到處都是耳目，天花板、牆縫裡、床底下……自動成為告密者、揭發者……因為土壤、環境適宜的原因。不是我刻意培養的。但你設想，假若有人告訴你，誰誰誰在做對你不利的事，難道你會因為這個人告密而不高興？恰恰相反。告他人的密，而不是告你的密，這是關鍵所在。相比於人，鬼相對單純一點，惡鬼也是極少見的。惡鬼通常原先就是惡人，做了鬼之後仍然頑固不化。我們有所有鬼在人世的案底，這你知道的，進地府之後的審訊及發配，也都是公開公正的……」

「沒有鬼賄賂閻王，鬼都知道你鐵面無私……但你敢說你百分之百公正？你不是秤，感情也不是物質。當然比起人間的判決，地府的審判稱得上完美，不刑逼，不拷打，連辯護律師都不需要。我現在去看他們免費檢查婦科病，這些子宮被控制的女人們，她們這會兒一定高興壞了——我想把這個情節寫進去，而且重點跟蹤幾個女性，使關於女人的章節內容更豐滿。」

「據我對人的瞭解，為完成生育指標，他們不會放過任何一個有子宮的，就像那一陣為了多生豬，快生豬，乳豬致殘，公豬累死；為了生大豬，強迫豬牛交配。你得保護自己。接下來，交配對象不一定是你自己喜歡的，而是政策安排。到時候男人就跟種豬一樣，甭管是不是你喜歡的母豬，你都得上。但這也不用擔心，因為這對男人來說不成問題，他們本質上跟公豬沒太大區別。」

「還有冇到的堂客們，快點放下手裡的事，快點來啦……國家好政策，政府好福利，免費檢查婦科病，免費治療婦科病……剛才又加了一項，免費檢查白內障，不想眼睛瞎掉的，快點來，早發現，早治療嘍。」

「怕的是心靈白內障……對，心靈白內障，就是這個病，一篇文章雖然不能治癒，但我至少發現了病情。」

1 打你的破，不破壞你的想法。

2 哇嗚嘻喊，形容場面嘈雜。

3 嘎嗟，語尾助詞。「來嘎嗟」就是「來了」的意思。

4 開尺，即聰明。

第三十章　被策反者

「胡大知道，畫家的門不是那麼容易敲開。如果他恰好滿手油彩，正盯著畫中女人肉乎乎的胸部左塗右抹，他的耳朵就是聾的，你敲斷手指頭都沒用。這時候胡大通常是敲兩下歇一陣，耐心欣賞牆上的爬山虎，看它們的葉子齊刷刷地朝一個方向生長，看牙籤似的小蜻蜓在葉片上飛飛停停。他就耐心思考，植物怎麼能在磚頭上扎根，越長越茂盛，幾乎擠扁了那扇可憐的窗戶，大有吞掉房子的氣勢。它們使房子變得不真實，看上去蓬蓬鬆鬆的，像一塊綠蛋糕。

「胡大揪片葉子捏擠出汁，嗅了嗅氣味，扔在地上，在郵政綠包上擦擦手，繼續敲門。

「胡大喜歡看畫家畫畫消磨時間。他根本不知道他畫的什麼。他並不打算瞭解畫板上那種亂七八糟的圖案是什麼意思，他甚至都不在意畫家是否在畫板前睡著了。畫家不和他聊天，眼神從不會在他身上停留，就好像他是屋子裡派不上用場的一件東西。於是他們兩人形成天然的默契，互不干擾。胡大從別處瞭解到，畫家的父親是自己跳到湖裡死掉的，是個倔脾氣。那時候，大人小孩都喜歡在牆壁上寫字畫畫，有很多觀眾，他們情緒高漲，一激動就要喊幾嗓子。生氣了就把別人名字寫在牆上，打個叉，把他過去的事情公開，連考試抄作弊，詆毀班主任老師，評價體育老師的體毛太多也要揭露。

「胡大曾經是個詩人，那時候人人都寫詩，人人都會歌頌祖國，每個人只要像結巴一樣知道在句子中使用停頓、重複、啞默和顫抖的音節，就擁有了詩人的素質。過了很多年，福音鎮再次發起詩歌運動，幾乎是一夜之間，鎮上所有的空白處都填滿了詩。一些詩堆進空了的糧倉，一些詩填進癟塌的胃部，一些詩像流水沖洗大腦，一些詩像火焰燃燒虛假情懷。胡大時常咀嚼這片回憶的麵包，他的床底下收著一摞詩歌簿，相隔幾十年，現在的詩歌和過去幾乎完全一樣。所以，福音鎮號召人人寫詩時，他用不著費腦子，只需要將原來的詩拿出來，像過去那樣重獻一遍。他感覺風水輪流轉，如今又轉回來了，氛圍一樣，連人的表現都一模一樣。用唱美聲的嗓音朗讀詩歌，不久便讀出了感情，讀出了眼淚，讀出了忠心耿耿。寫詩比吃飯重要，比愛情重要，比性生活重要，做一個詩人比做一個人重要。所以到處都是詩人，但沒有人。到處是人發出聲音，吐出漢字，就是沒有人說話。

「胡大多年後都清楚地記得那個夜晚的情景，那天夜裡，一隻叮了他半宿的蚊子終於獻身他的巴掌，他高興得失眠，索性走出家門。他在福音鎮熟悉的街道慢慢行走，四周安靜得易碎。天空中有幾粒星籽，微光閃閃，似乎馬上就要在肥沃的黑土地裡抽出芽來。他走到河邊，在暗河的倒影中尋找星星的位置。他找了很久，因為有風，黑浪微漾，他只見到幽深的水面，像昏暗中人的眼神，偶爾泛出一點白光來。他打算走下河去，睡在河底，最終只是將這個念頭丟進河裡。

「『死沒什麼難，活下去才算勇氣。事情總會有個頭的。我要親眼看著它如何了結。』他對自己說。『事情不是壞在馮二他們發現金礦，這只是點燃了一根引線，引爆了當權者的貪婪。所有人都是陪葬的。』他順著河岸散起步來。『新樂園肯定要失敗，幾十年前就搞失敗了的，歷史的教訓從來不會對這些昏了頭的腦袋產生作用。非得讓人信佛教，其實是叫人信靠槍桿子——要不是有子彈從那黑洞洞的槍膛飛出來，這事兒還真沒那麼好一刀切。』他想著想著就樂觀了，一樂觀天就亮了，他和老天是同時發現光明的。他覺得這也是個好兆頭。福音鎮不會因為這一件事就垮掉的。姚記者說了，紙包不住火，她要把這事捅到國際上去，每個活人都會得到應有的賠償，每個死人都會有一塊石碑立在新樂園公墓。這裡會成為旅遊景點，全世界的人都會來這裡看死人的墓地，博物館裡將會有他們的白骨、照片和詩歌。搞政治研究的學者們會把新樂園做為失敗的例子引證。向人類貢獻寶貴經驗，這就是新樂園的價值所在了。」

「他記得有幾回畫家的木門只是虛掩，他輕輕弄響懸在獅鼻上的門環，表示自己來了。他橫挎著那個剛剛癟下來的綠色郵政包，右肩由於常年負重明顯高於左邊，看上去顯得吊兒郎當。好在他那張謹慎蒼老的臉立刻能消除這一印象。有一回畫家在抹塗一個大奶子，肥肉溢出了畫框。胡大說，『大奶子女人腦袋裡在想什麼？』，畫家回答，『一條蟒蛇纏住獵物。』胡大默默體會被蟒蛇纏住的感覺，手腳活動了一下，彷彿正在掙扎。『偶爾鬆開獵物，也只是為了將獵物纏得更緊。』畫家又說。

「胡大再次敲門時，便想了想蟒蛇與獵物的問題，腦海裡浮現一條蛇纏住一隻青蛙，那是他從學校老師貶到農場當農民時見過的，於是他聽見敲門聲變成了青蛙咕咕的叫聲，好像在指責他見死不救。門終於打開了。

「『你不是死人吧？』畫家臉色蒼白，兩手乾淨，屋子裡一股蕎麥茶香。

「『我沒死呀，』胡大說，『你怎麼一見面就咒我死呢。』

「『昨夜有好幾個人敲門，是那些外地來挖金子的，說是要回老家了，特地來跟我告別。他們的牙齒是綠的，喝過的茶杯，坐過的椅子，凡是他們碰過的東西，都留下了令人作嘔的綠色液體……』

「『沒日沒夜地挖山，自然沒麼子時間洗澡了。』

「『我原來見過他們，臉上表情又黑又重，這一次卻是又白又鬆……我猜想他們已經死了。』

「『昨夜趕屍匠倒是趕了一批屍體離開福音鎮。我聽見狗吠得厲害，就關緊了門窗……你知道我是個膽小鬼，睡覺都要用被子蒙住腦袋的。萬一有哪個鬼開個小差溜進家裡，就要倒大楣了。』

「『……給我講一講，上一次你是怎麼活下來的。』畫家身體飄飄倒，話音打顫。

「『噢，糊裡糊塗，就是糊裡糊塗，半隻腳都踏進鬼門關了……命不該死，命不該死……』胡大略一停頓，轉換話題，『你以前給我看過一幅畫，那個法國畫家，叫麼子名字來著？那幅畫煙霧籠天，到處都是屍體，一個敞著胸脯的大奶子女人一手舉旗，一手拿槍，背後跟著很多拿刀槍的人……』

「『那是紀念法國七月革命的作品……這個小地方要弄出那種大場面，只能靠鬼了。』

「『萬一……你也有機會畫出一幅那樣的畫，你畫不畫？你想不想幾百年後，很多人去展覽館看你的這幅名作……畫家要有點野心是不是……要不就純粹是浪費顏料，浪費生命……』

「畫家穩住飄搖的身體，頭一回正眼瞪著胡大，臉上漸漸帶點血色，『明白了……有人在策反……告訴我，究竟是誰慫恿你來的？』

「『麼子話？你莫嚇人。我哪兒也沒去，什麼人也沒見，慫恿？鬼慫恿的呢！我胡大是受慫恿的人？時勢造英雄，如果有那樣的機會，你該抓住，我的想法就這麼簡單。』

「『只要說出背後指使你的人，就沒你什麼事了。』

「『你這都是麼子亂七八糟的想法？你昨天問我，有沒有離開福音鎮的山路，真的冇的。沒錯，我是在這兒生活了六十多年，要知道會發生今天這種情況，我肯定會挖出一條祕密通道……野路是有的，但眼下到處是哨卡，到處有子彈飛，只怕是跑得了魂魄，跑不了肉身……你在打擺子？是不是中了麼子邪？我去喊魏一鳳來，施碗法水你吃。』

「『站住。』畫家喝道，『我再說一遍，是誰在背後指使你，說出來就沒你什麼事了。』

「『我要是說不出來呢？』

「『你知道策反的後果。』

「『冇的你講的那回事，你莫冤枉我。我年輕時都沒有鬧事，難道現在活得不耐煩了？我要是骨頭癢，頂多也只會找棵糙皮樹蹭幾下……你要找生路可以理解，但也莫給別人找死路呀……』」

第三十一章　詩歌朗誦會

「從山頂看下去，蘑菇似的房子生長在草叢中，人們好像昆蟲，在蘑菇周圍爬動，忽然某隻飛奔。炊煙升至半空中，與空氣融合。食物的香味隨風飄散。新樂園詩歌朗誦會已經開始，歡樂翻滾，像一鍋煮開了的濃湯。人們緊緊圍聚舞臺前，手裡捏著寫有詩歌的紙片，等著抓鬮上臺。沒到現場的人從廚房伸出腦袋，讓歡樂的熱流滾過耳際，跟著哈哈大笑。

「『我是新樂園的一顆螺絲釘，哪裡有需要，哪裡就把我擰緊。』木匠褲腿一長一短，像刨木一樣，氣喘吁吁朗讀完自己的詩句，摘下草帽子甩向空中——掌聲淹沒了他的草帽子。

「接下來被抓中的是牛痳子，他站在臺中，彷彿面對紅通通的打鐵爐，每一顆痳子都窘得放紅光。『我願做一塊生鐵，被燒紅，被鍛打，新樂園需要什麼，就把我打成什麼。』他揮了揮青筋猙獰的右臂，一溜煙跑下臺去。

「『下一位……18號，袁變花同志』。連喊了三遍，臺下一陣騷動。『來了！』袁變花在人群中跋涉，一面高聲應答。她繫著圍兜，臉上黏著麵粉，揮舞著竹篾漏勺，敞開了嗓門。『……我要歌唱愛情，我情願丟掉一萬兩黃金，擁抱你的赤身，奉獻處女般的忠貞……』詩還沒背完，人群又是一陣騷動。

「『情願丟掉一萬兩黃金？她還真忘了，馮二用一個銀戒指，就把她從另一個男人那兒弄來了哩。』

「『我就說呀，淫婦兒偏愛談論什麼處女與忠貞。』

「『忠於她那馮氏四兄弟吧，哈哈。』

「袁變花不管人們的嘀咕，繼續背詩，她甚至故意露出美好的微笑。她在圍兜上擦了擦手，準備來一個漂亮的結尾，再回去刷鍋洗碗。這時候，有兩個年輕人走到她身邊，溫柔地捉住她的手，反剪在後背，將掉在地上的竹篾漏勺踩得嗶剝脆響。起先，人們以為這是有意設計的表演環節，哇哇叫好，鼓起掌來。直到庫大有慢吞吞走上舞臺，加入其中，才感覺氣氛不對，屏住氣，瞪大眼睛看著。

「庫大有衣服上的口袋方方正正。他挺直腰，兩腿適度分開，兩手交握垂貼卵蛋上方。『我聽說，一個人的詩歌是忠實於他的靈魂的，我很高興聽到這麼多真誠的聲音。大家的詩因為結合了自己的生活經驗，尤其動人。譚木匠說得好，我們每一個人，都是新樂園的一顆螺絲釘……牛痲子寫得好，做一塊生鐵，新樂園需要什麼，就打成什麼。大家都知道，現在我們正集中全部力量完成黃金任務，為建設富裕美好的新樂園全力以赴……我們為什麼鼓勵全民寫詩？就是為未來的富裕社會做文化鋪墊。我們重視物質生活，更重視精神生活。詩嘛，應該是最簡單的，最容易寫的，三歲小孩子都可以出口成詩……大家也都看到了，推行全民寫詩運動以來，每個人都積極參與，寫了海量好詩呀，咱們福音鎮的精神文明得到了很大的提高。但是，萬萬沒有想到，我們當中，居然會有人寫反動詩歌，並且公然煽動群眾……安靜，大家安靜……她為什麼要這麼做？我們有必要問個清楚，她背後是誰在撐腰，不是有更大的犯罪團夥。大家剛剛也都聽到了，情願丟掉一萬兩黃金——這是什麼意思？這是反對新樂園所有人，這是批評新樂園的黃金計畫，這是煽動群眾放棄黃金未來，要給新樂園落井下石。』

「『庫三袋英明，我們差點被蒙蔽了！』

「『仔細一想，確實是反動詩。這女人膽子也太大了。』

「『聽我說，大家聽我說……我寫的是愛情詩呀，怎麼反動了呢？我就是覺得為國家，為了愛情，人會不顧一切。』

「『她還狡辯，當我們都是傻子。看看她，猖狂到了什麼程度！』

「『我並不是說真的要丟掉黃金，那只是一個比喻，一個比喻呀。』

「『比喻？即便是一個比喻，也是個反動的比喻，你在暗中教唆群眾，你唱反調，你背後一定有更大的陰謀，還有同夥。』

「『詩是我剛剛包餃子時在心裡寫的，要說有陰謀，有同夥，只能是那一鍋餃子了，芹菜豬肉餡的。』」

「笑聲如一隻大鳥，從黑壓壓的人群中飛出來，落在庫大有的眉頭。他捋完頭髮，順勢抹了一把臉，揮走那隻大鳥。『你一個結婚多年的婦女，怎麼會無端端寫起愛情詩來？我雖然對寫詩不在行，但誰要是借詩搞什麼名堂，我一清二楚。』

「『結婚多年怎麼了？婦女怎麼了？結了婚心就不能活泛了嗎？我就不信，你心裡沒個莫名躁動的時候。抓住了那股子躁動，好好琢磨，你就會明白，那就是渴望一場轟轟烈烈的愛情呀。要麼你虛偽，要麼你不敢面對那個躁動的自己，就像你不敢面對溫如春。』

「『袁堂客，你他娘的……』

「『能不能先放開我，手臂都快折了。』袁變花扭了扭身體，『還講不講道理呀？你是個縮頭烏龜，你連愛都不敢承認，我寫首愛情詩就犯了你的法，因為那是你想也不敢想的愛情，你要的是黃金，你受不了這個刺激呀。上面來了個很多口袋的官，你把溫如春送過去陪酒，這一送，就把溫如春的清白送沒了。你還是愛她，但你心裡上過不了這一道坎。』

「『胡說八道。把她嘴巴堵上。』

「『別呀，我還沒說完呢。我為什麼寫愛情詩？不瞞你說，因為我愛上了煉金師。我暗戀他很久了。我巴不得說出來，現在我心裡舒服多了。』

「『聽聽，大家聽聽，這個女人沒羞沒恥，大庭廣眾之下給馮二戴綠帽子。這種髒汙新樂園的作風是堅決不允許的。』

「『我喜歡誰，是我的私事，用不著你們操心。』

「『袁變花，你搞錯了，這不是你的私事，這是關係到全福音鎮人幸福生活的大事。在這種爭分奪秒的緊要關口，你勾引煉金師，破壞生產力，和寫反動詩一樣惡劣。金大師在哪？』

「『我愛金大師，愛他，但和他無關。』

「『好一個強詞奪理的下作貨。帶她下去，好好問一問，什麼人在為她撐腰。請大家繼續朗誦，聲音要大，激情要足，今天誕生的優秀詩人，將會獲得一克黃金獎勵。』

「『新樂園需要黃金，黃金就留給集體吧……獎品能不能換別成半年口糧？』

「『對，獎品換成大米和紅著就行了。』

「『討價還價？你們把上頭的政策當什麼了？白紙黑字的規章制度，不是兒戲……把這粒老鼠屎帶下去，一定要找出大老鼠來。』」

第三十二章　摸牛奶的漢子

沒有公雞打鳴，很難確認天光微亮時，是不是黎明。福音鎮的時間充滿虛偽，沒有一個參照物可以讓人覺得活在時光中，彷彿飄浮太空。太陽原本正在頭頂，沒走幾步，天就暗下來，滿天飛雪。河水看上去清澈，她彎腰洗掉臉上血跡時，水就黃了，像泥湯一樣黏稠。塵土上留下的腳印像傷口一樣，拐個彎卻又碧草連天，柳樹林中小鳥嘰嘰喳喳。一個農夫斜臥草地，他戴著草帽，嚼著草根，閉眼享受天地。一頭奶子飽脹的黃母牛站在他身邊，眼睛望著遠方，嘴巴搓動，尾巴搖甩。人和牛都顧自嚼個不停。

「你好，請問現在幾點鐘了？」福音鎮的農民通過大自然判斷時間，日光啊，陰影啊，水的溫度呀，甚至膝關節的反應，或一頭豬的鼾聲；在炎熱的夏天，他們根據辣椒葉的新活和萎蔫度掌握時間，他們情願用赤腳通過感受地面的溫度來獲得時間資訊，而不願去看一眼手錶。

她問了兩次。農夫才伸出右手，摸了摸奶牛下垂的乳房，「上午八點十分。」

「今天是多少號？」

「我從來不管今天幾號明天幾號。在福音鎮犯不著為時間這種東西費神。」

她得到這個答案後繼續往前走，走了一段又返回來。

「你是怎麼做到的呢？」她說，「我指的是時間，你自己就像一個鐘錶似的。」

「你說對了，我的心臟就是一塊錶。」農夫摘下草帽，露出枯草一樣的灰白頭髮，兩個沒有眼珠的黑洞直視著她，「只要我這兒停止跳動，時間就會消失，整個福音鎮就會靜止，你也會變成一具殭屍。」

「你的時間停止了，和別人有什麼關係呢？就像你餓了，只有你自己知道。」

「我餓了，全福音鎮人都知道。他們看得見我一會兒皮包骨，一會兒全身腫得像大胖子。你要是看到一個人一臉菜色，剝樹皮、挖野草，兩眼無光，你也保準知道他是餓了。我的時間和你的時間是一樣，這一點你要搞清楚。所以，我要是有什麼事，你也脫不了干係。」

「你可真會開玩笑。」她做出輕鬆的樣子，「我知道你已經死了大半年了，你的眼睛是被烏鴉啄掉的。」

「誰說的？」

「袁變花。」

「她這個冤死鬼到處造謠，自己不安生，就想把水都攪渾了。她還沒投胎呢。有兩次投胎做男人的機會，她都拒絕了。她還是要做女人，繼續為上輩子的事情爭個輸贏。」農夫吐出草渣，舌頭抵了抵牙縫，啐了一口唾沫。「等到她明白其實投胎做了男人，更方便為女人做事時，已經遲了。她現在是很痛苦的，每天要按原來死的方式死一百遍呢。所以她整天就是忙著死，什麼都顧不上。」

「我剛剛看見一些籬笆網，一圈一圈地圍著，那是幹什麼用的呢？」

「噢，那個麼，為了多種一季糧食，需要肥料肥田，路上要是有坨不論什麼屎，就要釘一圈木樁，用鐵絲網圍起來，重點保護。等到烘便慢慢滲到土裡，再連糞帶泥一起挖走。這就是為什麼一路上到處會有些小坑，有的有一米多深。洗腳水、洗澡水、汙垢，腐木、爛布、臭瓜果等等等等，都是肥田的料。當然最好的是糞便。為了便於集中收集，實行屙屎集體化，定時定量，每人每天必須拉半斤到一斤以上量，才算達標。有的人肚子裡沒貨，自然拉不出什麼分量來，所以就去吃泥巴，泥巴重，砸秤[1]呀，可是吃下去的泥巴拉不出來，人就憋壞了。聰明些的人會作弊，撿些牲畜的糞攪在一起，蒙混過關；那些老實人就是總完不成任務，好像是故意作對，他們就不高興了，『貓比你拉得還多呢，你不如索性把它吃了』。開始是說著玩兒的，接下來就變真的了，逼著人把那東西吃進去。你往前走個千把米，會看見一棵苦楝樹，那上面吊死過一個人，在陰雨天的時候，你能看到那個人一直掛在樹上。」

「你是怎麼混過去的？」

「其實我是個神經病，我發起癲來就會打人，吃屎，光屁股，有一次我當著很多人的面搭起凳子肏了一條老母牛。」

「誰也拿神經病沒辦法。」

「我還將一條蛇吃進肚裡，完整地拉出它的屍骨。惡棍們看見我都要繞道走。」

「哪些惡棍？」

「他們的額頭上都寫著『為人民服務』。」

「現在幾點鐘了？」她也坐在草地上。

農夫的手又伸向母牛奶子。當他再次托起牛奶的時候，她看見了遠處破教堂尖頂的那口鐘，指針重合，指著十二點。

「這些年我一直悄悄給這面鐘更換電池，福音鎮人覺得是上帝幹的。所以，儘管黑菩薩那邊香火旺，還是會有一些人溜到教堂來，和上帝說上幾句知心話。」

「你是信上帝還是菩薩？」

「在福音鎮，上帝和菩薩沒什麼區別。」

一陣強風颳過來。她閉上眼睛，捂住鼻子，只聽得風呼叫奔跑，枝條抽打著草地，樹葉的響聲像傾倒鵝卵石一樣。為避免被風颳跑，她不得不抱住了母牛後腿，風拉直了她的身體，她浮在空中，像一面旗子。她想起了那個類似於這樣的高難度的健身動作，她不能將身體橫成水準狀，教練允許她的腳尖在他的肩頭借力，或者雙手扣住她的腳踝，給她力量。他的手像一對溫暖的肉銬，每次她的身體都會為之一緊，甚至微微濕潤。她知道這是一種純粹的生理感覺，與精神毫無關聯，但她幾乎有已然出軌的羞愧。她一面擔心周密敏銳的嗅覺，一面又很想讓周密吃醋，『瞧，我的身體對那個男人動了情』。然而兩者都沒有發生。周密的遲鈍是非正常的。他很久不替她寬衣解帶。有時把自己脫光了，躺在床上軟塌塌地等著。她為此要額外以辛勤的勞動喚醒它。在她所受的教育觀念中，在床上這類賣力的事情，不應該是一個好姑娘所為，她不是一個淫蕩風騷的人。所以她的表現不太充分。她同樣反感A片，她好幾次睡夢中醒來，聽到男女的呻吟聲，周密對A片的熱愛從青春期開始，一直持續不減。有一回她覺得自己受到冷落，他無視她鮮活的肉體，情願在色情片中尋求愉悅，她踩碎了光碟，然而此舉也不能將他拉到床上，他對她甚至更加冷淡。她仔細回想，她是怎麼忍受這種兩性關係的，為什麼不離開他，將他甩在門後，改變這種充滿羞辱的關係。

她又想起來，她並非只有周密一個男人。她也燒過一陣野火，一個年輕的有婦之夫迷住了她，彼此相見恨晚。那男人的妻子已經懷孕六個月。他簡直是完美的，除了不忠於孕期的妻子以外。這陣野火灼燒著出了某種偷竊的甜蜜，同時也跳躍著快意報復的火花——對於周密和別的女人亂搞，忽然間就變得不那麼刺痛了。可是，她又不時地可憐起那個懷孕的女人來，甚至把她想像成自己，於是她自己便成了自己的情敵。她一度恨自己恨得要命。她與情敵互相撕扯、毆打，難分勝負。她悄悄關注那孕婦的微博，發現這個單純的女人全心全意愛她丈夫，插花品茶，生活一派春景。她想過假如這個女人知道真相——她和孕婦的丈夫都不會這麼做，沒有誰會這麼殘忍——然而他們已經做了更殘忍的事情。「不去傷害她，她是無辜的」，她和他達成了共識。可回頭一想，「不去傷害她」，這是多麼荒謬。這不就是所謂的偽善麼？似乎別人不知情，就不構成傷害，這也是掩耳盜鈴。

幾個月後，那男人有了一個女兒，她進一步對這個女嬰充滿愧疚——一想到自己要破壞這個小生命的家庭，還想奪走她的父親。當人口結構發生了變化，她的愛情格局也隨之不同。他給她發女嬰的照片，與她分享喜悅。起初出於母性的本能，她也歡喜這女嬰，歡喜後覺得彆扭。不久，這女嬰也變成了她的情敵。對於這個只有一尺來長的雌性動物，她的醋勁遠勝於對這女嬰的母親。因為她對那女人的同情之心覆蓋，時有歉疚，而這女嬰卻不用作任何付出，便徹底俘虜了他，他必須毫無條件地向她妥協。女嬰打亂了她和他的節奏，她有失寵感。漸漸的，她感覺彷彿亂繩纏身，勒得透不過氣來。等她用剪刀一根一根，逐一剪斷這些亂繩之後，時間已經過去大半年。

「分分合合仍在一起，這恰恰證明是有感情的。」她與鏡子裡的人交談。

「我是記者，比起其他生活，我的社會責任感更強烈。」

「……甭管男人走失多久，只要他回來，他就屬於你。某種程度上，感情就是商品，是可以買賣的。你以為那是愛情，其實私底下，你對別人，或別人對你所有的考量，都是一種價碼，只不過沒有明碼標價。等你有了更好的買家，甭管你以前多麼鍾愛這個商品，你都會出手的。大部分人是沒有找到更好的買家，所以忍受商品日常損壞的瑕疵，還能獲些模範美名呢。你羨慕那種攜手白頭的夫妻，嘿，他們的皺紋裡可藏著不少祕密。」

風突然平息。她睜開眼，發現自己身體橫向懸浮，雙手死死地環抱住空氣，「離婚」的聲音像一隻蝌蚪拽著風尾巴消失在眼前。「到底是什麼東西抹掉了我腦海裡一些重要的事情。」她不知怎麼落地，像片羽毛似的在空中搖搖晃晃，「……是痛苦和記憶使人的靈魂變得沉重，所以人們那承載靈魂的軀體只能在地上行走。」

「夜靜如水底深處。風微微漾動。天幕深藍。月亮別在天空的胸膛。這晚它是一枚半月形銀飾，襯得周圍素淡清明。有股暖融融的躁動潛流暗自流淌。馬戲團幾頂髒汙的白帳篷匍匐在空地上。黑暗中傳來馬的響噓聲。蛇滑動身體，滋滋吐信。連體侏儒姐妹呼吸如風箱抽動。蝙蝠掠過篷頂，像樹葉飄浮。

「馬戲團駐紮不久，吃飯成了問題，沒有人買票看表演了，連體姐妹脫衣舞表演之後，人們徹底失去了好奇心，就連她們走在街上，也不會有人多看一眼。人們甚至覺得霉運是馬戲團帶來的，因為整個馬戲團的人臉上都帶著晦氣。他們的蟒蛇逃出來，吃掉了村民的雞，纏死了一頭羊，猴子抓傷了小孩的眼睛，單身漢強姦了母豬……人們是在新樂園的歡快火焰漸漸縮小時意識到霉運與馬戲團的隱祕關聯，不免斜眼相看。但當這對連體姐妹發出召喚，表示她們在山坡上的帳篷『夜間敞開，按時收費』時，又引發了一股熱烈的暗流。這個長著四條腿，一個身軀和兩個腦袋的怪人，底下有幾個窟隆？交配時誰先達到高潮，叫床聲是否一致，委實值得付出幾隻地瓜探索求證。試過的回來描述被四隻手撫摸，四條腿纏絞的刺激，說是好比一隻八爪魚，死死地纏住腰身，『黑洞不斷地吮吸，連靈魂都被吸進去了』。這個宣傳者可以獲得一次長達三十分鐘的免費性交。一個接一個黑影摸黑進入帳篷，但都沒獲得初試者說的八爪魚的體驗，黑洞也沒有傳說中的魔力，就像用來山葬的壁洞，乾燥、粗淺、怪石嶙峋。連體姐妹一個接客，一個打盹，除非來者付雙倍的價錢才會同時服務。回頭客少，好生意持續時間不長。她們的腰包並未能鼓起來，無非是可以買一瓶洗髮水，吃碗帶肉的哨子麵。馬戲團別的項目蹦躂幾下也全死了。其實，金生聖建立煉金大師身分時，馬戲團就倒了臺柱子。他們吃掉了他留下來的蛇，連體姐妹用他變法術的瓷盆子小便，每天夜裡發出唏噓叮噹的響聲，整個鎮上都聽得見。有天早上，人們看見他們把東西裝在牛車上，那條老黃牛一身瘦骨，扇著耳朵，甩著尾巴，帶著一屁股的蒼蠅離開了福音鎮。鎮子就是在他們走後封起來的。

「我寫下這段文字，很遺憾未能親眼一見馬戲團，沒準能遇到像費里尼電影《大路》裡那樣的人物，從另一個側面豐滿這篇報導，揭示更多的社會現實。我想為每一個人物立傳，也許我最終會寫成一本書——一篇報導已經完全容納不下我現有的想法。我再次遇到那個半躺在草地上的老漢——旁邊站著他的奶牛，奶子脹鼓鼓的，蒼蠅一落上去，奶子就微微抽動——『常多福是不是跟馬戲團走了？』

「『沒走，金生聖收他當了徒弟，教他煉金——這都是幌子。這豬肏的術化子[2]，他居然教他怎麼搞女人。』老漢用草根剔著牙縫，熏肉臉上看不出表情。

「『多福的父母呢？』

「『他沒娘，他爹是個打魚的，就知道打魚、補網、觀天。只要誰家殺豬，他就拎了木桶去接血，回來給漁網上血漿。他們家那股腥氣，熏死人了。但畜生喜歡哩，那些野貓野狗在他們屋前屋後拉幫結派，打鬥廝殺，爭風吃醋，生下很多小貓小狗，屋頂上到處亂爬亂竄。——哎，你大老遠來，不可能是為了多福吧，一個傻子不值得你浪費時間。』

「『我好奇心重。多福生來就傻嗎？』

「『魏婆婆說過，常發財家正門對著一棵樹，撞煞。所以老婆早死，兒子被……啊，說來話長了。多福原來不太傻，後來傻成這樣，是出了點意外……啊，賊肏的鬼，世道都亂成這樣了，怕麼子，我就直說了吧。有一回，多福和庫大有七歲的女兒在一起耍，不知怎麼把她弄出了血，血沾在褲子上。庫大有認為多福搞了他女兒，找到他，二話不說，拍了他腦袋一鍬，多福就昏了，一昏昏了兩個多月，醒來就臉歪眼斜，嘴角流涎，說話也不清白了……誰敢找庫大有論理？常發財老實巴交，兒子被打傻了，反過來還向庫大有賠禮道歉。』

「『他不是有個正常的姐姐嗎？』

「『常多喜？真不曉得哪裡冒出來的。有的說是常發財年輕時在外面打魚睡了女人。那時候他經常走幾十公里路去大河裡打魚，一去十天半個月，興許是在哪個肚子裡下了種……搞不清的，傳說版本倒是有好幾個。』老漢說一會，就摸一摸奶牛的奶子，好像真相都藏在那裡。『也有說她是妖精的……妖精這東西，信就有，不信冇的，過去老班子[3]講起鬼怪來有模有樣，都是親身經歷，聽得人寒毛倒豎……我倒想這奶牛是個妖精呢，到晚上就變成女人，又軟又熱和[4]……』

「斜陽下，老漢的熏肉皺摺裡溢出希望之光。我問他自己的生活，他原來是半坡上的少數民族，穿裙，頭上纏布，改穿褲子以後，走路都覺得絆腳，所以他經常躺著，什麼也幹不了，就得了這放奶牛的差事。他最後告訴我，為什麼他總摸奶牛的奶子。因為他在監視，一掀起牛奶，就能看到舊教堂大門，誰什麼時候進去，什麼時候出來，看得一清二楚。滄桑在他臉上形成了面具，像個躺在棺材裡的死人，眼珠子凝結不動，眼光從半闔的眼縫中迸出來，讓人心裡發冷。我離開前問他的名字，他說他叫常發財。

「他是怎麼把自己劈成兩半的？在路上我一直想這個問題。我聽到一陣低沉的人語聲，似乎是推搡著某一個人前進，咒罵、踢打、唾棄，『搞了四弟兄還不過癮，在這節骨眼上還要勾引煉金師，破壞新樂園建設。』『這種騷屄，就該拿火鉗來捅，讓她爽死。』緊接著是一張塞了布的嘴發出的抗議聲。有人摑了一掌。這一掌帶來了短暫的安靜。」

1 砸秤，重量壓秤。
2 術化子，江湖騙子。
3 老班子，老一輩。
4 熱和，暖和。

第三十三章　馴獸師的棍子

福音鎮的秋天太陽少，雨天多，基本上細雨濛濛。衣服晾不乾，東西腐爛，散發潮濕的霉味。情緒被壓在低空。陰雲像告密者聚集在屋頂。人不出門，躲在屋子裡，壓抑的氣氛從門縫裡鑽進來，破壞平淡的日子。到處濕漉漉的，連聲音都淌著雨水。魏滿意手不離棍，像個馴獸師那樣，鎮子裡轉來轉去。那根柳枝削成的棍子，有兩三尺長，剝了樹皮，露出白骨，棍子在大便中撥弄久了，棍尖已經染成了屎褐色。檢查大便是他的點子，他認為屎比人誠實，不會說謊。人吃了什麼，是大米還是豆子，是糠渣還是青草，屎會講真話。他神出鬼沒。攪屎棍拿在手裡，像紳士手中的拐杖，教書匠手中的鞭子。這根小棍子成了馴獸師的魔杖，人獸皆怕。有的人本來吃不飽，肚裡沒貨，精神緊張，經常五六天不排泄。有的人在下半夜拉野屎，尤其是月黑風高的夜晚，拉夜屎的人聚集在黑暗中，像鬼一樣悄無聲息。野狗們遠遠的坐等，眼裡磷火閃爍。風舔枯草沙沙地響。拉屎漸漸地成了某種集會。有些不拉屎的也出來蹲著，方便彼此說話，因為白天交頭接耳要挨揍，湊堆更會有麻煩。他們聊一會，拉一陣，發會牢騷，說點夢想，拎起褲子各自散去。但蹲點的地方很快暴露，有人向魏滿意告密，這群拉夜屎的人被一網打盡。

很多天找不到一坨屎，魏滿意意識到這些狡猾的一夥一定把屎拉在某個隱祕的地方了。所以一聽到消息，立即帶著多樂趕奔現場。「這形勢，連狗都知道攀交權勢了。」有人這麼說。

那天清早，白霧濃罩，能見度很低。鎮子陷在一鍋黏稠的米湯中，連一絲風都颳不進來。人們借助這種隱蔽的天氣出來拉野屎，隨身帶著鐵鍬鋤頭，完事將證據埋在坑裡。常發財蹲在野地裡，屁股被枯草包圍。霧粒隨空氣湧動。寂靜中，他弄出來的聲音很響，心驚肉跳。這時，濃霧中突然竄出一條黑狗，撲得他跌坐在地。

「你這畜生。」常發財爬起來。

「唷，常老倌，你這是罵誰呢？」魏滿意一隻手將棍子弄得像電風扇那樣轉個不停。

常發財默默繫好褲腰帶，拍了拍身上的土，髮尖上懸著的水珠落在臉上。

「依你看，今天這個太陽出不出得來呢？」魏滿意棍尖指地，換了個姿勢。

「出得來出不來，那又有什麼關係。」

「有關係，當然有關係了。我是不喜歡大霧天的，對工作不利。」魏滿意這麼說著，用棍子撥弄發財剛剛面世的排泄物。

常發財藏在肉縫裡的眼睛眨得飛快。

「……你家裡還是有些餘糧的……我這要是報告上去，臨時法庭會怎麼判決，結果是怎樣，你是知道的。」

「沒有，沒有餘糧。」

「我說你有糧就有糧，我說你沒糧就沒糧。」

「做人要講良心。」

「我一直都挺照顧你們的，但現在形勢不同了……老是查不出餘糧，豈不是工作失職？我們現在要樹立一個批鬥典型。你已經拉出了這一坨證據，千真萬確，你昨天吃過大米。告訴我，哪兒來的大米？」

「沒有大米，我吃的是樹皮和稻草。」

「你只需要告訴我，是誰給你的大米，我去找那個人，就沒你什麼事兒了……你好好想一想，那個人是誰。」

「誣陷別人，傷天害理的事，我做不來。」

「我給你指明了一條路，你不聽，那就怪不得我了。」

多樂皮毛濡濕，肩胛骨突起很高，尾巴拍著泥土，耳朵彈動。眼神在人與屎之間穿睃，單等著魏滿意的指令。

遠處傳來寺廟的鐘聲。米湯更加黏稠。

第三十四章　浪漫與瘋癲的界線

「夜裡死一樣安靜，總有男女毫無顧忌地叫床，像北風呼嘯，撞得門窗哐噹響，似乎是搞完即死。福音鎮的地形特別，聲音會環繞，所以這叫床聲最終又傳到男女的耳中，整宿都停不下來。傻子聽到了，說晚上有狼哭叫，好像被捅了脖子。我說你要是和姑娘睡覺，你也會像被捅了脖子。傻子說我要和姑娘睡覺，不要被人捅脖子。他盯著屋子裡的法器——學了多少遍，一樣也沒學會。這並不令他受挫，每次都像第一次學，只是嘴臉歪得更厲害，說話更加口齒不清。

「我也許不算個好人，但絕無害人之心——至少在來福音鎮之前，一點都沒想過。人們輕蔑的管我們這行當的叫做術化子——不過是為了生存玩些把戲，算不上真正的騙子。我們野路子的民間藝人，也是有傳統，有來處的。這一路帶給人多少歡樂，趕上了新樂園建設，袁八袋留下我煉金……我從沒想過做一個好人，我也不知道怎樣才算好人……我知道我在幹什麼，我要什麼。有時候我也鄙視自己，我對多喜的欲望從來不曾減弱，我縱容自己……我竟然會利用一個傻子……我能感覺到那顆埋在石頭底下的邪惡種子正欲發芽，即將匍匐生長，如果沒有什麼障礙，很快就會衝出埋壓的邊緣，在光合作用下成長，強壯，勢不可擋。我在深夜裡摸著這一粒邪惡的芽結，既盼著有東西阻擋它發芽，同時又生長著某種快慰。傻子比正常人可信，他身上有一股超常的忠實毅力，千刀萬剮也挖不出嘴裡的祕密，他絕對不會背叛我。我以『好』的方式給常發財挖坑，讓腦子不會轉彎的傻子對我死心塌地。

「『多福，師傅又省下了一把大米，你帶回家給你爹吃……要記住什麼？』

「『不能讓、讓爹知道大米是誰給的……路上也不能讓別人看、看見，要絕對保密。』

「『聰明。』

「『師傅，你老給、給我們家送吃的，為什麼姐姐還、還是不和你好。』

「『你姐姐上了魏滿意的當，他騙你姐姐。』

「『我的拳頭不會放、放過他。』

「『他是個壞人，拎根棍子到處晃，嚇得別人都不敢拉屎。』

「『我爹說，那些衣服有口、口袋的，沒一個好人。』

「『那也不能這麼說，要是我的衣服有口袋呢？我就是壞人了？』

「『你有一萬個口袋，也不會變、變成壞人。』

「我腦海裡最初有這個想法時，心臟差點從嘴裡跳出來。等情緒沉澱，夜深人靜，我清楚地意識到，為了常多喜，我什麼都願幹，什麼都幹得出來。借刀殺人——瘋癲與浪漫的界線，沒有誰劃得清。有幾回夜裡，我發誓離開那個萌生邪惡之芽的我，離開福音鎮，追上馬戲團，繼續東遊西蕩的生活。但是隨著天色發亮，慈悲像黑夜自動消散，邪惡重新凝聚在我內心——對多喜的愛欲依然掌控著我，我越來越缺乏耐心，但同時也看到了某種希望。

「人們餓著肚子去廟裡燒香磕頭，或者在山野裡刨吃的。對煉金提出質疑的人，要麼暴斃，要麼失蹤。人們開始裝聾作啞，很快就忘了自己有耳朵和嘴巴，忘了聲音和說話。只有沸騰的讚美，讚美聲淹沒了人群。有的因為一首詩歌丟命，有的意外獲得一把白米，煮得一鍋稀粥。為了那把可能的白米，越來越多的人擅長讚美，福音鎮就這樣成了人間仙境。他們更加熱愛被自己讚美的地方，對那些身上有口袋的人安靜順從，請埋在地下的祖先保佑子孫平安。我感覺形勢不對。

「她像一塊冰冷的石頭，多次拒絕了我。她爹拉屎被魏滿意逮住——這個握著權力的鞭子，把愛情踩在腳下的私生子，這時腦袋已經進了水——我雖不是什麼好東西，但絕不會為了獲得鞭打別人的權利而毀掉愛情。我們江湖術化子血液裡是有道義流淌的——我一直在屋子裡等多喜來找我說情——我傾聽風聲、雨聲、狗叫聲，辨識街上的人聲，腳步聲，我要第一時間知道她的出現；我等到了風，等到了雨，等到了所有不是我等待的事物，心灰意冷。她沒來，連乘人之危的機會都沒給我。當我打算主動解救常發財，以此打動她冰冷的心，老天卻連我獻媚的機會也剝奪了——彼時常發財已經在教堂裡停止了呼吸，小肚子脹鼓鼓的，屁眼裡塞滿鵝卵石，身體比平時重了好幾倍。我懷著不可告人的情感和殘存的人性將常發財埋了。我仍然有機會離開，但我錯過了，因為我沉浸在下一個無恥的計畫當中。

「雨下了很久。雨住了，風還颳著，像一群搜查者，將所有葉子都翻了個遍。雲成群結隊，默默地游過天空，好像神祕的蒙面人趕去參加武林大會。天一黑，我就關上了門窗。除了想多喜，我無事可做。窗外總有些輕微的響動，和輕聲的嘆息。女人來了又走了。我只是躺著，睜眼看著黑暗。有什麼在內心滋滋地生長，像閃電一樣爬滿心壁。嫉妒、絕望、惱羞成怒，我知道一根邪惡的草莖得到了肥沃的土壤，它們攀爬的速度越來越失去控制。它們長出枝蔓，染上血色。我被單相思煎烤著，多喜越不在乎，我越愛她。有時候甚至享受著她的無情，那種刺痛帶來的快慰，像高潮般令我全身痙攣。

「我按照科學理論煉製黃金，這些關於煉金的知識，也是從一個江湖術化子那裡得來的，只不過我自己又補充了一些。我曾經百般撫慰自己，靈魂在體內吱吱作響，荷爾蒙汩汩泉湧。一個人是沒有辦法和自己的身體講道理的，世界上所有的麻煩都來自於性欲，甚至根本不存在什麼愛，要不為什麼愛和性總是相伴相生，性死愛滅，愛死性亡。來，咱們講和吧。我握著自己的根部，那東西卻愈加暴怒，彷彿知道自己是個巨人，霸主，卻得不到自己想要的女人。它想要摧毀整個宇宙，將世界搗成爛泥。對別的女人，起先它還接見，還能深入長談，慢慢就厭了，蔫了，只為多喜一個人舉旗。現在，我就由它死死地杵著，尖頂光潔渾圓，多喜在上面赤腳跳舞，腳趾頭溫軟，彈跳間彷彿輕吻。它隨之抽搐。

筋疲力盡後睡了過去，恍惚間有人立在床前，黑暗中浮現一些更黑的輪廓。一覺醒來日曬三竿，只覺得渾身酸疼，腦袋昏昏沉沉。起床後照例去煉金房轉一圈，這兒拔拔，哪兒攪攪，心想著多福是否已經做了，多喜那邊有什麼反應。

「那天下午，多福坐在地上，兩腿伸直岔開，胯間有隻麻雀撲騰，腿上繫著細繩，另一頭拴在他直挺挺的命根子上。麻雀一停下來，他便驅趕牠，麻雀急促亂撲，他呵呵傻樂，不斷地拍擊地面，直到麻雀耷拉翅膀暈死過去。在這方面，多福是個天才，知道怎麼找樂子。此時的多福已經會玩撲克牌，空手抓蒼蠅，劍刺水中魚，一刀劈開跌落的蘋果。他朝佛像吐口水，糊爛泥，偷供果，撬功德箱，沒有人敢制止他。

「他用刀子在苦楝樹上刻圖，有魚，有鳥，有雞鴨牛羊，最大的圖像是一個頭髮長到腰部的女人，並畫了一個圓圈保護起來。不久前他在這幅圖上畫了兩隻乳房，看上去就像兩隻大小不一的蘋果。他已經厭倦了撲克牌，他要學空盆變蛇。我說，『多福，行有行規，空盆變蛇，還有斷蛇復活，這些與蛇有關的高級法術，不能傳給無緣無故的人。』

「『什麼是無、無緣無故？』

「這麼說吧，假如你是我的侄子、外甥、表弟、堂弟等等親戚關係，是沒有問題的，這裡頭有一種神祕的、科學沒法解釋的影響與作用。』

「『那我就做、做你的侄子、外甥……』

「『不行，多福，要有事實的，如果你是我的小舅子，那也沒問題。』

「『那我就做、做小舅子。』

「『當你的姐姐成為我的老婆，你就是我的小舅子了。』

「『我這就回去，叫姐姐當、當你的老婆。』

「『她中了魏滿意的蠱，只有魏滿意死了，她才能得救。』

「『魏滿意什麼時、時候死？』

「『不知道，也許他會活一百年。』

「『一百年太久了……我要他明、明天就死。』

「多福就是這麼說的。」

第三十五章　殺夢

第一個吃蝙蝠的人是溫如春。事實上她已經祕密吃了很多年了。她初臨人世時不是啼哭，而是連續的咳嗽。她咳起來像隻青蛙，眼睛鼓起來，肚子鼓起來，腮幫子鼓起來，咳嗽聲卻十分尖細，好像註定要細水長流地咳一輩子。人們都覺得她活不了幾天，直到她長大成人，人們依舊保持當時的想法——她是個隨時就會死掉的人。她幾乎是個不存在的，以一種不存在的方式活著。只有當她長久不咳嗽時，人們才會注意到她，「你沒事吧?怎麼不咳嗽了?」咳嗽長成了她的呼吸器官，她也因此形成了自己的一套行為舉止。她慣於用手背抵在嘴邊，好像是忍不住發笑，柳條似的輕輕搖擺。她體質敏感，睡眠薄如紙，半夜裡醒來，經常看見床邊站著一個女人，而她僅報以微笑。那些女人的臉半遮半掩，表情欲言又止，沒有任何惡意。通過溫如春的描述，人們確信那些夜裡拜訪她的，有他們的祖母或曾祖母，那些在溫如春出生以前便死了的人，她知道她們臉上哪兒有顆痣，單眼皮雙眼皮，唇薄唇厚，高矮胖瘦膚白膚黑。於是有人找她傳話，希望問問他們的祖母或曾祖母，有什麼未了的心願，在那邊有沒有錢花，有沒有房子住，溫如春不答應，沒有人知道她出於什麼原因，拒絕這種善意的請求。

這天夜裡月色正好，有微風，溫如春睜開眼，聞到一股藥水味，看見一個長髮姑娘站在窗前，穿著條紋睡衣，面色雪白。她拔開眼前的障礙物（衣架與竹竿發出的淒涼的摩擦聲），一眨不眨地看著房子裡的人。她們相互凝視，像照鏡子那樣，用眼睛說話。

「有什麼事呢？」衣架一直咯吱咯吱搖晃。

「聽說你是第一個開始吃蝙蝠的。我對此很感興趣。」

「人餓起來，什麼都會往口裡塞的。我記不清什麼時候開始吃的。」

「蝙蝠這種夜鳥有點邪惡，眼神惡狠狠的。」

「邪惡？你怎麼會得出這樣的結論？牠們是哺乳動物。人類吃牛羊肉會一身膻，蝙蝠也一樣，吃葷的帶潮腥味，吃素的帶水果味。脾氣壞的蝙蝠會攻擊人。」

「是的，牠們曾經抓傷我。」

「那是你自身的原因。你為什麼不進來坐坐？」

「我喜歡月光。」

「會曬黑的。被月光曬黑了就白不回來了。」

「那有什麼要緊。還是講講蝙蝠吧。」

「我吃過癩蛤蟆、蛹、蠍、蛇、壁虎，吃得最多的是蝙蝠。我的體內天生帶毒，我的唾液能毒死人，連那個最愛我的男人都不敢吻我……」

「噗——你們福音鎮的人總喜歡按自己心裡的想法編故事，故意弄亂一堆麻線，又以清理這團麻線打發時間，生活就會有滋有味的。一會兒說常家有遺傳病，常多喜的腦子有問題，只不過她弟弟病得更明顯一點；一會兒又說常多喜來歷不明，甚至是個狐狸精，睡覺夢遊，夜裡摸進雞籠裡，咬死很多雞……我已經發現了，福音鎮的人或多或少都有病，只不過有的經常發病，有的到死也不發作……搞新樂園就是犯病，集體寫詩是一種病，開礦挖金也是一種病。你會觀天象嗎？人在變天的時候，表現最微妙，尤其是當烏雲滾滾向地面衝壓過來的時候，總會有那麼幾個人腿腳抽筋。還有人憋不住要脅一下自己的女人，揍一頓自己的孩子。這種病傳染力很強，從鄉鎮，到城市，再到整個國家，一夜之間就能傳遍。」

「我吃蝙蝠與貓頭一起燒成的灰，這個偏方救了我的命。不是那種生活在屋簷下的蝙蝠，是潮濕的山洞裡的，每一隻蝙蝠一輩子只飛出來一次，在身體發育成熟的那一瞬間，衝出黑洞，在空中追逐交配，高潮時跌落下來，就成為食品了。有的人一開始裝腔作勢，聽說吃蝙蝠就吐，最終呢，吃得比誰都厲害。還求我帶著他們掏蝙蝠洞——我自然不會幹這種趕盡殺絕的缺德事。他們之前捉麻雀吃，用鐵絲夾、鐵絲籠捉，拉網捕，用篩子、竹篦或木板扣，還有彈弓和鳥槍，膠黏和誘餌，後來乾脆敲鑼打鼓放鞭炮，讓麻雀自己跌進飯碗裡。後來又吃光了老鼠、田雞和蛇，福音鎮的動物只剩下了人，人在飢餓者的眼裡也成了食物，這就是為什麼有些新墳剛剛填上就被掘開了，有的人無緣無故失蹤了。

「早先有個戲班子的小男生要帶我進城去生活。我說不行呀，我什麼也不懂，進了城找不到工作，出個門會迷路。再說了，城裡有汽車撞人，菜呀肉呀都不乾淨，吃多了得癌，沒生育，還會提前絕經……從城裡回來的人說了，房子很貴，一輩子不吃不喝也買不起一套。『我養你。』他就說了這三個字，然後又補充說，『我們可以吃有機菜，不含農藥化肥的。』為什麼會有人去吃含農藥化肥的呀，『便宜。』加了農藥化肥的菜，成本更高，菜應該更貴一些才是。『餵了激素的肉類水產也比自然生長的便宜。』我聽說城裡很多沒錢的男人，東西都硬不起來了，應該是吃壞了身體。照這樣下去，再過幾十年，城裡的窮人再也生不出小孩子了吧。如果沒有窮人，富人們得自己打掃街道、公廁，自己修馬桶，通下水道，填馬路坑了。我連縣城都沒去過，更不會去省城，那麼多車排廢氣，人都呼吸的什麼空氣呀。可我不能這麼說，我有不去的理由，我奶奶是瞎子，我是她的眼睛，我是她的拐杖，她指望著我給她送終呢。她苦命，二十八歲就守寡了，我爺爺出去跑船，再也沒有回來。誰知道是被漩渦吞掉了，還是被老虎吃掉了，說不定正在別的山寨裡過快樂人生。我奶奶年輕時得過一次急病，醫生從她的身體裡找出一根發育不良的胡蘿蔔，她因此得了『兔子』的綽號。我奶奶跟別的女人不一樣，她既不為此臉紅，更沒羞愧自殺，她說胡蘿蔔證明了她是正常人，『小意外給我的教訓是，即便是胡蘿蔔，也得挑根大的。』我奶奶總跟我說，感謝茄子、黃瓜、香蕉，以及擀麵杖，因為它們，她沒有婦科病，也沒得子宮癌，她可不想躺進棺材時，身上少點什麼。她唯一的願望是，臨死時我能抓緊她的手，看著她的眼睛，我的未來會在她眼睛裡閃現，可以避開一些不幸的事件——因此我無論如何不能錯過她的死亡。」

「你現等著從你奶奶臨死前的眼裡看你的未來嗎？」

「她已經死了，死前半個月她的眼睛一直沒睜開過。」

「你沒看到你的未來——我知道，你沒有未來，因為你已經死了。」

「恐怕我得提醒你，是你闖進我的夢裡來了，你現在只是我夢的一部分，你能說你是不真實的？我本來在天空飛，因為你我才落到地上，你使我的夢節外生枝，反倒說三道四。我還從沒見過像你這麼不講道理的人呢。即便是不存在的事，也在不存在的地方存在著。想必你也去過別的人的夢中，多半只能看到煤一樣的黑灰，但你不能認定那不是夢。」

「請你教我怎麼離開你的夢吧。」

「喏，用這個刺夢。」

水果刀閃耀一道白光。月色頓時暗了下去。

第三十六章　去繁複

我醒來時正下著小雨，窗外是黑的，屋簷的雨滴落在什麼東西上，可能是一只破碗，悶響中夾著一絲尖細的瓷器屬性，好像從遙遠的地方飄來一縷女高音。我感到渾身筋骨酸疼，好像連夜奔波。半夢半醒中聽到河岸傳來鼓聲，人聲，槍響。我想這大約是端午節賽龍舟。周密在信裡描寫過這個盛大的節日，人們早早地吃過粽子，洗過菖蒲艾葉澡，穿著他們為節日準備的傳統服裝，漂漂亮亮聚集到河岸來：

「他們的民族服裝給我繪畫的啟發。那種像工筆畫一樣的複雜圖案，反映出它們的文化淵源與歷史故事。圖案用色明媚絢爛，充滿豁達與樂觀——他們現在的衣服，簡單粗糙，顏色陳舊，款式呆板，看上去十分壓抑，尤其是他們引以為豪的口袋，很不協調。不知道是什麼時候，什麼原因促使這種改變，這裡一定發生過非同尋常的歷史事件。人們顯然還在懷念已經模糊的傳統，當他們穿上民族服裝，彷彿穿越了時間，言行舉止都古典起來。但這只是表面的，是服裝的魔力，因為他們從精神上已經脫胎換骨。」

我聽見嘻嘻哈哈的交談聲，年輕男女打情罵俏，笑聲像泉水淌過。

雨下疲了，滴落在破碗上的間隙變得緩慢，時間黏稠，彷彿麵條般拉長了。

空氣在湧動，綿軟又結實，我感覺很多人從我的鼻孔、耳朵、嘴巴擠進我的腦袋，像紛紛邁進教堂，或者戲院。他們交談，議論，冷笑，有人撞到我的牙齒，跌了一跤，引起了騷動。

「你怎麼回事？走平路都摔跤。」

「有幾本一百年多前的老書，我沒捨得燒，藏在茅房磚縫裡，今天被發現了。」

「啊呀？」

「裡面有些複雜的插圖……不知道是不是違返了這次去繁複運動的宗旨，他們搜上去鑒定了。」

「你怕是惹麻煩了。去繁複包括一切，吃的、用的、看的，甚至不能做繁複的夢。」

「連夢也要管？誰知道別人做什麼夢？」

「他們雇用了專門的捕夢人，這些人曾在中東國家接受學習、培訓，回來後兩隻眼睛變成了不同的顏色，一隻眼睛看現實，一隻眼睛看夢——當然，這是我魏一鳳經過仔細觀察得出來的結果。我在路上聽到有人揭發袁變花的頭髮太繁複，滿頭都是捲，太反動。」

「她的頭髮是天然捲，也有問題？」

「……你沒看到，老教堂裡頭被搗得稀巴爛嗎？上帝被大卸八塊，彩繪窗碎成了玻璃渣。『繁複是浪費』，『開啟簡單新紀元』，改朝換代了懂嗎？好好琢磨這些內容吧。有刺繡的衣服，有圖紋的碗碟，能燒的燒了，能碎的碎了，把家裡清理乾淨。」

「……人怎麼能保證自己不做繁複的夢？誰能夠控制自己的夢？」

「晚上到我家裡來，我會告訴你的。」

他們慢慢走入我的腦海深處。雨又淅淅瀝瀝地下起來，像一群雞在瓦頂啄食，嗒嗒嗒嗒。我想起有一天，周密以雨打芭蕉的節奏解開了我所有的鈕釦，我聞到他脖子上有股淡淡粉香，整個畫室都飄浮著那種香粉的味道。那是什麼人留下的。那個人一定停留了很久。他近期的反常似乎得到了某種驗證。然而我沒說什麼，我要是提起這香粉味，他會大發雷霆，他會說有幻想症，他會說我當記者當出了偵探的多疑心，把職業素質用到感情生活中來，沒什麼好處。我隱約覺得他哪裡不對勁，可我說不上來。當他看我時，眼神像蒼蠅匆匆停駐便立即飛離，我知道他對我這張臉起了厭倦。

我什麼也沒說。我們聽了很久的雨。我那時很知道他腦子裡想什麼，甚至他做的夢，我想像看電影一樣觀賞他的夢。當他愛我的時候，我覺得自己是可愛的；當他厭倦我的時候，我也開始討厭自己。我聽著雨聲，由於暮色漸臨，玻璃窗上已經顯現我的面孔，像一個模糊的鬼魂，臉色雪白，眼眶鮮紅。

第三十七章　不許冬眠

夜空藍得凜冽，月亮彷彿浸泡在冷水中，越發透明。地草上夜霜凝結，像下了一層薄雪。昏黃的燈光從魚來飯館低矮的窗口投射出來，鋪在路面上。更多的窗口關得死死的，連白天也沒有打開。整條街只有餐館的窗口傳出談話聲，不時有影子滑過窗口，像皮影戲。我隔著一堵牆聽他們的聲音。

「厙三袋，自古以來，我們在這塊土地上都是每年播種兩次。現在這季節不宜播種了，怕是白費精力。」

「什麼宜不宜的？事在人為。咱們深耕三尺，再給土地大量增加肥料，先讓它吃成一個大胖子。」

「這是違背自然規律呀三袋，好比要絕經的女人生崽，要八十歲的老太婆產奶……」

「二鱉，你這德性能做成什麼事？幹什麼都縮手縮腳，連個婆娘都管不住，也好意思對生產的事指手畫腳。」

「耿十八你個豬卵子，你就只吃得我住[1]。」

「你們兩個出去吵，吵完了再進來。」

「三袋，我馮二說的是大實話，老天爺賞多少飯，就是多少飯。一年播種兩季，多做是浪費穀種，浪費勞力。你看，樹葉黃了，草也枯了，萬物就要冬眠了。」

「管它萬物死翹翹，我自有辦法要種子忍不住發芽，讓苗子忍不住開花。現在這種情況，不霸點蠻[2]不行。就拿咱們歡樂寺來說，當初斷了香火，黑菩薩差點成了爛石頭，後來不也是起死回生了麼？而且，一旦給黑菩薩鍍上黃金，福音鎮的好日子就來了。袁八袋說了，『現在是非常時期，我們不能自己隨便垮掉』，你要是不學著領會領導的意思，就別想著再往身上添口袋了。你和耿十八被提拔成一袋，那是你們的祖墳冒青煙，你得知道祖墳很難得冒兩次青煙，更何況還有別的祖墳等著冒青煙呢。我這麼說一點都不是打擊你，看看周圍荒蕪一片，鳥糞裡都尋不出一粒多餘的糧食，你不想著戰勝自然，不想著人定勝天，不想著事在人為，會連個活路都沒有。上級領導指明了方向，我們需要的就是放開手腳大膽幹，連毛鬍子一把抓……你們，有沒有嚴格執行肥田方案？」

「有的，堅持兩個凡是，凡是笑著剪掉頭髮的，一人獎一條絲巾裹頭；凡是哭哭啼啼帶著不祥的，罰關破教堂反省三天。堂客們的洗腳水、洗澡水，都倒到田裡去了。目前收齊頭髮一百擔，燒成灰後肥田五十畝。」

「五十畝？那還遠遠不夠。再收些腐木、爛衣服、各種糞便……」

「收了很多，不少積極分子把舊家具都砸了。可惜現在牲口少，家糞野糞都不易看見，拾糞隊伍每天進山尋找野生動物的糞便，收穫很大。另外，近段死了幾個人，新鮮的屍體煮水，肥田六十畝，還挖了不少屍骨燒灰，各項措施合計肥田兩百畝左右，如果這百畝地能夠成功生產第三季稻，到明年春季前的糧食可能就解決了。」

「馮二，要有信心，少用不確定的語氣，什麼『如果』，『可能』，這些都要統統抹掉。」

「是的，三袋。」

「哪些人不配合？只管把名單給我。我們來抓一兩個典型。」

一隻蒼蠅嗡嗡地飛，然後落在什麼地方。寂靜中響了一記耳光，是那種臉上有肉、巴掌厚實所產生的響聲。

「我想問一下……為什麼打我呢？」

「大家都沒飯吃，你卻胖成這樣，像個大地主！」

「我不是胖了，是浮腫，我活不了多久了。」

「噢，這麼說，你最終還算是有貢獻的，屍體比其他肥料有用多了呢。」

一隻蝸牛開始爬行，它抖動著兩根觸鬚，拉長脖子，像個瞎子似的摸索。

「你聽到的這些都是回聲，這些聲音天天在這兒轉圈，哭啊，叫啊，喊啊，沒一刻寧靜，吵死了。」蝸牛說起話來，像一個病得要死的老頭，「我也沒地方去，像我這樣要挪個窩，恐怕在半路就老死了。所以我就待在這兒，哪兒也不去。幸好我吃些爛根腐葉就能活下來，不然哩，就和人類一樣遭罪嘍。」

蝸牛消失在青苔中。

窗前的蜘絲網在風中飄蕩，閃爍銀光。起風了，濃雲遮住月亮，天色幽暗。蝙蝠一群群低飛，發出吱吱的呼喊，它們在低空頂盤旋，好像圍繞著一個不祥之物。它們越聚越多，一部分密密麻麻地落在屋頂上，一部分繼續在盤旋。它們使夜色更暗，溫度升高，空氣中迴旋著一股巨大的熱腥氣。我的胃裡產生了反應，我感到我肚子裡有一群躁動的蝙蝠，只要我張開嘴，它們就會從嘴裡劈哩啪啦地飛出來。

1　吃得我住，本事小，只能欺負我。

2　霸點蠻，有兩種意思，一為堅決、執拗，一為勉強。此處為執拗。

第三十八章　捕夢者

與金生聖密談後，袁八袋為樹葉不朝一個方向長大發雷霆，所有不齊心協力的事物都將影響煉金風水。一些人圍著樹剪呀剪，用繩子牽引樹枝走向正確的方向，甚至搭起帳篷，防止風吹亂樹葉的秩序。也有人給每一片樹葉標上數字，便於恢復原狀。按金詩歌的溫度慢慢地冷卻，因為人們的肚子空了，除了飢餓，他們沒有別的感覺。按金大師的說法，煉金需要九個三九嚴寒天，再添入九次春泉水，黃金的光澤將如九九豔陽天，夜裡會有萬丈光芒。袁八袋說了，大家將生活在一個金光籠罩的福音鎮，一切鍍上黃金，連空氣裡也是黃金的氣味。身上的衣服鑲金邊，鞋子繡金花，桌椅板凳都打上金角，鍍上薄金；茶杯、餐具，甚至門庭，都塗了富貴的黃金。不再有人貧賤而死，不再有夫妻因貧賤而哀愁，不再有窮人和富人的區別。做為福音鎮口袋最多的人，他的責任便是造福於民。他一度變得消瘦，彷彿為此操碎了心，實際上是他的腸胃出了毛病，他家裡的食物多得變了質，又沒有好的貯藏設備，他不願讓那些挨餓的福音鎮人知道他家的東西多得根本吃不完，每一個人即將面臨三九嚴寒天缺衣少食的處境，他藏下了足夠的食品：鹹肉、熏魚、香腸、大米、黃豆，吃得有滋有味，同時每天拉肚子。

「您夢見的那個年輕女人，將在天黑時分出現。」捕夢者由於長期熬夜捕夢，眼睛布滿血絲，左手如婦科大夫的手，蒼白慵懶，右手如外科大夫的手，警覺迅疾。他靠右手捕夢。這隻手因為時常伸入黑暗，膚色比左手深了不少。「但您不用擔心，我捉了她幾個重要的夢，都在麻袋裡裝著呢。她倘若對您有什麼不利，我會放出她的夢來。她並非為著什麼正義，但不排除她在感覺人生無意義的某一瞬間，想幹點什麼驚人的事業，將感情的挫敗轉化為動力。在您，是真的時勢造英雄；在她，不過是一種發洩管道。我們是萬萬不能成全她的。

「有一點難辦的是，她喝了魏婆婆的藥，藥性每天都在產生不同的作用，我對此毫無經驗。她是魏婆婆的試驗品，這老太婆自己也不確定會發生什麼。她到達鎮裡的第一天，就被魏滿意接到家裡，交給了他的母親，後者對她施了蠱。我很早就說過，魏一鳳這種人就是塊絆腳石，像她這種抱住過去不放的死腦筋，絕對影響未來，早應該尋個理由把她扔到河裡去。

「福音鎮的秩序已經亂了。他們作賊心虛，晚上不睡覺，整夜都點著燈坐著，不停地說話、扇耳光、塗清涼油、針扎手指尖，就是為了防止我捕夢。我想過祕密擴大捕夢者隊伍，讓他們潛伏，當臥底，但這種技能不是短期可以培訓出來的。您也知道，我十歲便被送到古波斯帝國苦學八年，那可是比扒手練習滾油鍋要更迅疾的，因為夢比任何物質都消失得快。最難的是學習兩眼分開看事物，一隻眼睛看夢，一隻眼睛看現實，如果練不到位，不但捕不到夢，還會跌進別人的夢中，帶來危險。不過經過短期培訓，至少可以成為一個好的幫手，拎拎袋子，嘮點閒嗑……若是有天賦超群的，一經點撥，便能迅速入道。

「我注意到，傻子多福是個人才，他那雙手快得像閃電，您見過他筷子夾蒼蠅麼？您見過他刀劈水中魚麼？您見過他將撲克牌耍得團團轉麼？這傻子是個奇才。我們應該把他拉到我們的隊伍裡來。而且，還有誰比他更安全呢？誰都不會相信一個傻子會是捕夢者，誰也不會對一個傻子設防。不過，他好像中了金生聖的蠱，只聽他的話，像條狗一樣。

「說到這兒，八袋，我想提醒您，金生聖的心思不在煉金上，他一直在打常多喜的主意。有天夜裡，我希望捕幾個早睡者的夢，於是天黑不久，就在鎮上閒逛。夢倒是有人做，不過都沒什麼意思，無非是夢見吃紅燒魚、辣椒炒肉之類的，有的還夢見殺豬，燉了一鍋豬下水，站在灶邊吃；有個婦女夢見餵孩子吃飯，碗突然碎裂，她哭醒了。你瞧，咱們的精神文明建設並不到位，沒有半個人在夢裡寫詩，可見詩歌運動只是表面的，並沒有滲透到人們的精神世界。尤其在這個節骨眼上，越是肚子空，越是要加強精神追求。所以僅僅是詩歌運動不夠，唱歌，畫畫，跳舞，這些都要發動起來。袁變花不是愛唱戲嗎，河邊那兒有塊平地，讓她教大夥兒唱起來；白懷玉年輕時跳過迪斯可，胸口那兩團肉還是蹦蹦跳跳的，她帶動大夥扭起來不成問題，至於畫畫呢，不就是現成的麼？那畫家現在瘦得跟猴子似的，給他兩塊紅燒肉，他準會拿起畫筆，耐心耐煩地教起來……八袋，香蠟都滅了，我給您上炷香吧。您這樣長久坐著不動，屁股疼不疼？我明天給您帶一個軟墊兒來吧。」

「你剛才說，金生聖心思不在煉金上面？」

「前天夜裡，我因為有事耽誤，捕到傻子多福的殘夢，雖說像在水裡一樣飄搖，我還是抓住了一些主要場景。那是一個太陽天，人人喜氣洋洋，食物的香氣在空中飄蕩，樹上掛滿紅綢。常家鞭炮響不停，嫁妝擺了一地坪，多得要不得，抬的，挑的，錦緞彩禮閃閃發光。那傻子穿著新衣，咧開嘴，神氣活現，一面用柳條抽劈空氣，一面說，『哦，我就是小舅子嘍，哦，我就是小舅子嘍』。一路上落下許多蒼蠅和蚊子的屍體。

「『爹，你高興不』，」那傻子在夢裡不結巴了。他夢裡的爹是金生聖。『師傅馬上要教我空盆變蛇嘍。』他說完便飛到樹上。他從一棵樹飛到另一棵樹，最後輕輕落在地上。」

「『媽，你為什麼要哭呢，只有死了人才哭的呀。』他媽媽的臉像水波蕩漾變幻，隱隱約約，聲音和袁變花的一模一樣。『多福，不許你亂說這種不吉利的話，都快要當舅舅了，要懂事一點。』他媽說著，把他攬在懷裡，他的臉貼在她胸脯的夾縫中，咧開嘴，臉色像缺氧一樣漸漸紅起來。突然間一片黑暗，黑暗裂成碎片落下來。那傻子的荷爾蒙衝頂，很奇怪，他對夢的主控能力很強，隨意改變夢境，似乎是要擺脫我，要不是我手腳利索，肯定被他甩了。我躲在他背後，死死地抓住他的影子。彷彿只是翻了一頁，眨了下眼，我便看見在山林裡，那傻子正幹著袁變花——說實話，他這方面可是像模像樣的。兩個人都嗷嗷叫著，兔子，野雞，長尾巴鳥，都伸長了脖子，瞪大了眼睛。

「『多福，誰對你最好。』那傻子底下的婆娘說話。

「『師傅。』

「『那你該怎麼報答師傅呢？』

「『當師傅的小舅子。』

「那婆娘拍了他屁股一下，『魏滿意怎麼辦？』

「『當他起床穿鞋子的時候，他就會死的。』

「『為什麼？』

「『這是祕密，我不能告訴你。』那傻子沒說出來，他腦子裡什麼也看不見。」

第三十九章　記憶的乾屍

白天和夜晚並不遵循自然規律，有時黑夜是白的，白天相反，黑暗長久地籠罩，傾盆大雨整日不停，彷彿下的不是雨，而是黑暗。聽雨聲嘩嘩地響，好像一群時間在奔跑，要趕到某個避雨的山洞，去那兒從長計議。我待在黑暗中，看得見周圍，但不那麼清晰。隔壁房間沒了屋頂，雨砸在積水裡，發出叮叮噹噹的聲響。牆縫裡的狗尾巴草搖頭晃腦。屋子裡有些古怪的氣味。我猜這地方是個屠宰場，糞便和血腥味混在一起，因為風乾了不再那麼刺鼻，就像用消毒水清洗、並噴了清新劑的廁所，但不能徹底消除異味。

聽著外面的風雨聲，我第一次停下來，想了想自己的問題。但記憶像青蛙，時而蹦到荷葉上，時而跳進水裡，時而蹬上岸來，除了鼓著腮幫子呱呱叫兩聲，沒有任何表現。忽然下起了冰雹。有幾粒滾進我的脖頸，冰冷刺向腦海，柴門打開，記憶像條小狗從草徑上奔跑過來。我記起我被凍醒的時刻，血液像冰渣子凝固，扎得渾身疼，我的手碰到自己的身體，冷得發抖。周圍是黑暗，死一樣的寂靜。我睜眼看見四周是冰，意識到自己躺在一個封閉的冰盒子裡，頓時尖叫起來。尖叫聲因為缺氧無法衝出喉嚨，堵在聲道，氣流壓迫胸膛，使我的呼吸更加困難，最終又昏迷過去。不知道過了多久，我感覺身體發熱，血液開始融化，發出冰川碎裂的咯吱聲。有人在說話。

「擱一會，先抽支菸。幹了這麼多年，看到這種年紀輕輕的女人，還是受不了。」

「可不是嗎，要是能和這種女人好上一年半載，現在就是把我燒了也值。」

「你說，戒喻中心送來的貨，怎麼都是心臟病突發？」

「不知道。咱只管燒。」

「話又說回來，要都是你這樣的胖子，咱們的屍油生產量也得翻幾番了……我那天打街上走過，看到火鍋店門口排長龍，心裡就暗自高興……屍油供不應求，下個月咱們得提提價，市場經濟嘛。」

「別提價了，不能太貪心，萬一捅出漏子呢？」

「我琢磨著不會有什麼漏子的，除非火鍋店蠢到自個說出來。」

「倒也是。」

「靠這點工資養不了家，不想辦法撈點外水，房租都付不起……我對生活沒什麼過高的要求，抽得上藍蒂巴軟芙蓉王就行了。」

「菸和菸之間能有多大區別，這個女人的奶子和那個女人的奶子，都只是奶子。」

「是這麼回事，關了燈，女人都一個樣，到了這兒都要變成一把灰。」

腳那頭越來越熱，一陣灼熱刺痛。

我是一個健康的人，每週鍛鍊三次，搭配健身營養餐。我的教練——我現在想不起他的臉，只記得他身上的肌肉一瓣一瓣的，像剛過皮的田雞腿。他的腦袋從一大團肌肉裡長出來，彷彿營養不良似的，小得出奇。這顆小腦袋卻反應迅速，小眼睛滴溜溜轉，小嘴巴一張一合，吐出來的都是文質彬彬的健身術語。他聽起來更像一個醫生。我不就是一個患者麼？我要馬甲線，我要把屁股練得跟非洲女人的一樣翹上天，我要增大胸肌使乳房看上去飽滿欲裂……我說了一長串，教練只說了兩個字——明白，好像一個老友般讓人信賴。我看重一個人的職業素養，不管是什麼行業，哪怕是一個清潔工，走在乾淨的人行道上，我會對他們肅然起敬。可總有一些人，心不在焉，手上做著這個，心裡想著那個。比如有那麼些教練，醉翁之意不在酒，一心想勾搭些年老色衰的富婆幫他創業，也夢想攀上一個經濟不錯的年輕姑娘。人們總是談論女人出賣色相，年輕男人也是一樣。人要達到目的，是不分性別的，尤其是在房價上天的年代。很多人一大早排在民政局門口，等著離婚取得購房資格。很多人為了買房假結婚，很多人以假結婚為業。一些新興行業迅速滋生，代辦購房資格證的，代辦工作居住證的，代辦社保掛靠的，代辦繳個稅的……我假裝購房者去過一些房產仲介公司暗訪，有些故事不像人間發生的。購房者擠塌售樓處，為搶一套房子大打出手，為買一套房子通宵排隊。控制房價，限購，每限購一次，房價就大漲一回，反倒像幫凶似的。城市發展要你時，千方百計引誘你，購房入戶，全家入籍，孩子上好的學校，發展夠了，就哐噹一聲把門關了。

遙遠的浮雲像記憶的乾屍，飄在茫茫天空。我仍然沒有想起有價值的東西。雨下疲憊了，細得不易察覺。風在最後一聲嘆息之後，闃寂無聲。遠處天光微亮。時間似乎已經過去了幾個世紀，一切暗自發生了變化。

我聽到袁變花的笑聲。她站在十米開外，依著門框，望著眼前那片空地，時而踮起腳來，彷彿有什麼遮擋了視線。我向她招手，她看不見，喊她名字，也聽不見。我不知道，此時我是在她的夢中，還是她在我的大腦裡。我聽到豬和人都氣喘吁吁。凌亂的腳步聲。七嘴八舌的交談。豬牛蹄印和人的腳印交織顯現。空地上騰起塵灰。

「這公牛不想和母豬幹，母豬也不想和公牛幹，尾巴夾得崩緊的，強迫牠們交配，牠們不高興。」袁變花說道，「你們真的以為，母豬和公牛交配，就能生出牛那麼大的豬來？只怕到時候生出長牛角的豬，還專吃人肉呢。」

「你一個堂客們，竟然敢嘲笑袁八袋袁專家的科學配種方案？八袋可是在畜生配種方面立過三等功的。為了福音鎮人都能吃上肉，他日夜苦熬，研究出這個科學配種法。母豬和公牛不配合，牠們是牲口，但是你做為福音鎮的一員，在眼下缺肉少食的情況下，竟然還在這兒冷嘲熱諷。」

「我反正沒見過豬牛交配，貓狗交配，雞鴨交配……」袁變花照舊說下去，「全世界那麼多科學家都沒想到的事情，被咱們小地方人發明了，那是一件天大的喜事，要登報表揚的。」

「你臉皮厚，我要是你，早投河自盡尋個乾淨去了，哪裡還好意思活在世上。你寫反動詩，亂搞男女關係，真要是不怕死，我要敬你是條女漢子。可是你進去第二天就出來了——你倒是很會利用兩條腿間的東西，那玩意兒比眼淚管用。」

「啐。又不是我的錯，我為什麼要死呢？我錯在哪裡？錯在我不該是個女人嘛。我有什麼好羞恥的呢？我不偷不搶，不殺人放火，我就是用自己的身體救我自己的命，又關別人什麼事？我一個人也搞不成男女關係，你有本事去把男的抓起來呢？真正不要臉的，幹壞事的，倒是被菩薩一樣的供著呢……讓一頭公牛跟母豬幹，你們相信這行得通麼？大家都這麼熟了，在一個鎮上住著，怎麼忽然地都不分青紅皂白了呢。魏滿意，你是真不知道你娘是怎麼死的嗎？」

「小心你這張破嘴，你現在對袁八袋的科學方法說三道四，要是再出什麼麻煩，恐怕你兩腿間的東西也救不了你。」

「胡大，你怎麼也來幫著公牛肏母豬了，這不是你的強項呀，你當是把信投進信箱裡那麼容易呢。怪不得別人說你特別會見風使舵，為了自己活命，和老婆劃清界線，連孩子都不管。曉得為什麼都不愛搭理你了吧？陰溝裡的老鼠都比你有人情味。」袁變花又一字一板地說道，「魏一袋，哦，不對，提拔了，是魏二袋了，二袋，你這麼使勁搓牛卵，又不給牠弄一頭漂亮的母牛，公牛會生氣的，公牛一生氣，麻煩就大了。」

「牛屌快脹爆了，抓緊尾巴，穩住這婊子。」

一陣人畜的搏鬥聲。男人嗯嗯啊啊地使勁。母豬很不情願地嗷叫。公牛鼻孔裡噴出很響的氣流，塵土四處飛撲。

「好壯觀，母豬都逼成婊子了。你們對十幾斤的小豬崽強行搞什麼人工授精，要讓牠們懷孕生崽，把豬崽子弄得殘的殘，死的死，雖說是畜生，看著也作孽呢。豬崽都沒發育，沒有排卵，怎麼懷孕？可憐啊……哦喲，你們最好離公牛一點，牠眼睛紅得滴血，眼珠子都快爆出來了。」袁變花仍是慢悠悠地說。

「……你懂個屁，你又沒下過蛋……你連窩都不抱[1]……這畜生要瘋了……」

「啊……庫三袋，小心牛角……」

一陣亂蹄聲與喊叫聲。

我閉上眼睛，希望能聽得更清楚。突然，飆來一股熱腥的液體，濺我一臉。只聽見什麼重物從空中落下，像死蛙耷在地上。

1 不抱窩，母雞孵蛋前先要抱窩預熱。

第四十章 手指頭的關係

「我爹是純種獵犬，我媽是本地野狗，我是我爹一次逢場作戲的結果。我媽本人對此沒意見，我也就沒什麼可說的。事情就是這樣，上一輩造你出來，從來不跟你商量，你一睜開眼睛就得學會自己走路，自己跌摸滾打。我不過是我媽在苦楝樹下拉出的排泄物，她扔下我繼續她的皮肉生涯，而我爹被人燉了鍋，我們七兄妹來不及共度童年也失散人間。常發財揪住我的後脖頸，將我扔進稻草窩——他這麼做不是出於愛，而是為了錢，把我養大賣肉。福音鎮人喜歡吃狗肉，連我爹那麼高貴的品種在他們看來也只是一味滋補。我這個雜種除了繼承我爹敏銳的嗅覺，還遺傳了他那身溜光的黑毛，以及那種天然的高貴。但沒什麼用。高貴反而會受到嘲笑，說你裝逼；也不論什麼血統，出身反而成為汙點——即便我後來有了名字，人們說起我還是會用『雜種』代替，自始至終我都默不作聲，因為你根本沒有辦法堵住人類的嘴巴。

「不管是多麼愚蠢的人，他們在動物面前總有不可名狀的優越感。他們只屈服於權勢，欺凌弱者。我有時注意聽常發財和別人的聊天。他們說話間不時瞥我一眼，斜乜的眼神寒光閃閃，瞬間將我肢解，令人不禁戰慄，不由將身體伏得更低。好在常發財看重我稟賦機靈。我努力表現自己的智商，以示與其他狗類的價值區別。我會游泳、看家、叼盤子、拿耗子、捕蒼蠅、逮蝴蝶。我跟常多福相處不錯，儘管他有幾回差點掐死我——大家都知道他橫，殺人不眨眼，心比石頭還硬。但有一點，他堅決不許別人吃我的肉，他滿鎮子嚷嚷，『誰要是吃多樂的肉，我就放火燒、燒誰的家』——我得以活蹦亂跳的親歷新樂園大試驗。

「雖說我做為一條狗，看不透世道人心，但浸淫久了，也能揣摸一二。有一陣我白天待在洞裡，晚上出來覓食，人類那些飢餓的眼睛在夜裡根本合不上，像鬼火般到處閃爍，光芒在夜空如蛛網交織。幸好他們不如狗看得清黑夜裡的事物，我神不知鬼不覺，踩著他們的哀傷與嘆息悄然溜走。我也有過撕扯某條人腿充飢的衝動。當我看見他們早已行動在先，驚得胃都飽了。我無法描述那個情景。我躲在暗處，等他們離開，舔乾淨地上的血跡與肉屑，這一行為完全丟失了獵犬的高貴尊嚴。既然連人在餓得兩眼放光時也不會顧及人類底線，一條狗又憑什麼念及高貴血統與尊嚴？既然那些自認為比狗更優越的靈長類物種都能為活命不擇手段，一條狗憑什麼就得抱著高貴的信念變成屍體。屍體並無人畜之分，也無等級的區別，都是一堆死肉，最終都是腐爛被蛆拱——更何況我的高貴血統從未被人類特別看待。

「我並不嗜血。常發財是漁民，我是吃魚長大的。我是一條愛吃魚的狗，偶爾也吃草，像人們說的那樣，我完全沒有獵犬的兇猛，還像食草動物一樣懦弱。我討好人類，證明自己是一個人類的好朋友，好伴侶。我像狗熊一樣在淺水灘逮魚帶回家，他們吃肉，我吃骨頭——要知道，我完全可以先填飽自己。我說這麼些，只想告訴你我有多忠誠，而人類有多不講規矩。那個女記者撞進福音鎮，她來得太遲，但終究來了，福音鎮的確需要有人來全面梳理和反思，外地人雖不是最佳人選，但據說她有一雙能穿透迷霧的眼睛，有一腔正直的熱血，她所患的那種比喻症疾病使她的思維保持活躍——她熱中於挖掘，這在她第一天到福音鎮就刨出了一個土坑就可以看出來，要不是我和魏滿意及時趕到，她會將地洞一直挖到地獄。她身上有股倔勁。我也知道，她執意要在此做出大文章來。這些天她幾乎沒合眼，沒休沒止地奔跑，傾聽，交談，記錄，連做夢都不停止工作。她不知道自己越來越飄忽，她說話的聲音像從遙遠的山谷傳來，她能聽見地底下的談話，聽見棺材裡翻身的吱呀響動，她以為這都是福音鎮地面上的生活。她腦子裡某一處死了，永遠不會蘇醒。這些我都知道，但我無法告訴她，這就是我們跟人類之間的隔閡。當然，她腦子裡死了一塊地方這件事情沒那麼重要，我想真正急於告訴她的是另外的祕密。

「一個張嘴不見舌頭的夜晚，受食物香氣的吸引，我潛入袁八袋家的後院，我嗅到更多的氣味，多得可以滿滿地擺上一八仙桌，包括紅燒肉、臭桂魚、板栗燒雞、辣椒炒肉、韭菜煎雞蛋、蘿蔔燉骨頭……不覺口舌生津，涎沫順著嘴角流下來。我循著香味，伸長脖子望過去，從窗口看到個熟悉的後腦勺——主位上坐著袁八袋，臉在後腦勺與後腦勺的縫隙裡晃動，靜止時看得清他的半邊左臉，左眼睛裡亮著燈泡，嘴巴緊抿，嘴角垂下，表情十分凝重。他開口說話，露出半嘴煙熏牙。

「『具體死了多少？統計沒有？』我趕緊伏下身，溜到牆角，這下聽得更清晰了。

「『八袋，從各村送上的報表看，加上要落氣還沒落氣的，只怕已經過半數了。』

「『把各種彙報資料統統都燒了，不要留下什麼證據，尤其不能落到那個女記者手裡。她現在都接觸了哪些人，還打算採訪哪些人？——她為什麼暢通無阻？是什麼人在出賣福音鎮？』

「『是馮二開車領她進來的，我接待的她——按計畫給她喝了藥，但那種藥對她根本不起作用——誰也沒辦法毒死一個死了的人。』

「『是的，尤其是這個人還認為自己活著，她身上有一股陰陽混合的力量。』

「『——而且魏一鳳給她用過眼藥，她能看到過去和未來……』

「『想盡一切辦法把她留在鎮裡。下一步落實生育政策，不管她是人是鬼，讓她生個三五胎，她就冇得閒心搞別的了。』

「『……跟鬼交配？這是聊齋哩。要折陽壽的。』

「『和鬼交配折陽壽的，政府將會按照相應的政策補貼，具體方案再進一步討論。今天是新樂園工作第三次總結會議。綜合前兩次會議意見，經組委會慎重考慮，決定暫停新樂園試驗。』袁八袋略一停頓，飯桌上的人習慣性地鼓起掌聲來，袁八袋用凌厲的眼光抹掉了掌聲。『過去一年多的新樂園試驗，存在一些問題，但這問題只是九個手指頭和一個手指的關係，不能因為一個指頭的問題就否認九個指頭的成就。』

「『……但是餓死人，要寫進歷史的；人吃人，也會寫進書裡的……』

「『誰說餓死人了？誰說人吃人了？據我所知，福音鎮是不幸發生了一種厲害的浮腫傳染病，政府救治及時，挽救了大量的生命，避免了更多的損失……你們黨員幹部首先要帶頭不信謠，不傳謠。今後，誰要是再造再傳餓人的謠言，就依法懲辦。先從人民群眾當中抓一兩個造謠的典型……』

「『這典型不好抓，因為都是事實……』

「『事實？真是執迷不悟！』袁八袋一拍桌子站了起來，『你先回家好好想想，想明白了再來彙報。』一個後腦勺離開了桌席。我看見袁八袋整張通紅的臉以及冒火的眼睛，好像喝酒過量。他重新坐下，掃視眾人，說道，『對了，你們聽著，以後各村不再進行表格填報，由村支書隨時向我當面口頭彙報情況……如果硬要說新樂園有什麼問題，或者錯誤，那麼這問題或錯誤，也是建立在一個良好的出發點上，是一個富強夢，目的是讓福音鎮人民富起來，過更幸福的生活。並且群眾都是擁護的，他們要是不擁護，新樂園試驗是啟動不了的。如果硬要說新樂園有什麼問題或錯誤，那麼有一部分也是他們的責任，他們不承認這一層就是不講道理。再說，搞改革，哪裡是一帆風順的呢？哪個不是摸著石頭過河？跌一跤，嗆口水，甚至被淹死，都是可能發生的。追求好生活總會遇些挫折，就像一個人的一生，對吧？要是一生無風無浪，也就不懂得什麼是幸福。現在當務之急不是糾纏於問題和責任，而是如何恢復生產，振興經濟，迅速發展人口規模。沉緬於過去於事無補，盡快著手建設新世界才是對人民生活負責……必須在本週內徹底完成安撫工作，穩定民心，將政府的溫暖送到每一個人手中。』袁八袋端起酒杯來，『我代表人民群眾，感謝你們為福音鎮的幸福生活所做出的辛苦付出，也感謝你們在新樂園改革工作中對我的支持與配合。』其他人端起酒杯起立，所有酒杯在桌子上空碰在一起。喝完這杯酒，他們這才動起了筷子，一時間只聽見咀嚼和吞嚥的聲音。我就想把這些看到的、聽到的，原原本本的告訴女記者。」

第四十一章　愛情試驗

「我回來了。」一個臉上斑白的男人推開門。

「你去了滿久哩。」女人坐在那裡，昏暗中那張白臉十分突出。

「厙大有被牛挖死了[1]，我過去看了一陣……」

「啊呀……」

「肚子被牛角捅穿了，腸子流了一地，血被狗舔得一乾二淨……那是誰趴在咱們的飯桌上？」

「那個女記者，我給她喝了點東西，她一時半會是醒不來的……我們快熬到頭了吧？」

「他們還在死撐，但內部已經分裂，有人認為應該承認新樂園失敗，停止實驗。」

「把半邊爛瓜切了，另外半邊還可以繼續吃。」

「這樣最好。」男人從白瓷壺倒了一杯冷茶喝了，「那咱們就是倖存者了。」

女的站起來，身體像根棍子杵著衣服，貼近男人：「我們得好好慶祝一下，做一道你最拿手的菜。」

「你想吃什麼？」男人像抱住一堆衣服，兩人挪到床邊。

「紅燒肉。」

「好，我現在就給你做紅燒肉，你認真聽仔細了……」男人讓女人坐在胯間，雙臂環著她，「兩斤五花肉，精搭肥的，切塊，放一湯匙料酒，揉一陣。放油，燒紅鍋，煸炒肉塊，到顏色微微發黃。放乾辣椒、草果、八角、生薑，炒啊炒，炒得噴香的……放兩勺料酒，炒幾下，再放兩匙老抽，繼續翻炒。加點開水。轉入砂鍋煨兩小時，放鹽，調味。將煨到酥爛的五花肉倒入鍋裡，放冰糖大火收汁，晃動鍋，就像篩米一樣。現在，湯汁已經均勻的裹在肉上……」

「唔……好香……又好看，像瑪瑙一樣……我先嘗一塊……」

「味道怎麼樣？」

「……哎呀，湯汁都黏住我的嘴巴了，你幫我舔掉它們吧。」

男人照辦了。

「吃一塊帶皮的……」男人挪開嘴巴，「整塊放進嘴裡，感覺一下，是不是舌尖一抵就化了……」

「是的，你是世界上最好的廚師，這是我吃過的最好吃的紅燒肉……」

他們躺下去，扯過一場花花綠綠的被子蓋住了身體。

「那個記者身上沒什麼肉，不過兩條腿挺結實的……」女人說道。

「你從哪裡抓住她的？」

「送上門的貨……腦子好像有點毛病，進來誰也不打招呼，坐在那兒對著空氣說了半天話。」

「我聽說她得了一種怪病，叫什麼比喻症，經常打針吃藥……你沒聞到她身上的藥水味？這種藥水浸泡過的肉，吃了沒什麼好處。」

「北方的樹比南方的結實有用，北方人的肉味道肯定大不相同哩……藥水味沒關係，多洗幾遍就行了……你去用繩子綁住她，免得她醒來跑了。」

她一睜眼，發現自己仰臥在一口大缸裡，身體彎折浸在水中，頭和腿部擱在缸沿，有人在割她腿上的肉，刀片削泥似的，彷彿廚師給烤鴨片皮，沒有流下一滴血。她覺得切割過的地方，舒暢涼凛，刺激著腦部神經，於是她主動旋轉了一下腿，亮出新的部位。

「噫，她還挺配合的。」男的說道。

「藥味太重了，」女的回答，「她這麼做一定是想毒死我們。」

「那就切這麼多，先過一下開水，再用辣椒清蒸。」

「通知說糧食馬上要分下來了，我們還是再忍一忍吧。」

「他們的『馬上』，等十天半個月都還算快的。」

「至少是有希望，萬一被這注了很多化學品的肉毒死了，讓人笑話。」

她聽到一陣敲門聲。男的用大篾篩子扣住缸口，大步流星去開門。她看見屋梁熏黑了，茅草屋頂上吊著一條條煙灰索，因為人聲而微微顫抖。

「戶主叫什麼？家有幾口人？」門外人問。

「我叫屠志遠，家裡就我和我老婆。」男的回答。

「噢，你就是那個牧師……後來去了廟裡當主持和尚……」

「廟斷了香火，我幹回了老本行……不過豬也沒殺的，閒著……」

「口糧分到戶，每個人三斤大米，一斤菜油，半斤豬肉……來，在這裡簽個字。」

「我不會寫字。」

「那就畫個圈。」

「圈也畫不圓。」

「你到底簽不簽收？」

「按手印要得不？」

「作得數[2]。」

她看見男的折回來，揭開竹篾篩子，食指在她那切割過的傷口上沾了點血，使勁在簽收條上按出自己的指紋，手和紙都在抖動。送糧的一走，他們立刻門門生火做飯，身影穿梭，手忙腳亂。他們把她撈出來放在屋角落，也顧不上給她鬆綁。屠夫的刀在豬肉中滑動，燒旺的灶火映得她老婆的臉紅通通的，熱霧溢出鍋蓋，不久便散發鍋巴香，而肉湯也已經裝進湯缽。他們就站在灶邊稀里呼嚕吃起來。彼此不說話，好像在比賽。吞嚥時太陽穴鼓起來，眼睛睜得很開，喉結艱難地滑動，但並不停止往嘴裡繼續塞東西。她看著他們。他們的吞嚥越來越慢，慢得彷彿是在表演，向觀眾展示每一個微小的肌肉細節。太陽穴青筋暴露。屠夫首先停止咀嚼。他的眼珠子快要迸出眼眶，嘴巴被滿嘴的食物撐開，好像忽然發現了什麼驚人祕密。他就那麼站著，直挺挺地撲在地上，再不動彈。他老婆正在將滿撐食道的食物擠進胃裡，屠夫的暴斃嚇得她發出一聲倒嗝，尾音極長，像哮喘病復發。食物進了氣管，她彎下腰劇烈咳嗽，但沒咳出聲音，身體像垂死的蝦一抽一抽，因為無法呼吸，臉憋得由紅轉青，變紫，最後倒地，緩慢、輕鬆地攤開了手腳。

她解開繩索，將那些切掉的肉片貼回小腿原處，用布條纏緊。由於冷水浸泡，肌肉被割開，血脈通暢了，她腦子裡清晰起來，往事如白色的羊群湧現。地上的兩條死魚此時復活，他們站起來，身體顯得透明輕薄，因為先前要吃她的肉，臉上很不好意思。屠夫一個勁兒道歉，說他們夫妻都是本分人，只是餓慌了神，弄得他老婆煩躁起來，「你幹嘛不像殺豬那樣閉緊嘴巴！」她的臉鼓得像個肥皂泡，屠夫立刻伸出手指頭戳破了它。「臭堂客們，三天不挨打你就要上房揭瓦。」老婆罵他狗改不了吃屎，見到母的就流哈喇子。兩影子在屋裡追趕對罵，像魷魚在夜海裡追逐，燈光下又白又透明，看樣子一個會被另一個吃掉，結果相反，屠夫剛逮住他老婆，後者便鑽進他的懷裡，兩人瞬間狎昵起來。

做為彌補，屠夫打算有什麼說什麼，把他在廟裡做住持時的見聞如實相告，什麼捐款，做假法事，金錢供養，放生，賣香，賣工藝品，官商勾結，斂的財都進了誰的腰包等等，他願意將此捅個底朝天。他還知道那些人密謀將廣場塑像的黃金用黃銅代替，同時沒收了私人的金銀首飾，說這些「華而不實」的東西，違背新樂園的樸素主義，「他們說什麼都是法律。」

「和尚的廂房裡藏了好幾個女的。」屠夫的老婆說道，「夜裡頭搞得動靜很大。」

「和尚那玩意兒可不參與什麼清規戒律……有的還專搞少年哩！有些人把孩子送進來，因為廟裡念經有飯吃，還能考文憑……」屠夫轉向老婆。兩人津津有味地聊起來，一時又旁若無人的了。

她知道這兩人只要找著一個話線頭兒，就會無休止的拉扯，直到線團消失。她也就背轉身去，聽憑他倆像兩隻鬥雞一樣啄咬嬉戲。

她現在想的不是廟裡的淫事，「戒喻中心」這幾個字和那幢灰濛濛的老建築擁擠在腦子裡——周圍是寂靜和風，以及空無一物的天空。音樂像打了雞血的鬼魂四處遊蕩。都是些老掉牙革命歌曲。有一首她從小聽她媽唱過。她爸就是倒在那首革命歌曲中流乾了血。她在療養院認識了同樣戒喻的律師，他的臉像黑字寫在白紙上一樣清晰。她一時想不起他的名字，只摸到胸口對他懷有的溫熱情感。一個患有比喻症的律師——這是她對他的定義。連律師都是比喻症患者，這個病蔓延較廣。按律師說的，他在陳詞和辯護文書上使用大量的比喻，表現拗口的真理，令審判官大為惱火，他們一次次用力拍響驚堂木，企圖震懾破壞他的比喻才能，結果激發他更多的奇妙警句，將他們逼至尷尬境地。因為那些比喻法官也會，但他們無法表現，被律師當庭說出，審判官內心羞愧很難下臺，但為保面子，只好違背良心，因為他們不是為真理服務，而是為黨國服務，長此以往就視真理為敵，果斷繳殺，刀越磨越快，懸插在法庭四壁，像驅邪趕鬼的符。

律師名叫顧鄉——在腿上的肉發出生長中的刺癢時，她想起來了。她的生理現象總是與他發生關聯——他跨進戒喻中心鐵門的那刻，她全身藥物過敏，皮膚紅腫發癢；再有次她眩暈倒地，事後發現那是因為他的愛情猛烈撞擊。那熱情穿越時空，蔓延至此時此身，她的臉頓時燒紅了，驀地懷想起戒喻中心，那個不自由的地方，心卻是一匹自由的野馬。她和他就像朝陽與山河，彼此照映，宇宙間渾然一體。她因而彷彿更理解了父母的愛情。

福音鎮——她這麼認為——是在戒喻中心，從顧鄉那兩排潔白的牙齒間首次蹦到她耳朵裡的，周密的信件只是幻覺，也許她混淆了什麼遊記，或者某篇散文裡的景物描寫，總之她往腦子裡塞進太多東西，導致那裡經常交通阻塞，喇叭亂鳴。從邏輯上講，周密哪怕使用手機發短信，也不會選擇寄信這種愚笨的、不合時宜的聯絡方式——不過，她的手機一直被鎖在戒喻中心的櫃子裡，印象中周密從沒去戒喻中心探訪過她，或者是去過次把，但她忘了——她現在不關心這個，這一塊已是灰色，無法啟動。

她在戒喻中心認識了幾個病友。她和他們一樣，只聽說過戒毒所、收容站、健康中心、精神療養院等等，進來才知道還有戒喻中心。她在中心大堂牆壁上讀到一段前言文字：

「在社會文明發展中，總會有新的疾病隨之出現，危害人類身心健康……比喻症就是其中之一。它屬於精神疾病，但又不完全屬於精神範疇，發病初期不易察覺，中期影響社會安定，晚期陷入癲狂譫妄而不自知，其傳染與危害性不亞於人群中的一頓炸藥……目前發病率超過五〇％，中期以上患者占八％，死亡率為四％……政府配置專人及專項資金成立戒喻中心，全心全意為患者服務，大多數患者得到根治，極少數復發……戒喻中心成立以來，多次獲得政府表彰。」

她分到一個獨立空間。門上一扇小窗，裡面一張小床，床頭有個矮櫃，壁上掛著小畫，畫裡一幅肖像——她認得那人，他死了很多年，活成了百姓生活中驅鬼辟邪的神。她反轉相框，讓肖像面壁。歷屆國家領導人的思想著作碼在矮櫃上，顏色髒汙，頁邊翻卷，布滿油膩發黑的指紋——看得出書本還有擦手的功能。她被告知明天上午要做全面檢查，其中一項是背誦社會主義核心價值觀。輔導員在半小時後開門進來，講解了這一堆思想著作的重要性，閱讀與領會其中的精神，是戒喻效果顯著的輔助療法。她是一個乾瘦的姑娘，青春痘為青春挖了一臉的坑，多少有點敗相。她這類眼裡充滿集體情懷的女性，通常忘記追求肉體之美，並對好打扮愛比喻的人充滿鄙意。

她沒有聽從乾瘦姑娘的指導。她說那些僵死的漢字比屎橛子還硬。她有潔癖，只愛讀有美感、有韻致、有人味，且充滿寓意的文字。真誠的東西都帶著人心的溫度。她還沒識字以前，她母親便教她辨識與遠離發出金屬冷光的欺騙語言。她記得乾瘦姑娘臉上數以萬計的坑都填滿了惱怒：

「64床，你有幸生在這個國家，政府投入了巨大的人力物力來挽救你們這些比喻症患者……換在別的國家，你就沒這種運氣了。」

「別的國家根本沒有這類疾病。」她回答。

乾瘦姑娘略微一怔，顯然對世界各國的瞭解沒有足夠的自信，倒是她身上的制服撐直了她的腰，「國家氣候環境不同，得的病當然也不一樣，比如伊波拉傳染病就只有西非有……」

她認為這話說得完全正確，不覺笑露犬齒，因讚賞變得目光炯炯：「道理你全懂，只是還有一層細薄的金縷玉衣裹著你的良心，這件出土文物本應該放在博物館陳列展覽……」

「你的比喻症又犯了，」乾瘦姑娘匆匆打斷，「現在必須為你注射思想液。」她用隨身攜帶的小型對講機呼叫醫務室，「請注意，64床輸液，64床輸液。」

她一覺睡到翌日清晨，腦袋昏昏沉沉，睜開眼看見乾瘦姑娘站在那裡，相框已經翻過來，她面朝肖像雙手合十閉眼禱告。「背誦好社會主義核心價值觀，今天就不用注射了。」她通過相框玻璃反射看到患者醒了，她一直盯著肖像，彷彿在做工作彙報。

肖像面帶蒙娜麗莎的微笑，頷首默贊。

不久，她發現，其他患比喻症的病人，通常是讀過書、講理想，有想像力的人。戒喻中心的夜晚，深度病患連夢囈都在比喻，胡謅什麼「民主與自由，就像空氣和水」，如果那人不是手腳被捆，他會暴力衝撞鐵門。醫護人員二十四小時張著耳朵捕捉資訊，一聽到說這種夢話的，就立刻趕過去，搖晃患者，拍打他的腦袋和肩膀弄醒他，強迫服下比喻消散丸，然後播放領導講話視頻以及思想語錄，以輻射治療法殺死比喻症病菌。如果仍不清醒，便移至特殊病室進行標靶治療，直接燒死大腦想像區域的比喻症惡性細胞——這措施雖能保住性命，但會產生記憶功能受損的巨大副作用——她想起來了，她是做過一次標靶治療的。因為離耳朵太近，細胞被燒灼的滋滋聲，像收音機電磁波的巨大聲響，伴隨蟻屍燒焦的氣味。不知道燒死了多少比喻細胞，當她想要比喻的時候，腦子裡就颳起一陣風，揚起比喻的灰燼，一切都變得霧濛濛的，摸不清詞語的方向，找不到比喻的路徑，甚至連她的名字也被灰塵遮蔽了。

某天下午，她在草坪上遇到了律師。先是他的逆光背影，身體邊沿燃著一圈火光。他站在她經常發呆的地方，以她常用的姿勢面向夕陽。她一直看著他。直到他轉過身來。他戴著眼鏡，頭髮捲曲，剃光了絡腮鬍子的臉半截是青的。身材非常高大，她簡直可以像隻袋鼠藏匿他的胸口。

「我聽說了你的事情。」他那雙食草動物的眼睛光芒閃爍。他談起那些她已經記不起來的事情，全跟比喻有關。

「使用比喻是記者報導中的文學需要，你是一個律師，為什麼會染上比喻的習慣？沒幾個人耐煩聽一個律師的比喻。」聽說他已是比喻症晚期，她不覺大為驚訝。「晚期，離下死亡通知書不遠了。看起來你一點也不害怕。」

「我是福音鎮人，在那兒出生、成長，後來出來上大學，當律師，我覺得我有責任替他們說話，給他們維權，人有宗教信仰的自由，這是寫在憲法裡的。」他說。「該害怕的是他們。將福音鎮十三個民族統一為一個民族，一種信仰，公然違反憲法。這是用自己的巴掌打自己的臉。」

「你的比喻細胞還很活躍。」

「要有策略……我一直配合他們的要求。那一摞思想語錄我基本上讀完了。漏洞破綻顯而易見。我發現了更多自欺欺人的地方。等我出去了，就用他們的矛，去攻擊他們的盾……」

她腦袋昏昏沉沉，尚不能立刻明白他的意思，卻陶醉於他的言語聲音、節奏和腔調，又為福音鎮那種窮山僻壤生產出這麼美好的物種暗自驚喜。他對她的情況瞭若指掌，尤其是她父母親的故事——那時他讀初中，大山遮罩了外部的洶湧，福音鎮一如既往的平靜。若干年後，他發現在那個地動山搖的夜晚，他在安祥的鄉村夜晚正做著一個關於殺戮的夢，他奔跑著，在硝煙瀰漫的灰燼中抱起一個血肉模糊的嬰兒，嬰兒腦袋忽然斷裂，滾到地上，卻張著嘴巴咯咯地笑。他一直記著這個恐怖的夢。

「那嬰兒就是你吧。」他彷彿徵求意見。「你看，二十幾年前我就在夢中抱過你了。」

「既然我一出生就死了……現在，我是誰？」

她並不真正需要他的回答。因為她在想像以什麼姿勢躺進他的臂彎和胸膛。他身上的病號服像睡衣一般，棉質的柔軟，彷彿檯燈的曖昧光暈發出親近的召喚。她露齒微笑。

「你有犬齒，證明你的獵殺功能沒完全退化。」他狡黠地眨著食草動物的眼睛，「你用比喻捕獲獵物。」

她等到藥性過後才明白他這句話的幽默。不過，她仍然無法閱讀那些思想語錄。一方面她像她的母親，像一根折不彎的鋼筋；另一方面他完全占據了她的腦海，當比喻細胞變成灰燼，情欲明顯騷動起來。她感覺他對她心靈的征服喚醒了內心的情欲，她也曾懷疑是標靶治療產生的副作用，但那毫無科學依據。她的心跳真實，像一個情史空白的少女對他一見傾心，他的一切都契合她內心的想像，甚至還有幾分英雄色彩。戒喻中心變成伊甸園，它是另一種意義上的黃埔軍校。這種美好的幻覺持續了很久。戒喻中心變成她人生中最難忘懷的場所。

他們有更多的時間見面，像兩個自由人約會。他在為早日「康復」努力，而她的愛情正在戰勝比喻，她嘗試像他一樣背誦思想著作，但她根本記不住詞句，最終流暢閱讀變成了他們對她的基本要求。外面大量聲音呼籲戒喻中心停止為他治療，戒喻中心也發現了他的「康復」計謀，他們也相應地改變了策略。

西側有一座山丘，未經打理的雜花野樹自由生長。鳥雀跳躍鳴叫，蝴蝶悄悄飛舞。她和他合長成樹。樹葉無聲地落下來。有天黃昏，上帝抓了一把橙黃陽光撒在林子裡，戒喻中心安靜地躺在山丘背後，像一隻老掉毛的獅子在打盹。他們先是像兩隻鳥啄理對方的羽毛，繼而變成兩條狗互相舔嗅；脫衣，剝掉春筍的毛葉，露出肉色筍心，像蘑菇，一朵壓扁另一朵。呼吸像風從林子裡穿過。鳥閉緊了嘴巴。斜陽震顫。在兩人的動物世界，他們像袋鼠那樣疊交，她終於藏匿在他的胸口，最後變成兩條蛇絞纏難分。

她和他都沒有料到，戒喻中心會用「愛情」進行輔助治療。當他們從監控器中看到她對他的表情變化，獲得了「愛情」試驗的靈感。這是戒喻中心第一次做出這麼大膽的設想，「用愛情麻痺頭腦，幹掉比喻才能」，患者主觀上自動喪失比喻的興趣，幸福感自然消融固執的理想信念。接下來就是實驗論證。討論這個方案的會議只用了半小時。所有人都摩拳擦掌，充滿鬥志——很難說這裡頭沒有合理偷窺的興奮——新實驗如果取得成功，先不說將在醫學界造成怎樣的轟動與榮譽，單加薪提職的福利而言，就是實打實的。於是布下線路，在樹林中增加了數十個比眼睛還小的隱祕攝像頭，進行臨床觀察。她和他在林子裡變幻成各種動物之時，幾雙專業的眼睛正緊張地盯著監控器螢幕，對交配者的思想行為進行討論、分析、記錄，從他們性交的姿勢與眼神中，準確判斷情感中獸欲和愛欲的成分比例。當他像袋鼠那樣採取後位式，專家的意見迅速分成兩派。一派認為對於新戀的男女來說，採用這種姿勢性交動物性太明顯，不屬於愛情；一派認為，他們眼裡有熱戀男女常有的表徵，男的雖上了年紀，但仍像個處子般面色赤紅，女的在扭轉脖子與他接吻時，眼睛是濕潤的幸福；她的嘴巴但凡有一絲縫隙，一點閒暇，也不用來喘氣，而是說著「我愛你」，是動了真感情的。兩派專家甚至在螢幕前爭論起來，隨即發展成人身攻擊，隱私揭露，最後大打出手，誤砸了監視器主屏，雜花野樹，以及交配者的身體全部變成碎片。

他在戒喻中心有線人。他很快得知他們的實驗陰謀，通過國外媒體向社會公開這種無恥的監控手段，並帶出了關於戒喻中心的功能疑問。因為會翻牆的人不多，所以在本國沒什麼動靜。戒喻中心雖然堅持認為這屬於醫學範疇內的臨床觀察，但仍是撤除了樹林中的攝像頭，至於設置戒喻中心，完全是基於對發展中國家的特殊病患的關愛與挽救，他們大量引用戒喻中心前言，附上一連串的統計數字與圖表。這個事件的後果是，全世界開始公開置疑與討論戒喻中心存在的必要性，不時有一些金髮碧眼的記者在建築周邊企圖靠近採訪，使用望遠鏡觀察情況。戒喻中心不得不畫出了警戒線，圍起了一圈鐵絲網，日夜值班巡邏。大塊的紅色警示牌上寫著：

危險！您已進入傳染區域！

報紙和電視臺請了專家談論比喻症的病源、危害與預防，知識普及手冊同時全面鋪開，免費發放到各街道、各村委和車站、公園、書店等公共場所。老百姓都知道比喻症具有遺傳和傳染性兩大特徵。預防措施就是不接觸有家族病史的人，不要觸摸發達國家具有啟蒙色彩的有毒書籍，如不慎觸及，盡快洗手洗腦，迅速就醫注射疫苗，以防病菌入侵發作；大量閱讀過西方啟蒙思想的人都是病菌攜帶者，有的病菌像愛滋病一樣有很長的潛伏期，應對這些人的言論做到不看、不聽、不信，「主動向相關部門報告疾病可疑人員，清除社會隱患，共造和諧環境。」

晚飯時分，送餐人員塞給她一張紙條，她得知即將「戒喻康復」的顧鄉被祕密轉移，「我現在想的是，我並不僅僅要救你，我要和所有人一起努力，取締戒喻中心……比喻是自由的，一切修辭都是自由的。」末了他說，戒喻中心在注射液裡加入了促進荷爾蒙分泌和性腺激素分泌藥物，他不知道她對他的情感是否緣於這些催情品，但他是真的愛她。

她像具雕塑。眼淚在臉上蠕動。

「這女的腦子有毛病。」屠夫伸出手攬著老婆的肩膀，「她這是在玩元神出竅呢。」

「你剛才不該跟她說那些話……咱們畢竟是福音鎮人，應該盡力維護福音鎮，不管它是美的還是醜的……」

「你個蠢堂客，不知道什麼叫識時務者為俊傑？……當時不是沒弄清形勢嘛。」

屠夫和他老婆此刻又狎昵起來，哼哼唧唧。

「打擾一下，」女記者忽然轉動眼睛，「你們認不認識一個叫顧鄉的人？」

1 牛挖死了，用牛角頂死。

2 作得數，要得。

第四十二章　人口

「我來，是想尋找我失蹤的戀人——不知道是否可以這麼稱呼他。沒有任何證據可以說明我們相愛，或者說他愛著我。他只是我比喻灰燼裡的微火餘星，撥弄時，灰燼重新燃紅，沒有明火閃耀，但足以烤熱我冰涼的身體。如果那是一個夢，我就是來尋找夢中的戀人。無所謂別人嘲笑這種行為的荒謬，它對我足夠真實，它是我的真實。荒謬這個詞永遠不應該出現在這種地方，如果你經歷過真正的荒謬。像狼一樣嗚咽的聲音包圍著我。月圓之夜總會有哀號從戒喻中心的鐵窗傳出來，震落樹葉。帶著藥味的朗讀聲和滴答朗讀流進血管的液體像一次瘋狂的圍剿全面夾攻。醫護人員滿臉嚴肅，甚至帶著階級仇恨，『你們這類人，話不好好說，文章不好好寫，得了比喻症還不好好配合治療……』，或者乾脆翻白眼，『戒什麼喻，應該直接送精神病院』。有個別溫和面善的，趁打針時湊近耳邊，『自有文字開始便有比喻，存在幾千年了，你用不用比喻，它今天往後都不會消失……再說了，好多人根本不會比喻，名氣比你大，書也比你暢銷。說明什麼問題呢？說明人們根本不需要比喻。』我當時腦子渾沌，換現在我會反問，『既然比喻無關緊要，為什麼又要我非戒不可呢？即便是一個不良惡習，那也是個人私德問題，何需動用公器？』但此時我更看重她那句『說明人們根本不需要比喻』。她說得有道理，比喻不是必需品，權力、性欲，鈔票、不動產才是空氣與水。使用一個比喻就像放了一個屁惹人發笑，好比你在桑拿房、夜店包房談理想，妓女們的奶子都會樂得顛顫亂撞，她們必然高興地夾緊兩腿，告訴你比喻藏在裡面，讓你使勁掰開它們。

「我並不懷疑我與顧鄉的愛情只是藥物致幻。我清晰地記得枯葉在身體下粉碎的聲響，大地隨著他的身軀搖晃，樹枝凌亂地塗抹天空。我們使泥土變得潮濕，白雲全部躲開。他叫我的名字，像風吹過玉米地。為了羞辱我，他們當著我的面朗讀戒喻中心監控記錄本上的描寫，他們沒意識到自己也犯了使用比喻的錯誤，我不得不承認他們在這方面很有文采：

「『……不管採用什麼方式交尾，他們的嘴巴幾乎沒有鬆開，死死咬住，一旦被迫分開，立刻像飢餓的嬰兒倉促地尋找乳頭，嘴與嘴再次死死地焊接，比之前咬得更厲害，更瘋狂……如果此刻往他們嘴裡塞進一根體溫表，必定高燒達四十二度以上……因為他們已呈現昏厥前的症狀，瞳孔擴散，身體抽筋，然而還在拚盡餘生的力氣……』

「後面還有『看得讓人捏了一把汗』，記錄者顯然意識到這麼寫不太妥當，因此劃掉了，但後面不覺又加入了主觀思想，比如『我能感覺他們非常熱烈的愛情』，『周圍的枯草樹木都像燒起來了』，記錄者像一個靈感噴湧的人，沉醉於描寫之中。

「也許這可以成為我和顧鄉熱戀的憑據，也許仍是我幻覺的一部分。但幻覺也是我真實的生活。

「『故鄉？我們沒有故鄉，我們一生下來就住在這兒，半步也沒離開過。』屠夫以緩和氣氛的語氣回答我的問題，同時瞟一眼我包紮的腿，『我現在覺得有點不對勁，我的腳好像一直沒有落在地上，手也沒什麼勁了，想搬把椅子給你坐，但根本搬不動……看來我再也殺不了豬了……就算有一個滾熱的豬頭窩擺在我面前，我也拿不起長刀了……想當初我多麼風光……只可惜沒帶一個好徒弟……眼下雖說人畜兩不旺，但用不了多久，一切又會像以前一樣，牲口和娃娃滿地跑的……』他從口袋裡掏出一頁印有紅色抬頭的紙，『看，我們今天分到口糧，也分到了任務，我們這把年紀的人，都分到兩個生育指標哩……堂客，你給她念念。』屠夫老婆舉起紅頭文件，磕磕巴巴的讀了起來：

關於貫徹落實〈加快福音鎮人口繁殖和生育計畫的通知〉的通知

各村、組、家庭、個人：

為了貫徹落實〈福音鎮人民政府關於對人口繁殖和生育獎懲的規定〉和〈福音鎮人民政府關於完善生育計畫利益導向政策體系，加快人口繁殖，生育落實到人頭的具體意見〉等黨精神，結合我鎮實際情況，決定在全鎮即時開展生育計畫政策。現將有關事宜通知如下：

一、指導思想

堅持以領導人重要思想為指導，全面落實科學發展觀，堅持公平對待、合理引導、完善管理、優質服務為原則，堅持以人為本，促進人口與經濟社會協調發展和可持續發展，全面建設福音鎮幸福安康未來。

二、工作目標

建立高效、及時、便捷、有序的工作流程，以生育計畫政策法律法規為依據，緊鑼密鼓，加快人口繁殖速度，鼓勵多生、超生、拚命生。齊抓共管。加強領導。村民自治。自我約束。相互監督。創新機制，與時俱進。加強資訊溝通和回饋。狠抓落實，強化服務。做好宣傳、服務、管理以及審查。

1、嚴禁本鎮女性外嫁他鄉，如有違反條例，親戚連坐。

2、放開外地女性加入福音鎮戶籍門檻，女性自願為妾，受福音鎮二〇一七年最新婚姻法第六條第四項保護。

3、凡持福音鎮戶籍的，已有月經來潮的女性至三十歲女性（含三十歲），每人每世計畫生育五胎，每超生一胎女嬰，獎勵三萬元，每超生一胎男嬰，獎勵一萬元，超生嬰兒由政府出資撫養至十八歲。

4、三十一歲至三十六歲，每人計畫生育三胎。超生獎勵一視同仁。

5、三十七歲至四十二歲，每人計畫生育兩胎。超生獎勵一視同仁。

6、四十三歲至五十歲（絕經者除外），每人計畫生育一胎。超生獎勵一視同仁。

7、絕經而自願生育者，每胎獎勵三萬元，生育者享受最高養老金。

8、身體殘疾而生育功能健全的女性，可酌情減少生育一胎任務。

9、評選優秀生育個人、優秀生育集體，表彰先進。

三、實施步驟

1、第一階段為宣傳發動、調查摸底階段。在街頭、場尾張貼宣傳標語、懸掛橫幅、發放宣傳資料。

2、調查登記婦女健康情況，瞭解月經週期，體檢、調理。記錄排卵日期。

3、男性健康檢查、諮詢，合理分配交配任務。

4、力爭生育率達到預期水準。

四、違法禁忌

1、嚴禁避孕。禁止銷售或使用避孕套等避孕工具、藥品。

2、嚴禁墮胎。因胎兒健康問題，需取得相關證明，由上級部門批准方可墮胎。

3、禁止體外射精。

4、禁止酒後性交。

5、禁止非排卵期性交。

6、禁止男性手淫。

7、禁止同性性交。

8、禁止夢遺。

9、禁止陽萎。

10、禁止早洩。男女同步高潮，優生優育。

生育計畫是發展大計。

每一位公民都有生育的權利以及遵守生育計畫政策的義務。

福音鎮生育計畫委員會

福音鎮生育計畫領導小組

二〇一七年十月十六日

「屠夫老婆嘴巴保持讀最後一個字的形狀，望向她老公。後者沉浸在感人的故事裡一般，久久不能回到現實，半晌才紅著臉說了一句，『其他都好說，禁止夢遺這一條，恐怕是不能控制的哩』。他老婆將文件塞給他，表情變得夢幻，『第十點也是個問題，為什麼我老覺得高潮總在西伯利亞平原若隱若現，要來不來，最終還是沒到呢。』『這個時候你抱怨麼子卵。』『宣傳冊上說，四十多歲的女人，受孕概率只有正常的百分之四。要讓我這種年紀的人懷孕，組織上應該安排更年輕的男人來與我交配，他們的精子活蹦亂跳。』屠夫也跟著夢幻起來，『是啊，組織會安排好的，我到時候恐怕會像永生一樣，忙得不著家哩。』『永生是誰？』『趙三貴的腳豬嘛。』『快活倒是快活，就是結局不好。』『牠畢竟是牲畜，我是人嘛，有分寸的。』『只怕分給你年輕漂亮的，你就不曉得飽足了。』『你這臭堂客，說的什麼話？你冇看到檔附件裡別的條款？合理交配，科學播種，一切聽從組織的安排，性交時間不少於半小時，不超過四十分鐘，完事後男的平躺，女的倒立。』『聽說跟陌生人搞會很刺激，看來我有機會見識高潮到底是什麼東西了……』

「他們聊得嗓子眼發顫，不時睒我一眼，像兩隻偷食的老鼠。

「我再次問道，『你們這兒是不是有一個叫顧鄉的維權律師？』屠夫顧自回答，『噢，維麼子權哩，冇得哪個要他來維權……他吧，病得不輕，得了一種時髦的新病，叫什麼來著——比喻症晚期？……現在回過頭看，他的症狀是很明顯的，說話很不正常。我就見過他有一回，稀里糊塗的，對我們用了一晚上的比喻。他說這麼搞實驗，就像一條船，航行在十二級颱風的黑夜裡，到處都是暗礁險灘，隨時要翻船的；他又說無論把肚子如何裝飽，如果沒有那種空氣，人類是不能活命的……』

「『還有一句最難懂……說什麼就算是搞成了，你們也是生活在金魚缸裡的魚……害得我好幾天做噩夢，老是夢見魚缸碎了，我乾死了，或者被貓吃了。』屠夫的老婆晃了晃她透明的腦袋，表示不可理喻。

「我確信他們說的這個人就是顧鄉。在戒喻中心他也說過類似的話，我熟悉他的腔調。我克制內心的激動，盡量保持平靜。因為我看出鄉下人的狡猾，一旦發現我急於打探什麼，他們就會故意繞圈子，甚至會向我提出什麼要求來，比如錢啊，身體啊，而屠夫的老婆也會樂於欣賞屠夫幹別的女人。

「『你一會兒找這個，一會兒找那個，這律師又和你麼子關係？』屠夫像在豬毛上剮刀子[1]般不緊不慢地說，『先前就有人說你是來找麻煩的……上頭叫我們閉緊嘴巴……你告訴我，他是你什麼人，找他什麼事。』

「『病友。』我說。『我借了他一些錢治病，現在來還給他。』

「『他這會兒不在鎮裡，不曉得哪天回來。你可以把錢留下，我們替你交給他。』屠夫像打量已經吹得脹鼓鼓的、等著開水燙毛的死豬，眼縫裡擠出明亮的欣喜。

「『咱們也算是有緣，換了別人，我們可懶得管這閒事。』屠夫老婆說著，偎近屠夫的手臂——這個賣弄風情的瓦刀臉[2]。

「『我沒帶錢。』我說。

「『沒帶錢——霍，哪有還債不帶錢的？』屠夫彷彿拿起了刀，『這我們就幫不上你了。』

「『告訴她算了吧，反正也不是什麼祕密，誰不知道那個人是跟魏一鳳做生意的？』

「『臭堂客，你好像總是比我聰明。那你就說呀，全部說出來嘛……他新病治好了以後，就跟魏一鳳合作做養蠱生意，城裡有辦事處，公司叫恆久遠，魏一鳳提供養蠱的技術指導，給他培訓了一批養蠱新人……所以城裡人不怕感情背叛啦，因為有了情蠱，讓你死心塌地，離開了還能召回來；做生意的不怕生意做不成啦，只需要簽合同前預先在酒裡下點蠱，合同都不細看，就樂滋滋地簽下名字啦……他還在美國開了分公司，正在把這項業務擴大到全世界……就這些吧，臭堂客，你接著說呀，看你還知道些什麼。』

「『你知道的我都知道，我知道的你不一定知道……我聽說他會回來搞投資，綠化荒山，修農場種茶葉，把黑茶和蠱生意做到國外去。』

「『……招商引資，政策優惠，誰不知道哩，檔都張貼在公告欄裡了的，紅戳都蓋了好幾個……為了咱們老百姓的幸福生活，政府是做了很多讓步和犧牲的哩。』

「『可惜那些人沒挺過來……』

「『你替他們可惜麼子卵，非得多出幾個人來扒拉你飯碗裡的東西？』

「『當然不想……我不就那麼一說嘛。』

「『臭婆娘，老子以為你腦殼裡頭進噠水哩[3]……按文件裡描述的，一蔸禾被踩彎了，隔一夜就會彈起來，恢復重建就這麼回事——』

「『嗯的，要是豬脖子裡捅一刀，就沒這麼好運了。』

「屠夫老婆一提到殺豬，屠夫的話就止不住了。這對夫妻陷入另一輪無休無止的討論，就算外面天崩地裂，也絲毫不會影響他們討論的專注與熱情。我疲憊之極，感覺睡過去永遠不會醒來，但不得不強撐著等待他們的牙縫裡再次洩露顧鄉的消息。」

1　剷刀子，將刀子在豬毛上兩面刷蹭。

2　瓦刀臉，形容人的臉型較長。

3　湖南方言中，會以「噠」為口語助詞。

第四十三章 生機

陣雨過後，天邊出現火燒雲。地上的一切沉浸在橘紅光暈中，連塌了一半的破房子都顯出溫馨的氣氛。人的臉上蒙著一層羞澀似的，彷彿懷揣歡喜，忍不住就要講出來了。蓋房子的叮噹聲捶打著寂靜，跨在屋梁上的人正將銜在嘴裡的釘子敲進木頭，顯得熟練、果斷，充滿歡樂和希望。到處都有人在挖坑栽樹，他們彎曲的身影和筆直的樹苗都顯得孤零零的。樹是上面按宅基地大小分配下來的，有各種開花的果樹，遮陰的香樟，也有毫無用處的苦楝樹。各家有責任綠化屋前屋後的公共區域。所有費用採取政府補貼、家庭購買的方式，暫時不用掏錢，由銀行代繳，十年後無息償還。

「搞樹苗採購的只怕吃了不少回扣哩。」屋頂上的人大聲說道。

下面的人回應，「有吃的誰不吃啊，除非是你家那隻黑雞婆。」

雲彩漸漸蛻變，化成亂石，漫天都是窮灰色，彷彿從華麗的表象回歸本真，村莊頓時也憂鬱起來。這時的某個屋頂冒起炊煙。起先沒風，那炊煙筆直的，一動不動，像一道白墨刷在灰天裡，一縷微風拂過，敏感的炊煙就如戲子的水袖拋向天空。彷彿第一個烽火信號，更多的炊煙跟著升起來，村莊變成了一個巨大的戰爭營地。沒有房子的在露天架起吊鍋子，明火閃舞，火星迸炸，香氣與笑語聲隨風飄散。鳥雀陸續飛回來，落在屋頂上，有的飛進叢林尋找搭窩的地方。簡單還原這樣一個充滿煙火生機的場景，你不妨想像白雲落在河中，岸邊青草因近水肥沃格外高出一截，駿馬低頭湊近水面，將雲和水飲進腹中。一條黃牛趴上另一條黃牛的屁股。小孩子追逐打鬧。一隻母雞嚇得飛跳，落下地時，像一個在公共場合和男人調情的村婦那樣咯咯大笑。太陽溫暖，光照並不強烈，大地上的陰影使村莊顯得更加立體。牆上來不及掃除的標語不再鮮豔刺眼：

半座金礦富三代，一次試驗歡樂長。

讓幸福鍍上黃金的色彩！

人可以讓地球服、海洋降，強迫宇宙吐寶藏。

舊社會把人變鬼，新樂園把鬼變人！

新的標語像補丁一樣胡亂蓋在舊標語上，筆力明顯氣弱：

要用殺人之心搞生產！

有的牆壁像報紙，排滿了密密麻麻的字。黑板報上清晰地留著一段小文：

月宮裝上電話機，嫦娥織女互通氣。織女說：「牛郎開礦挖黃金，要我速去搞後勤。夫唱婦隨同建設，願做社會螺絲釘。」嫦娥回答：「聽說人間賽神仙，試問哪個坐得住；我去廣場做領舞，分享一杯羹幸福。」

金生聖穿著僧袍，舉著油脂傘，手裡拿著一本線裝書。福音鎮天氣陣雨多，來去都快，就像放學的孩子喧鬧跑過，轉眼只剩下空蕩蕩的大街。他養成一手雨傘一手書的習慣，彷彿十字架和聖經，塑造一個虔誠的教徒形象。這把傘晴天遮陽，雨天擋雨，只在陰天收攏。他臉上沒鬚，皮膚蔫皺，眼裡毫無情欲，像一潭靜水，世相不過是落葉漂浮潭中，激不起一絲波瀾。他穿過這喧囂的人間煙火，向遠處的寺廟走去。他所到之處，女人們都低下頭，像果實拽下枝條，伸向地面。

寺廟的鐘聲敲響。《大悲咒》的誦唱鋪滿天空，聲音裡也是香火的味道。

「……聽說他完全不搞女人了，那事兒怎麼解決呢？」

「這你得問老胡大，他這幾十年是怎麼過來的。」

「那不相同，胡大是沒有女人跟他……照我看，還是信仰的緣故吧。」

「信仰是專門用來幹掉性欲的嗎？晨勃算不算背叛？」

「我沒文化。他還沒走遠，你追他問去。」

「你們兩個不要在這兒嘀咕了。大家餓肚子的時候，他悄悄幫過很多人，要不是從他那兒得到糧食，我們有些人恐怕挨不到今天。再說一點，金大師愛多喜，但從沒去過舊教堂糟蹋她。」

「哧——這麼說她還得感激他？你知不知道，多喜被關進舊教堂也有他的功勞呢。他本想製造一場英雄救美，多喜那種倔性子哪吃這一套，但沒得逞，結果下了不臺，收不了場。幹過多喜的男人，沒有去第二次的，並且多數忽然陽萎，白天不敢照鏡子，晚上不斷做噩夢……有人說多喜不是人，是古樹精哩，男人們不知道惹了什麼東西上身，印堂都是黑的。」

「這件事我也說不明白。多喜突然消失，鐵鎖鏈完好無損，她是怎麼掙脫的？完了她又去了哪裡？」

「前不久，有個臨死發高燒的人說他看見多喜挺著肚子，雪落白了她的頭髮，眉毛和眼睫毛都是白的。他走上前跟她說話，卻被一棵樹碰蹭破了鼻子——老頭兒死也不承認他看花了眼。」

「要死的人總是愛說胡話，誰會去相信這種東西……鍋裡的肉還等著我放蒜苗呢，還是要過好眼門口的日子，哪個會曉得明天是什麼天。」

一片烏雲翔近。一陣豆粒雨落下來。

金生聖在路上的身影彷彿原地踏步，棕色油脂傘像蘑菇一樣撐開。

鎮子上空飄蕩雨點打在油脂傘上的聲音。

第四十四章　子宮租賃

你走在鎮子裡。外面的人好像動物從冬眠中醒來，紛紛鑽出黑洞。有的挑著一擔土，有的扛著一筐糞，有的正在攪拌水泥和沙子。篩石灰的一身白斑。他們忙得顧不上看你一眼，眼神半秒都不在你身上停頓。更沒人主動跟你說話，講故事，發牢騷，連狗都懶得吠你。這時候你覺得自己有點多餘，連帶先前的理想也萎縮了。你站在十字路口，想著該往哪裡去。你不記得是不是帶了手提箱來，如果帶了，又在哪裡遺失了它，也許是打盹時被哪一個順手牽羊了——總之你很想重新讀一讀那些信。在你恢復了大部分記憶之後，那些信件可能會彌補記憶的漏洞。這時，女人們三三兩兩走上街頭，從你身旁經過，帶著一股沉默的香燭氣味，好像剛剛參加完一場葬禮。你聳了聳鼻尖，聞到另一縷氣味。她們無疑是洗乾淨了出來的，臭肥皂擦遍了身體每一個藏汙納垢的角落，寬大的黑衣黑褲，料子像漿過一樣硬邦邦的，使她們走起路來像機器人。她們為什麼面露喜悅，好奇心驅使你跟著她們。這時候，你看到了海豚一樣的女人，拄著雙拐，兩條腿好像裝歪了的假肢，左腳尖朝後，右腳尖翻向外側，走路時提起腿來往前甩，每一步甩出老遠，身體幾乎就要橫倒在地。你注意到她的胸格外突挺，或許是走路姿勢的緣故，又或許她原本是個大奶子女人，下肢的死亡根本不波及胸部海綿體。

「你們這是去幹什麼？」你看準時機問海豚一樣的女人。

「一句兩句說不清。」她也穿著整整齊齊的黑衣，像從未見過你似的，「去了你就知道了。」

你不由自主地跟著她往前走。她的速度不快，但你始終落在後面。忽然大霧，看不見前方，世界隱藏在雲霧裡。女人們列成隊，隊伍尾巴排到了苦楝樹下。你停下來，欣賞白霧與黑衣的對比。女人們的面孔也被霧化了，一時間看不清五官。沒有人說話。彷彿能聽見霧粒的摩擦聲。苦楝樹粗糙的樹皮因為霧水的濕潤顏色更深。菌類植物順著樹皮紋路歪歪扭扭地生長。你用食指輕輕一削，蘑菇斷頭似的滾落。

隊伍朝前蠕動，逐一消失霧中，彷彿是跳了懸崖。你緊隨海豚一樣的女人。好幾次想找她說話，雖說看不清她的表情，但從她那迷霧般模糊的臉上，你仍能感覺到她的冷漠，就像觀眾從畫家那沒有五官的繪畫中捕捉到人物的情緒與內心世界。你在想先前是不是哪句話得罪她了，或者她也收到了什麼警告。你原打算在報導中給她一章節的容量：一個住在太平間的、丟了孩子的、上訪的、海豚一樣的女人。

你終於隨隊伍挪到了目的地，原來是那個破教堂。屋頂隱匿在雲霧中。外部經過填補修葺。門楣兩邊插著紅旗。中間掛著一塊新匾，上面寫著「子宮租賃辦事處」。裡頭布局也產生了變化，辦公桌和資料櫃擋住了牆上的浮雕。魏滿意坐在辦公桌後面，一副大權在握、公事公辦的表情。你知道在這種辦公桌後的男人，永遠不會對來客露出一絲笑容，心裡刻著階級鬥爭、等級差異、貴賤區分。你注意到他的衣服已經有了三個口袋，再添一個口袋，他將成為出席本市重要會議的成員之一。他信心十足。

海豚一樣的女人遞過戶口簿和身分證。

「你的戶籍資訊已經轉移到冥界，」魏三袋對照證件在電腦搜索一番，將證件扔回來，「需要主管領導閻王簽字蓋章，轄區分管領導簽字蓋章，以及冥界育齡婦女管理中心簽字蓋章。別走反了程式，首先去育齡婦女管理中心。」

「我自己的子宮，我自己的身體……」海豚一樣的女人低聲說道，彷彿生怕驚醒一個睡熟的人，「我在人間的時候，只許我生一個，那一個孩子丟了就丟了吧，我現在只想掙點冥幣解決一下生活上的困難。你不知道我住的屋子有多冷多潮濕，牆壁成天滲水，蛇啊、老鼠啊、蚯蚓啊，動不動就鑽進屋子裡來……為什麼不可以呢，我自己的身體，我自己的子宮……怎麼著也比賣淫強吧？既不危害他人，也沒擾亂社會秩序，某種程度上還為恢復福音鎮的生產力做貢獻……我能不能自己做一回主呢？如果我的身體都不屬於我自己，那還有什麼是屬於我的呢？做人不自由，沒想到做鬼也這樣。早知道我就投胎變一頭豬了，無憂無慮，死在屠刀下不枉一場好活。」

「吾只能按章辦事。」你注意到魏三袋又以「吾」自稱，好像皇帝說「朕」。「沒錯，吾們是和閻王簽訂了商業合作協定，他也同意吾們從冥界租賃子宮繁殖人口，但凡事都有規矩，程式就是這麼著的。不要耽誤後面的人了，有什麼意見，可以去信訪辦反映。」

海豚一樣的女人頓時渾身顫抖起來，「沒……我沒有意見，隨便說說而已……我這就回頭去找人簽字蓋章。」

現在，輪到你和魏滿意面對面了。你早從屠夫那兒聽說了子宮租賃這回事，只當是胡謅，沒想到都是真的。

「證件。」魏滿意並不看你的臉。

「我沒有證件。我可以告訴你我是誰，但無法證明我是誰。」你說得很快，語氣因此顯得咄咄逼人。

魏滿意這才將目光投向你，同時又像投向迷茫的遠方，「那你帶子宮了嗎？」他絲毫不掩飾語氣裡的諷刺。

「你出門通常都將你那根東西放在家裡麼？」你立即反問，「抱歉，我確實不知道你們男人平時是怎麼安放那玩意兒的。」

「你……你叫什麼名字？」他盯著你。他臉上閃過的一絲窘態，可以看作在徹底被黨性覆蓋前的一點兒人性閃耀。

「我們不久前見過。」你說。

「吾不認識你。」他說。

「早上你起床穿鞋，被毒蟲咬了腳趾頭……你的臉過一百年也會是現在這樣黑得像炭。」

「你在妨礙公務……」

「那請問，子宮是怎麼個租賃法？」

「以胎為單位，租育一胎，支付子宮持有者二十萬冥幣。」

「冥幣？」你有點驚訝。

「個人可以自由兌換。」

「二十萬冥幣約合多少人民幣？」

「現在即時匯率是1比100。」他腦袋湊近電腦查了一下，「也就是說，二十萬冥幣，約合兩千人民幣，另收千分之一的兌換手續費。」

「外面代孕一胎都是幾十、上百萬人民幣，你們也不參考一下市場價？」

「外面是非法代孕，是違法的。吾們這是合法租賃，有法律保護的。」

「同樣是借用子宮，為什麼法律只保護你們？」你步步緊逼。「兩千一胎，按十個月算，平均每個月兩百塊，一天不到七塊錢……這算不算剝削掠奪？」

「法律就是這麼制定的。吾只是執行者。」他努力保持威嚴，「另外，跟政府簽合同，比外面那些偷雞摸狗的公司合作可信得多。一切自願。因為政府還會終生提供營養補助，按月支付養老金。」

「比起下地獄十年勞改，她們當然更願意十月懷胎——事實上，你們和閻王的商業協議，並沒有給別人選擇的餘地。」屠夫的胡謅又一次被證明是真的，有包青天之譽的閻王，墮落到和人間簽訂這樣的魔鬼協議。屠夫當過牧師、住持，他的消息果然是有權威來源的。「請問閻王和你們怎麼進行利潤分成？」

「這是商業機密。」魏滿意霍地站起來，「你要麼簽約，要麼滾蛋。」

「商業機密。噢，如今官商勾結謀利也合法化了？」你指了指電腦，「麻煩給我看一下修訂的法律條款吧。」

「這是取之於民，用之於民——」他拖著長腔，「吾沒有責任向你解釋任何東西。有意見請去信訪辦。」

後面上來的人是白懷玉。她目不斜視——少了半邊臉，眼球懸著——她什麼也沒說，在合同上畫了幾筆。後面的婦女們像黑山羊一樣，陸續從霧中跳出來，躍進霧中。你看見了袁變花，溫如春，裁縫的年輕老婆……霧湧動著，越來越濃，濃得令人窒息，濃得你伸手看不見手，踢腿看不到腿。

這是一場比黑夜更令人眼盲的大霧，你此前從未見過。

第四十五章　百年大計

「如果他們不出現的話，誰也想不起他們來。失蹤和亡者的數量太多，建設新生活比緬懷舊事物無疑更有價值。開糧油舖子的孫德發趕著帶拖箱的馬車一進鎮子，小孩子以為又來了搞雜耍的，跑過去圍住了他。他們從沒見過馬，福音鎮最高大的牲口是牛，其次是『叫驢子』。他們興奮地吶喊『大叫驢子』。有人放下手中的活計望向陰霾天空下的馬車，疑是從天而降。

「雪就是這時候飄下來的。

「這場雪醞釀了三天三夜。先是不曾停歇的狼嗥北風掃蕩人間，接著下了一天雪粒，敲得屋瓦嗶剝響，弄得地面濕漉漉的，比颳狼嗥北風還要冷上幾分。

「從第一片雪花到鵝毛大雪密密匝匝，不過是一眨眼的工夫。馬車被大雪粉碎成黑色斑點，像怪獸般停在糧油舖門口。孫德發打開油氈布廂門，孩子跳下來，女人挪下來，行李陸續堆積在地上，迅速變白。

「『孫老倌，瑞雪兆豐年啊，你回來得正是時季。』

「『喲，毛師傅，我回頭去你那兒理髮去。』

「『理髮店早就關門了，我現在精神文明建設辦公室守傳達……你這一向去了哪裡？在外面還安逸吧？』

「『在家千日好，出門一日難哩。搞了一陣小買賣……早就想回來的，有些事情耽誤了。』

「『安頓好了去勞保中心領取福利吧。』毛再生塞給孫德發一份文件，『另外，通知你堂客到育齡婦女管理中心去一趟。我估摸著她有兩胎的生育計畫。』

「孫德發的頭髮全是白的。『我堂客身體不好』。但毛再生沒聽見，因為他滿耳都是下雪的聲音。

「下午時分，孫德發牽著馬走進風雪中。『生騾生娃都是做貢獻。我將這匹馬獻給集體跟叫驢子交配，產出幾頭他們沒見過的騾子來，他們會高興的』，走時他對老婆這麼說。後者躺在火爐邊，那具瘦弱的軀體在旅途中顛斷了骨頭，正疼得哼哼唧唧。

「開米粉店的羅日安是第二個回來的。這一天淩晨雪就停了。屋簷邊懸掛著一排冰劍。乾枯的野草莖葉肥腫雪白。太陽光芒刺眼，但彷彿被白雪降溫，毫無暖意。手扶拖拉機砰砰砰爬一步退三步，白雪被成黑泥漿。羅日安和一個女人坐在手扶拖拉機車廂裡，雙手籠在袖子裡，腦袋捂得嚴嚴實實，只留出一雙眼睛眨巴活泛。拖拉機車輪原地滾動，車頭冒黑煙。他們下了地，踩進厚厚的積雪中，拎著簡單的行李包向鎮裡走去。所有人都在他的小館子吃過米粉，愛他家米粉裡的佐料——酸豆角和剁辣椒。有人默不作聲替他們拎起行李箱，繼續埋頭走路。路上有人打招呼，他們回以咔嚓咔嚓的腳步聲。因為羅日安臉色鐵青，眼睛直盯著他那破壞的房子，嘴巴像長合了一樣。

「少數失蹤的人也相繼出現在鎮裡。沒人知道梁弄潮是什麼時候回來的，人們的表現和他一樣，彷彿他從未離開過。多數房子仍舊空空蕩蕩，但到晚上就有身影在屋內飄移，打掃衛生，燒火做飯；時有兩腳不著地的黑衣人匆匆趕路，好像在尋找什麼東西。」

「化雪的夜裡，星星又大又亮，月亮一彎寒光。清晨已經變薄，薄雪正在化水。靜寂中傳來腳踩在雪水上的啪嗒聲，好像有人在貪婪的接吻。姚皿珠赤著腳，膚色仍是蠟像般雪白。月光穿透她的身體，地上沒有影子。三個腦袋縮進衣領的人從她身邊經過。戴黑冬帽的男人像個搶劫犯，但是被後面兩個衣服上有口袋的人抓獲——其中一個腋下夾著筆記簿，一個手裡拿著保溫杯，三人像行軍一樣步伐一致，泥水響聲清脆，如果不是姚皿珠機敏地往旁邊一閃，他們會直接撞上身來。於是她跟著他們，走了兩百米，拐了一個彎，又走了幾百米。他們終於停下來。她看見一棟懸掛橫幅的建築，一塊繫著大紅花的牌匾，像新開業的商鋪，上面刻著『百年生育大計配種中心』，後四個字粗體加黑，鑲描金邊，在月光下像霓虹燈一樣閃爍。

「『……完成今晚的四個配種任務，組織上會批准你休兩天假……。』手拿保溫杯的那位說道。『喝掉這個，保證工作品質。』戴黑冬帽的順從地接過杯子，咕咚幾口喝了個杯底朝天。『戴上眼罩。』拿保溫杯的那位從袋子裡摸出一塊黑布，『進去以後閉緊嘴巴，不許說話。』戴黑冬帽的用黑布蒙上眼睛，在後腦勺打了一個死結。

「三人跨過門檻，穿過昏暗的走廊。她從窗口看見他們走進了房間。天花板上的燈泡發出讓人困倦的昏光。一個同樣戴黑眼罩的女人坐在床邊，彷彿等待婦檢的病患。『男8號，女8號，你們的交配時間到了。交配時請保持沉默。』男人從腋下抽出筆記簿，岔開腿站穩，用失去中指和食指的手捏筆，在上面迅速地寫些什麼，接著用醫生的語氣說道，『脫掉衣服。』男女8號摸索著解開身上的鈕釦。也許因為蒙上了眼睛，面對工作人員，他倆並不羞澀，平靜地脫光了自己。『躺下。』醫生又下了一道命令。『五分鐘撫摸前戲，三十分鐘內完成整個授精程式。同時達到高潮，每人增加百分之一的補貼。假裝高潮欺騙組織的話，取消終身福利待遇。』

「兩個8號面對面側躺，開始撫摸對方。『筆記簿』和『保溫杯』站在一邊開始閒聊起來。『二鰲，過去咱們一塊給挖墳坑，忙死人的事兒，惹了大麻煩；現在又一塊兒搞配種，監督造人，不會又出什麼事吧？』『保溫杯』瞥了兩個8號一眼，他們正在接吻。『能有什麼事呢？十八兄弟……老老實實登記、監督、統計……其他都跟我們無關。』女8號嗓子裡發出一聲呻吟，因為男8號雙手薅住了她的奶子。『不許出聲！』『保溫杯』立即發出警告，之後繼續低聲說道，『……也別再想著邀功提拔了，小心駛得萬年船。』『筆記簿』咬著嘴唇上的死皮點了一下頭，『尾巴夾緊一點，腦子清醒一點，我們永遠是一根繩子上的螞蚱。』『保溫杯』手掌在『筆記簿』的肩膀上重重一按，抬腕看了下時間，扭頭像監考老師提醒考生，『還剩十分鐘。』考生無心檢測答題對錯匆匆交卷。男8號按要求協助女8號倒立五分鐘，之後女8號繼續臥床。三個男人像剛剛進來那樣離開房間。

「另一個窗口，是同樣的景象。」

第四十六章　錦灰

「我感覺自己變成了一根冰柱，不知道是怎麼離開配種中心的。當我聽到蟲蟲的鳴叫，像夏夜的蟋蟀鼓譟不停，才意識到自己到了魏家門口——我進福音鎮的第一站。我想起了時間的問題。來了多久？一夜，一月，還是一年？如果來了很久，可身上依然穿著那套條紋衣服，帶著新鮮的藥水味；如果說剛來不久，但被屠夫切割的腿傷已經長合，疤痕像凌亂的括弧。

「我踩著困惑跨上階基。堂屋裡燈火亮堂，映照著正牆上的彩色肖像，肖像看著我，慢慢浮起蒙娜麗莎式的微笑。我不禁打了一個寒顫。黑狗朝我吠個不停。魏滿意走出來，朝黑夜裡張望一圈，返身關上了大門。我喊了一聲，但聲音縹緲寂靜，於是抬手敲門，那門卻像影子，手直接穿了過去。我跟著那隻手穿過門牆進了堂屋，一眼看見泊在角落裡的手提箱。

「『過去我跟你母親合作愉快……母業子承……說實話，我更樂意跟男人做生意……我先敬你一杯。』

「隔壁有人喝酒說話。交談聲像處理過的機器人。我感到自己的聽力發生了變化，耳朵裡總有潮水湧動……我只能在潮水進退的間隙聽到隔壁的聲音，斷斷續續，嗡嗡嚶嚶。我母親死的時候，一直說有隻蒼蠅在她耳洞裡尋找出路，吵得她煩躁不安。

「我打開了手提箱——裡面並非信件，而是幾本領導人思想著作——封面上黏著字條：

64床比喻症患者：姚皿珠

「我並不吃驚。人類的很多情感，諸如喜怒哀樂，期待，失望，我已經感覺不到了。我翻開第一頁，開始閱讀這本治療輔助材料。

「『……各級黨報、黨刊、電臺電視臺要講導向，都市類報刊、新媒體也要講導向……黨的新聞輿論工作要堅持黨性原則，最根本的是堅持黨對新聞輿論工作的領導。黨和政府主辦的媒體是黨和政府的宣傳陣地，必須姓黨……黨媒姓黨，天經地義……』

「『我已經在美國開了三家分公司……外國人的感情問題……增加貨源……尤其是情蠱。』

「『……黨媒必須姓黨，是堅持政治家辦新聞的題中應有之義……黨的新聞與論媒體的所有工作都要體現黨的意志、反映黨的主張，維護黨中央權威、維護黨的團結，做到愛黨、護黨、為黨……』

「『顧老闆，我的身分不便經商……這麼說，你的比喻症……完全治好了？』

「『……各級領導幹部要做到講政治，講黨性……堅持黨管意識形態、黨管媒體的根本原則，切實擔負起鞏固壯大主流思想與論的責任地……輕鬆自如地引導媒體做黨的政策主張的傳播者、公平正義的守望者……』

「『你擔心這病有影響……放一萬個心，徹底根治，永不復發。』

「我的視線漸漸模糊，字體彷彿浸泡在水中，像蝌蚪遊弋……它們扭啊扭，扭化成一張張迷茫、麻木的面孔，像大街上擁擠的人群，又如暴風雨來臨前的蟻群，在街道的縫隙裡倉促爬行，尋找安全之地，但眨眼間被洪水沖走，字跡從書本上徹底消失，最終連書也看不見了，只剩我端起的兩手呈捧書的形狀。我眼看著微曲的手指一截一截變灰、一根一根成死，像菸灰一樣掉落，緊接著整條手臂，整個人——她變成一堆飽含化學物質的灰燼，在燈光下光芒閃爍，像五顏六色的礦石。

「『我就是一堆錦灰』——這是我最後的比喻。」

二〇一七年十月三十一日完稿　於三藩市、北京

後記

《錦灰》寫了近兩年。起先名叫《灰燼》，寫到三分之二時，改為《錦灰》，靈感源自中國傳統藝術錦灰堆。錦灰堆是以殘破的文物片段堆疊構成畫面，包括集破、集珍、打翻字紙簍等方式，我尤其喜歡那些破碎、撕裂、火燒、玷汙、破舊不堪的殘跡堆砌，覺得契合我小說想要表現的主題：繁華、殘破、灰燼。

近兩年有點風聲鶴唳。一隻古怪的手掌扼住了社會的喉嚨，萬馬齊喑，一派清明。我原本是想寫一個夢魘，現實中正在發生的事件影響了我，情節發展偏離了原有的構思。當然，它仍然是一個夢魘，只是更為恐怖。期間讀到馮客先生的《毛澤東時代的大饑荒》，想像力受了一悶棍，歷史真實的荒誕細節，如果發生在小說中，讀者會覺得脫離現實，胡編亂造，但真實就是那樣令人瞠目結舌。在現實的熊熊大火面前，虛構微弱如搖擺的燭光，好在這燭光仍然可以照亮幽暗的周圍，在人性的白牆上投下輪廓分明的影子。

對於歷史上的瘋狂，人知其一，不知其二，更多的年輕人甚至完全不知。那麼多違背科學常識、荒謬絕倫的指令，仍被煞有介事地執行，令人脊背發寒，正是這股寒意，刺激了我對《錦灰》主題的進一步挖掘。現實中充滿良知的知識分子的消失，直接啟發了小說中新病的誕生——比喻症，知識分子尖銳的比喻才能使統治感覺到威脅，於是建立了戒喻中心，將有比喻才華的知識分子專門關押改造，戒比喻。

我寫作熱愛使用比喻，曾對朋友說自己患上了比喻症，我很高興發明這種新病，並將其移到小說中。

《錦灰》中新樂園實驗失敗，人口多半餓死，現實中計畫生育取消一胎限制，鼓勵多生，我對政府如何發展人口展開了超現實的想像，他們跟閻王做生意，租賃女鬼的子宮繁殖人口。

現實與小說的關係如此親密，滲透如此直接，我深知，現實只是一把鑰匙，而不是整個房間。

《錦灰》可能是最「真我」的作品。煞尾意猶未盡。由繁殖人口引發對女性社會角色的思考，直接催生了我的第九部長篇小說《子宮》。這部作品探討計畫生育、子宮、環，身體、欲望愛情交織在女性身上的複雜變數。

特別感謝王德威先生、哈金先生、閻連科先生的鼓勵與推薦，感謝聯經出版公司胡金倫先生青睞，《錦灰》才有幸得以面世。書中有我真切的憂患，希望它是一部經得起閱讀的作品。

二〇一八年七月十日　北京

當代名家·盛可以作品集1

錦灰

2018年9月初版　　定價：新臺幣320元

著　　者　盛　可　以
叢書主編　陳　逸　華
校　　對　施　亞　蒨
內文排版　極翔企業有限公司
封面設計　兒　　　日
編輯主任　陳　逸　華

出版者　聯經出版事業股份有限公司
地址　新北市汐止區大同路一段369號1樓
編輯部地址　新北市汐止區大同路一段369號1樓
叢書編輯電話　(02)86925588轉5307
台北聯經書房　台北市新生南路三段94號
電話　(02)23620308
台中分公司　台中市北區崇德路一段198號
暨門市電話　(04)22312023
台中電子信箱　e-mail：linking2@ms42.hinet.net
郵政劃撥帳戶第0100559-3號
郵撥電話　(02)23620308
印刷者　文聯彩色製版印刷有限公司
總經銷　聯合發行股份有限公司
發行所　新北市新店區寶橋路235巷6弄6號2樓
電話　(02)29178022

總編輯　胡　金　倫
總經理　陳　芝　宇
社　長　羅　國　俊
發行人　林　載　爵

行政院新聞局出版事業登記證局版臺業字第0130號

本書如有缺頁，破損，倒裝請寄回台北聯經書房更換。　ISBN 978-957-08-5171-7 (平裝)
電子信箱：linking@udngroup.com

國家圖書館出版品預行編目資料

錦灰/盛可以著．初版．新北市．聯經．2018年9月
（民107年）．336面．14.8×21公分
（當代名家・盛可以作品集1）
ISBN 978-957-08-5171-7（平裝）

857.7 107014546